Edith Slapansky

So hatte ich mir meine Pension nicht vorgestellt

novum pro

Bibliografische Information
der Deutschen Nationalbibliothek:

Die Deutsche Nationalbibliothek
verzeichnet diese Publikation in
der Deutschen Nationalbibliografie.
Detaillierte bibliografische Daten
sind im Internet über
http://www.d-nb.de abrufbar.

© 2022 novum Verlag

ISBN 978-3-99107-414-4
Lektorat: Isabella Busch
Umschlagfoto:
Ammentorp | Dreamstime.com
Umschlaggestaltung, Layout & Satz:
novum Verlag

www.novumverlag.com

Inhaltsverzeichnis

Alois und Rosa

Rosa war von Kindheit an ein verzogenes Einzelkind, dem jeder Wunsch von den Eltern erfüllt worden war und das nie gelernt hatte, auch mal zu verzichten. Sie hatte ein total übersteigertes Ego und war nie darüber hinweggekommen, dass ihr Mann einmal untreu gewesen war. Zusätzlich schleppte Rosa auch noch ein altes, nie überwundenes anderes Problem mit sich herum: Sie war sehr jung schwanger geworden. Auch daran war Alois natürlich alleine schuld, weil er sie verführt hatte. Dass Rosa daraufhin zum Heiraten gezwungen worden war, hatte sie Alois ebenfalls nie verziehen. All diese Notlösungen machten Rosa unglücklich und unzufrieden. Ihre Träume und Vorstellungen vom Leben hatten sich nicht erfüllt, sodass sie ständig frustriert war.

Aber Rosa hatte das große Glück, dass sie wunderbare Eltern hatte, die ihr stets zur Seite standen und ihr alle Unannehmlichkeiten aus dem Weg räumten. Sie hatten sich auch liebevoll um ihr Enkelkind gekümmert. Die Kleine war auf den Namen „Hildegard" getauft, aber nur Hilde gerufen worden. Sie war das genaue Gegenteil von ihrer Mutter: sehr bescheiden und mit beiden Beinen mitten im Leben stehend. Die Großeltern liebten sie von ganzem Herzen und hatten ihr von jeher die Mutter ersetzt, die niemals mit ihr etwas anzufangen gewusst hatte.

Zusätzlich litt Rosa noch unter dem Zwang einer übertriebenen Reinlichkeit, was sehr nerven konnte. Ewig lief sie mit einem Taschentuch oder einem Putzlappen in der Hand herum, um die Türklinken von den Bakterien zu befreien. Rosa öffnete und schloss sogar die Autotür mit einem Tuch. In dieser kinderfeindlichen Umgebung aufzuwachsen, war Hilde dank ihrer Großeltern erspart geblieben. Rosa mochte auch keine Besuche, um danach nicht die ganze Wohnung putzen zu müssen. Hilde durfte nie Freundinnen mit nach Hause bringen. Schon alleine der Gedanke, dass eine Fremde ihr Klo benützen würde, schreckte ihre Mutter ab. Bei ihrer geliebten Oma durfte Hilde all diese Dinge ausleben. Diese erlaubte ihr, so viele Freundinnen mitzubringen, wie sie wollte, was ihrer Kinderseele guttat. Ihre Großeltern waren ein Segen für sie. Den größten Teil ihrer Jugend hatte Hilde bei ihnen verbracht. Die Großeltern wohnten nur einen Katzensprung von Hildes Zuhause entfernt, sodass sie zu jeder Zeit leicht erreichbar waren.

Zu ihrem Vater hatte Hilde ebenfalls ein inniges Verhältnis. Er liebte seine Tochter über alles, was der Mutter ein Dorn im Auge war. Sie empfand ihre Tochter dann als Konkurrentin, wenn der Vater seiner Tochter zu viel Aufmerksamkeit schenkte, und sie sah sie als Mitschuldige für ihr verpfuschtes Leben.

Alles hatte damit begonnen, dass Alois seiner Frau vor vielen Jahren einmal untreu gewesen war. Er hatte ein Verhältnis mit einer verheirateten Frau aus der gleichen Ortschaft, in der er und seine Rosa lebten, angefangen. Durch Zufall hatte seine Frau von der Affäre erfahren und in ihrem gekränkten Stolz wollte sie sich sofort scheiden lassen und den betrogenen Ehemann über die Untreue seiner Frau aufklären. Alois bat Rosa inständig auf Knien, es nicht zu tun. „Sonst können wir uns im Ort nicht mehr sehen lassen. Man wird hinter unserem Rücken tuscheln und lachen, wenn du das tust", sagte er. „Was heißt hier hinter unserem Rücken? Du meinst wohl hinter deinem und ihrem Rücken. Was hab ich damit zu tun? Du warst doch untreu?", sagte Rosa. Sie wollte ihre Rache, ohne geringstes Mitleid mit ihrem Mann zu haben.

„Was hat dieses Weib, was ich nicht habe? Ist sie etwa schöner als ich?", schrie Rosa. „Nein! Nein! Auf keinen Fall", versuchte Alois sie zu beruhigen. „Warum hast du mir das dann angetan?", fragte Rosa. „Ich weiß es selber nicht mehr, es hat sich halt so ergeben", sagte Alois kleinlaut und erklärte sich zu allem bereit, wenn Rosa nur dem Ehemann seiner Verflossenen nichts davon erzählen würde.

Nach stundenlangen Debatten war Rosa endlich bereit, auf ihren Rachefeldzug zu verzichten. Aber ungestraft sollte Alois nicht davonkommen, das schwor sie sich. Diesen Fehltritt sollte er teuer bezahlen. Darum stellte Rosa harte Forderungen an ihn.

Als Erstes musste er seine Haushälfte auf sie überschreiben lassen, und zusätzlich verdonnerte sie ihn dazu, alle gröberen anfallenden Hausarbeiten zu verrichten. In seiner verzwickten Lage erklärte sich Alois mit allen Forderungen, die Rosa an ihn stellte, einverstanden, damit sie endlich Ruhe gab. Aber danach sollte Alois' Martyrium erst richtig beginnen.

Bis zu seinem Ruhestand war Alois als Beamter bei der Bahn tätig. Rosa war immer nur Hausfrau gewesen. Ihr Verhältnis zur Tochter hatte sich seit der Kindheit nie gebessert. Aber mit ihrem Vater hatte Hilde sich immer gut verstanden. Sie kannte die Geschichte von der Untreue ihres Vaters natürlich nicht, sodass sie nicht wissen konnte, dass ihre Mutter die Verletzte war und mit ihrem Mann kein Mitleid kannte. Im Ort wusste niemand von der Untreue des Vaters. Gerne hätte Rosa ihre Rivalin bei deren Gatten verpetzt, aber Alois hatte sie davon abgehalten, weil er sich und der Geliebten die Schande in dem kleinen Ort ersparen wollte. Jedes Mal wenn Rosa besagte Frau auf der Straße über den Weg lief, wurde sie an ihre Demütigung erinnert und kochte innerlich vor Wut, was der arme Alois dann büßen musste. Darum konnte Hilde auch nicht wissen, warum ihre Mutter so böse zum Vater war. Leider hatte sie es einmal gewagt, ihn vor den boshaften Angriffen der Mutter in Schutz zu nehmen. Das erboste ihre Mutter so sehr, dass sie Hilde nicht mehr erlaubte, in ihrem ehemaligen Kinderzimmer zu übernachten, wenn sie zu Besuch kam. Ihre Mutter hatte sie beinhart aufgefordert, bei kommenden Besuchen im Gasthaus zu übernachten. Hilde war sprachlos. Sie konnte es zwar nicht glauben, aber dem war so. Hilde, die schon sehr jung Witwe geworden war, besuchte nämlich regelmäßig einmal im Monat das Grab ihres Mannes, der im Heimatort begraben war. Weil sie dies meistens am Wochenende tat, übernachtete sie im Elternhaus. Ihren Schwiegersohn hatte Rosa auch nicht gemocht und es wäre ihr lieber gewesen, wenn Hilde ihn in Wien begraben lassen hätte. Hilde hatte aber immer noch den Gedanken im Hinterkopf, dass sie in der Pension in ihren Heimatort zurückkehren wollte und das Grab ihres geliebten Mannes dann in ihrer Nähe hatte. Leider konnte ihre Mutter nicht ertragen, dass irgendjemand mit ihrem Mann Mitleid zeigte, wo doch schließlich sie die Verletzte und er der Urheber der Misere war.

Rosa war eine sehr schöne und stolze Frau, selbstbewusst, überheblich und immer voller Vorurteile. Nicht umsonst hatte Alois Trost, Liebe und ein wenig Anerkennung bei einer anderen Frau gesucht. Zu seinem Leidwesen war Rosa dahintergekommen. Die Folge war ihre Rache, die bis heute anhielt. Alois hatte auch des Öfteren an Trennung gedacht. Aber wo sollte er hin, nachdem ihm nichts mehr gehörte? Rosa war immer nur Hausfrau gewesen und erhielt keine eigene Pension. Ihre gemeinsamen Finanzen hatte immer Rosa verwaltet. Da ihr jetzt sozusagen alles alleine gehörte, war er von ihr abhängig. Rosa war sicher auch nicht glücklich mit der Situation. Aber ihr Stolz ließ nicht zu, sich mit Alois zu versöhnen. In ihrer verletzten Eitelkeit gelang es ihr nicht, über ihren eigenen Schatten zu springen. Mit Niederlagen konnte Rosa nicht umgehen. Lieber litt sie einsam, und beide führten dadurch ein freudloses Leben nebeneinander.

Hilde hatte sich immer bemüht, zu beiden Eltern gleich lieb zu sein. Aber sogar das konnte ihre Mutter nicht akzeptieren. Ihr Vater freute sich sehr über jede noch so kleine Zuwendung seiner Tochter in seinem sonst so freudlosen Dasein. Leider empfand ihre Mutter auch das als Verschwörung gegen sich. Um Vater und Tochter zu bestrafen, drohte sie mit drastischen Maßnahmen und ließ durchblicken, dass sie ihr Testament zu Gunsten ihres Enkels

Leo ändern würde. Leo war darüber keineswegs traurig. Er war gerade einmal zwanzig Jahre alt und natürlich sehr empfänglich für das in Aussicht gestellte großzügige Erbe seiner Großmutter. Leo verstand es auch geschickt, seine Oma zu hofieren, und diese fühlte sich geschmeichelt und blühte sichtlich auf. Zusätzlich hatte sie ihm ein neues Auto in Aussicht gestellt, wenn er die Führerscheinprüfung beim ersten Mal bestehen sollte.

Mit diesem Vorschlag hatte Rosa es geschafft, Mutter und Sohn gegeneinander auszuspielen. Hilde fühlte sich total übergangen und war sogar ein wenig neidisch auf ihren Sohn, der von ihrer Mutter so bevorzugt worden war. Zu ihrem Leidwesen hielt Leo nur zu seiner Großmutter, was sie besonders kränkte, weil sie immer ein gutes Mutter-Sohn-Verhältnis zueinander hatten. Über das Geld hatte es ihre Mutter geschafft, den Buben an sich zu binden. Von Leos Warte aus gesehen war das verständlich. Welcher junge Mensch kann so einem Angebot widerstehen. Sie war eifersüchtig, dass ihre Mutter ein Auto als Lockmittel benutzte, um ihren Enkel zu kaufen. Aber Hilde wollte es nicht hinnehmen, dass man sie übergangen hatte. Darum machte sie auch einen Überraschungsbesuch bei ihrer Mutter – ohne Leo. Sie wollte unbedingt mit ihrer Mutter alleine reden.

Da sie in Wien wohnte, betrug die Fahrzeit zu ihrer Mutter eine gute Stunde. Unterwegs kaufte Hilde noch in einer guten Konditorei Mehlspeisen und hoffte, dass ihre Mutter ausnahmsweise dazu bereit war, für sie beide einen Kaffee zur Mehlspeise zu kochen. In einer aufgelockerten Atmosphäre ließe die Mutter vielleicht mit sich reden. Hilde wollte ihr sagen, dass sie sich übergangen fühlte und die Enterbung zugunsten ihres Sohnes ihr gegenüber ungerecht war.

Nervös und mit Herzklopfen stand Hilde vor dem Gartentor und läutete die Glocke. Nach kurzer Zeit öffnete sich die Eingangstür, die ungefähr zehn Meter vom Gartentor entfernt war. Ihre Mutter stand da und fragte: „Was machst du denn hier um diese Zeit?" „Ich möchte gerne mit dir reden", antwortete Hilde und wartete, dass ihre Mutter endlich den Knopf der Gartentür drückte, damit diese sich öffnete und sie endlich eintreten konnte. Aber nichts tat sich.

Hilde hielt den Karton mit der Mehlspeise hoch: „Ich habe Kuchen zum Kaffee mitgebracht und würde gerne mit dir etwas besprechen – lässt du mich bitte herein?" „Ich will aber nicht reden – und Kuchen will ich auch nicht. Wenn du unbedingt mit mir reden willst, können wir uns ja einmal in einem Gasthaus treffen, aber nicht jetzt", sagte ihre Mutter kurz angebunden, drehte sich um und ging zurück ins Haus, machte die Tür hinter sich zu und ließ Hilde ganz einfach vor der Tür stehen.

Darauf war Hilde nicht gefasst. Sie war sprachlos. Hilde kannte ihre Mutter, aber so viel Herzlosigkeit hatte sie trotzdem nicht erwartet. Ihr liefen die Tränen über die Wangen. Sie hängte den Kuchenkarton an die Gartentürklinke, ging zurück zu ihrem Auto und setzte sich weinend hinein. Sie schluchzte herzzerreißend. Das musste sie erst einmal verdauen. Wie konnte sie sie nur so behandeln und sie ganz einfach draußen vor der Tür stehen lassen? Eine liebevolle Mutter war sie nie gewesen. Aber diese Herzlosigkeit übertraf alles, was sie sich bisher geleistet hatte. Als sie so nachdachte, konnte sie sich auch nicht erinnern, dass ihre Mutter jemals liebevoll zum Vater gewesen war.

Warum hatte er der Mutter eigentlich seine Haushälfte überschrieben? Es ging sie ja nichts an, aber es wunderte sie schon und ihr Papa welkte an ihrer Seite dahin. Was war der Grund für diese Bosheit? Was war da vorgefallen, vom dem sie nichts wusste?

Nach kurzer Zeit hatte sich Hilde wieder einigermaßen beruhigt und fuhr zurück nach Hause. Während der Fahrt setzte sie sich gedanklich damit auseinander, wie es mit ihr und der Mutter in Zukunft weitergehen sollte. Ihr war bewusst, dass sie ihre Mutter in Zukunft mit Samthandschuhen anfassen musste, damit sie ihren Erbanteil bekam und der Kontakt zu ihr nicht ganz abbrach. Mit dem Vater alleine zu reden, brachte überhaupt nichts. Er hatte sowieso nichts zu sagen und traute sich auch nicht, gegen seine Frau aufzutreten. Für seine Tochter konnte er nichts tun. Hilde konnte ja nicht wissen, warum er sich von der Mutter so viel gefallen ließ.

Seit der Vater seine Haushälfte seiner Frau überschreiben lassen hatte, war er von ihrer Gnade abhängig. Er tat Hilde so leid. Aber sie konnte nichts für ihn tun, ohne die Mutter noch mehr zu verärgern. Er musste sich selber helfen. Dieser Zustand war auf die Dauer unerträglich für ihn geworden. Ihr war auch aufgefallen, dass der Vater in der letzten Zeit stark abgenommen hatte und es ihm oft nicht gut ging. So sah er auch aus. Wahrscheinlich hatte er schon resigniert. Die Mutter mutete ihm auch zu viel zu. Während des Sommers musste er Holz sägen und hacken für den Winter. Sie hatten kein Gas im Haus und heizten ihre Zentralheizung noch mit einem Kessel im Keller. Im Übrigen schaute Rosa darauf, dass ihr Mann nie Langeweile hatte und fand stets eine Beschäftigung für ihn. Schließlich war es so ausgemacht.

Fürs Kochen und Putzen war Rosa selber zuständig, und das machte sie mit Hingabe. Wenn es ihre Zeit erlaubte, ging sie gerne schön herausgeputzt im Ort einkaufen. Trotz ihres Alters von sechzig Jahren war Rosa noch immer eine ansehnliche, schöne Frau, was ihr sehr wohl bewusst war. War der Einkauf größer ausgefallen, durfte Alois sie als Chauffeur und Träger begleiten. Selbst in der Öffentlichkeit ließ Rosa ihren Mann ihre Dominanz spüren. All diese Demütigungen hinterließen auf Dauer tiefe Spuren bei ihm. Dadurch, dass er stark abgenommen hatte, ging er schon ziemlich nach vorn gebeugt und wirkte sehr alt neben seiner Frau. Aber das ließ Rosa völlig kalt, und Alois kam seinen auferlegten Pflichten mit stoischer Gelassenheit nach.

Nach all den vielen Jahren hatte Alois sich an den Zustand gewöhnt und die Hoffnung auf eine eventuelle Änderung aufgegeben. Aber, dass Rosa jetzt das gleiche böse Spiel mit ihrer Tochter trieb, machte ihn noch trauriger. Er litt sehr darunter, dass er nichts für sie tun konnte. Wenn er doch nur einen Ausweg gewusst hätte, um Hilde zu helfen. Leider sah er keine Möglichkeit. Ihm waren die Hände gebunden und er musste tatenlos zusehen, wie Rosa ihre Tochter ebenfalls demütigte.

Leo hatte sich gänzlich auf die Seite seiner Großmutter geschlagen und war stets in allem ihrer Meinung. Es wurde ihm überhaupt nicht bewusst, wie sehr er seine Mutter damit kränkte. Sie stritten fast täglich und redeten kaum noch ein vernünftiges Wort miteinander. Da er noch bei seiner Mutter wohnte, ließ es sich nicht vermeiden, dass sie einander begegneten. Er warf seiner Mutter sogar vor, dass sie nur neidisch sei und ihm das Erbe seiner Großmutter nicht gönnte. Er wollte nicht verstehen, dass sie sich als Tochter übergangen fühlte. Wahrscheinlich war er noch zu jung, um das verstehen zu können. Im Augenblick zählte für ihn nur die Aussicht auf ein neues Auto, was Leo für alles andere blind machte. Er war eben noch zu unerfahren, um die Machtspiele seiner Großmutter zu durchschauen.

Nach einigen Tagen des Wartens erhielt Hilde endlich einen Termin bei ihrer Mutter für eine Aussprache. Sie machte ihr das Angebot, sich mit ihr am Wochenende zum Mittagessen in einem Gasthaus im Beisein der Familie zu treffen, aber auf keinen Fall alleine. Wohl oder übel nahm Hilde das Angebot ihrer Mutter an. Sie machte sich sowieso keine Illusionen mehr, dass ihre Mutter geneigt war, irgendetwas zu ihren Gunsten zu ändern. Inzwischen war es Hilde auch schon ziemlich egal, was ihre Mutter mit ihrem Besitz machte. Sie hatte die Streitereien satt. Es ging Hilde nicht so sehr ums Geld, als vielmehr ums Prinzip.

Am Sonntag traf sich die kleine Familie in einem etwas nobleren Gasthaus. Die Begegnung mit der Mutter empfand Hilde als frostig. Auch bei Tisch wurde kaum gesprochen, weil keiner so recht wusste, was er sagen sollte. Sie hatten einander auch nichts zu sagen. Als endlich alle mit dem Essen fertig waren, ergriff die Mutter beim Mocca das Wort: „Das Testament habe ich schon zugunsten von Leo ändern lassen, sodass er der Haupterbe nach meinem Tod sein wird. So erspart ihr euch, eine zweimalige Erbschaftssteuer zu zahlen, da Leo sowieso einmal von Hilde alles erbt." Alois pflichtete seiner Frau ohne Wenn und Aber bei. Hilde wusste, dass die Mutter hier wieder ganze Arbeit geleistet hatte. Sie hatte den Vater so präpariert, dass er immer voll und ganz ihrer Meinung war und nicht wagte ihr zu widersprechen.

Damit war eigentlich alles gesagt, und Hilde riss sich zusammen, um nicht die Fassung zu verlieren: „Nun gut", sagte Hilde, damit wäre wohl alles besprochen, und der Fall ist erledigt." „So ist es", sagte ihre Mutter. Kurz und lieblos, wie es von Hildes Mutter nicht anders zu erwarten war, wurde sie abgefertigt, weil sie es gewagt hatte, sie wegen der gemeinen Behandlung dem Vater gegenüber zu kritisieren.

Auf der Rückfahrt nach Wien redeten Mutter und Sohn kein einziges Wort miteinander. Es war auch gut so, weil sie sonst nur wieder gestritten hätten. Hilde musste immer wieder an ihren armen Vater, der weiter mit der Mutter zusammenleben musste und an seiner Situation nichts mehr ändern konnte, denken. Wie lange konnte er die Boshaftigkeiten seiner Frau noch ertragen, ohne dabei vor die Hunde zu gehen? Es war sicher nur eine Frage der Zeit. Der Vater sah verhärmt und abgerackert aus, während die Mutter neben ihm wie das blühende Leben aussah. Sie strotzte förmlich vor Gesundheit und Selbstwertgefühl, während Alois dahinkümmerte.

Aber wie so oft im Leben kommt es anders, als man denkt. Und manchmal gibt es sogar eine ausgleichende Gerechtigkeit. Schon der kommende Winter sollte Rosa zum Verhängnis werden.

Eines Morgens klingelte der Briefträger wegen einer Unterschrift eines amtlichen Dokumentes an Rosas Haustür. Sie drückte den

Verbindungsknopf vom Gartentor und ging dem Briefträger entgegen. Da es geschneit hatte und Rosa allzu forsch und ohne zu schauen durch den Neuschnee ging, rutschte sie auf dem Weg aus. Die frische Schneedecke hatte Unebenheiten verdeckt, die Rosa zum Verhängnis wurden. Es riss ihr förmlich den Boden unter den Füßen weg. Im Fall versuchte Rosa noch, an einem Strauch Halt zu finden, was leider misslang. Sie fiel mit voller Wucht auf die rechte Hüfte, sodass sie vor Schmerz laut aufschrie. Trotz des Schmerzes machte Rosa den Versuch, aufzustehen, was ihr aber nicht gelang. Der Briefträger hatte Gott sei Dank erkannt, dass hier Ärgeres geschehen war und verständigte über sein Handy die Rettung.

Aufgeschreckt durch den Aufschrei seiner Frau kam Alois schnell angelaufen, um nachzusehen, was geschehen war. Als er Rosa hilflos im Schnee liegen sah und bemerkte, dass sie nicht aufstehen konnte, erschrak er sehr. Schnell ging er zurück ins Haus, um Decken zu holen. Man konnte ja nicht wissen, wie lange die Rettung brauchen würde. Alois wollte Rosa auf keinen Fall frierend auf dem kalten Boden liegen lassen. Die Rettung brauchte fast eine halbe Stunde, und derweil hielt Alois seiner Frau die Hand und versuchte, ihr Trost zuzusprechen.

Aber trotz der starken Schmerzen, die sie hatte, war sie noch im Stande, mit Alois zu meckern, weil er ihr ihr handgesticktes Kissen im Schnee unter den Kopf gelegt hatte. Dabei hatte er es doch nur gut gemeint. Nie konnte Alois ihr etwas recht machen. Rosa hatte ständig etwas auszusetzen und wie immer steckte er ihre Gemeinheiten wortlos weg.

Als die Rettung endlich da war, wollte Alois seine Frau natürlich ins Spital begleiten. Aber Rosa lehnte ab, weil sie das Haus auf keinen Fall unbeaufsichtigt lassen wollte. „Ich lasse anrufen, in welches Spital man mich gebracht hat", sagte Rosa zum Abschied.

Nachdem Rosa fort war, ging Alois ein wenig verloren zu seinen Nachbarn. Er erzählte ihnen von Rosas Missgeschick. Die

Nachbarn hatten schon geahnt, dass etwas Ärgeres vorgefallen sein musste, nachdem sie die Rettung vor deren Haustür stehen gesehen hatten. Alois wurde von seinen Nachbarn sehr bedauert, was ihm sichtlich guttat und war außerdem froh, dass er jemanden zum Reden hatte. Schließlich bat er seine liebenswerten Nachbarn, ob sie in weiterer Folge während seiner Abwesenheit, wenn er seine Frau im Spital besuchte, aufs Haus schauen würden. Dazu erklärten sie sich selbstverständlich gerne bereit.

Nach dem Gespräch mit seinen Nachbarn rief Alois sogleich bei seiner Tochter an und erzählte ihr von dem Missgeschick ihrer Mutter. Hilde erschrak, als sie erfuhr, was geschehen war. Trotz allem, wie boshaft ihre Mutter auch immer zu ihr war, tat sie ihr unsagbar leid. Schließlich war und blieb sie doch immer ihre Mutter. Hilde hoffte nur, dass der Unfall ihrer stolzen Mutter einigermaßen glimpflich ausgegangen war, damit ihr keine Schönheitsfehler als Makel blieben.

Dem war leider nicht so. Schon am frühen Nachmittag bekam Alois einen Anruf aus dem Krankenhaus mit der Nachricht, dass seine Frau sich mit einem Oberschenkelhalsbruch noch im Operationssaal befände. Es wäre besser, wenn er erst am kommenden Tag seine Frau besuchen würde, da sie bis dahin sowieso nicht ansprechbar sei. Diese Nachricht gab Alois an seine Tochter weiter, und sie verabredeten sich für einen gemeinsamen Spitalbesuch am kommenden Tag.

Als Alois mit Hilde im Spital das Zimmer seiner Frau betrat, bot sich ihnen ein jammervoller Anblick. Blass und klein sah Alois seine sonst so stolze Frau im Bett liegen. Hilde und ihr Vater waren beide erschüttert, wie hilflos die Mutter wirkte. Sie war nicht wiederzuerkennen. Wie würde sie das verkraften? Vater und Tochter wagten kaum zu sprechen. Jeder von ihnen nahm eine Hand der Mutter und streichelte sie liebevoll. Rosa schluchzte herzzerreißend, und die Tränen liefen ihr nur so über ihre eingefallenen Wangen. „Mutter, es wird schon wieder", flüsterte

Hilde ihr ins Ohr und drückte dabei ganz sacht ihre Hand. Im Innersten glaubten beide nicht daran, und ihr Gefühl hatte sie nicht getäuscht.

Am vierten Tag nach der schweren Operation verstarb Rosa an Herzversagen. Niemand konnte es glauben, dass diese vor Gesundheit und Energie strotzende Frau nicht mehr am Leben war. Am allerwenigsten Alois. Für ihn war es unfassbar, dass Rosa plötzlich für immer fort sein sollte. Sie, die ihm das Leben viele Jahre zur Hölle gemacht hatte, vermisste er. Jetzt, da Alois von Rosas Dominanz befreit war, fehlte ihm sogar etwas. Es dürfte die Macht der Gewohnheit gewesen sein, mit der Alois sich abgefunden hatte.

Rosas Begräbnis fand nur im kleinen Kreis der Familie, wenigen Freunden, den Nachbarn sowie einigen Bekannten statt. Rosa hatte Freundschaften eher gemieden. Sie war sich selbst die Liebste gewesen und hatte keine Götter neben sich geduldet.

Nach dem Begräbnis wurden die Trauergäste von Alois in ein Gasthaus zum Essen geladen. Während der Unterhaltung bei Tisch gab Leo so ganz nebenbei eine geschmacklose Äußerung von sich, worüber die Gäste schon etwas verwundert waren. „Den Schuppen von der Oma verkauf ich sowieso gleich. Weil da draußen am Ende der Welt will ich nicht wohnen und das Geld ist mir eh lieber." Der Großvater und Hilde erschraken. Richtig, das Haus gehörte ja jetzt zur Hälfte Leo. Seine Oma hatte ihn testamentarisch als Haupterben eingesetzt. Hilde wies ihren Sohn in die Schranken und sagte: „Diese Äußerung ist pietätlos und ist am Tag des Begräbnisses unangebracht!" Und sie konnte es sich nicht verkneifen, ihren Sohn darauf hinzuweisen, dass er ihr und dem Großvater bei einem eventuellen Verkauf ihren Pflichtanteil auszuzahlen hätte.

Sicher hatte Rosa nie einen Gedanken daran verschwendet, dass sie schon so bald und vor ihrem Mann sterben würde. In ihrer Rachsucht hatte sie sicher unüberlegt gehandelt. Sie konnte ja nicht ahnen, dass ihr geliebter Enkel ihr schönes Haus sofort verkaufen wollte, weil er nur am Geld interessiert war. Leo glaubte natürlich, dass er das Haus jetzt schnell zu Geld machen konnte, weil er den größeren Anteil daran besaß. Er vergaß dabei aber, dass eine Erbschaftssteuer und die Ausbezahlung von seiner Mutter und dem Großvater bei einem Verkauf auf ihn zukommen würden. Im Hinterkopf hatte er sicher nur den Traum vom schnellen Geld.

Aber was wollte er mit dem vielen Geld machen? Wollte er es in Wertpapiere investieren, sich eine Wohnung kaufen oder gar in seine große Leidenschaft – Autos – stecken?" Das viele Geld nur so zum Fenster hinauszuschmeißen, empfand Hilde natürlich als Sünde. Aber momentan konnte sie mit ihrem Sohn kein vernünftiges Wort reden. Alle Versuche scheiterten. Er war völlig unzugänglich für jeden vernünftigen Vorschlag, den sie ihm machte.

Hilde machte ihrem Vater auf alle Fälle das Angebot, dass er bei ihr wohnen könnte, falls Leo ihm Probleme machen sollte. Das wollte er auf keinen Fall. Was machte er den ganzen Tag in einer Wohnung? Er, der das Leben draußen in der Natur gewohnt war. Hilde arbeitete noch und er wäre tagsüber alleine in ihrer Wohnung. Die Großstadt war nichts für ihn. Er wollte seine gewohnte Umgebung, sonst nichts. Das konnte Hilde verstehen und war seiner Meinung. „Es ist schon was dran an dem Verpflanzen von alten Bäumen", meinte ihr Vater. Darum machte Hilde sich Gedanken, wie sie Leo überreden konnte, dass er seinen Großvater nicht unter Druck setzte, ihm sein Heim verkaufen zu wollen. Er konnte doch wohl nicht genauso unnachgiebig sein wie seine Großmutter. Wollte er in ihre Fußstapfen treten? Ein schrecklicher Gedanke. Hilde zerbrach sich weiterhin den Kopf und hatte viele schlaflose Nächte wegen des Vaters. Aber es wollte und wollte ihr keine Lösung einfallen.

Am Wochenende fuhr Hilde zu ihrem geliebten Vater, um ihn mit einem guten Essen zu verwöhnen. Er sollte sich auch nicht von seiner Tochter im Stich gelassen fühlen. Beim Essen beratschlagten sie miteinander, wie sie Leo umstimmen könnten, dass er das Haus nicht sofort verkaufen würde. Alois hatte nämlich wie seine Tochter in den langen Nächten, in denen er nicht schlafen konnte, nachgedacht, und war zu folgendem Ergebnis gekommen. „Schau, deine Mutter hat uns strafen wollen und irgendwie ist es ihr ja auch gelungen. Da Leo nicht genügend Geld zur Verfügung hat, um uns auszuzahlen, muss er sich mit dem Verkauf, wenn er das Geld nicht aufbringen kann, bis zu meinem Ableben gedulden. Außerdem existieren noch zwei Sparbücher mit größeren Beträgen aus dem Erbe deiner Mutter, von ihren Eltern und zusätzlich befanden sich in einem Versteck an die hundert Golddukaten, von denen Leo nichts weiß. Ich wusste nämlich, dass die Mutter seit Jahren regelmäßig Golddukaten für schlechte Zeiten gekauft hatte. Diesen Schatz werde ich mit dir teilen, damit du deinen gerechten Erbanteil bekommst. Und den vorhandenen Schmuck deiner Mutter kannst du gleich mit nach Hause nehmen“, meinte der Vater.

Irmi und Fritz

Irmi und Fritz waren 40 Jahre lang verheiratet. Er war Oberkellner, sie Büroangestellte. Da die Ehe kinderlos geblieben war, hatten sie sich gemeinsam ein Haus anschaffen können. Leider … Sie hatten schon seit Jahren große Probleme in ihrer Ehe. Fritz war ständig untreu und sie hatte keine Lust mehr, auch in der Pension nur noch als seine Bedienstete zu fungieren. Sie hatte die Nase endgültig voll und wollte unbedingt getrennt von ihm, in einer eigenen Wohnung, leben. Doch bis jetzt hatte ihr für diesen Schritt meistens der Mut gefehlt. Fritz hatte es auch immer wieder, wenn es kritisch wurde, verstanden, sie einzulullen. Er brachte ihr zum Beispiel einen großen Strauß roter Rosen, kniete sich vor ihr nieder und versprach mit treuherzigem Blick, sich zu bessern. Auf diesen Schmäh fiel Irmi immer wieder herein, weil sie an seine Versprechen glaubte. Die Versöhnung hatte natürlich auch ihren Reiz gehabt. Aber meistens hielt sein Versprechen nicht lange an.

Als Irmi endlich den ersehnten Tag ihrer Pension erreicht hatte, wollte sie diese leidige Beziehung endgültig beenden.
Sie erhielt eine ausreichende Pension, sodass sie finanziell unabhängig war. Ein wenig Erspartes hatte sie auch noch. Eine Mietwohnung konnte sie sich also leisten.

Ein heftiger Streit war gleich der passende Anlass, Fritz reinen Wein einzuschenken, dass sie aus dem gemeinsamen Haus ausziehen würde. Irmi war sogar bereit, ihm das Haus zu überlassen ohne an ihn Ansprüche zu stellen.

Bis jetzt hatte Fritz seine Frau nie ernst genommen, wenn sie mit der Trennung gedroht hatte. Aber dieses Mal hatte er das Gefühl, dass es ihr mit der Trennung ernst war. Das ging ihm natürlich voll gegen den Strich, und er hatte auf keinen Fall die Absicht, auf sie zu verzichteten. Irmi war eine wunderbare Hausfrau und Köchin. Er war von ihr immer sehr verwöhnt worden. Sie wusch und bügelte die Wäsche und hielt das Haus sauber. Er konnte kommen und gehen, wann er wollte, konnte Freundinnen haben, so viele er wollte und konnte ungestört all seinen Freizeitvergnügungen nachgehen. Und immer wenn er nach Hause kam, fand er ein gemütliches Heim und ein wunderbares Essen vor.

Auch in punkto Finanzen war es ihm bei Irmi immer gut gegangen. An den Haushaltskosten hatte er sich kaum beteiligen müssen. Den größten Teil seines Einkommens konnte er für sich behalten. Und all diese Vorteile sollte er jetzt auf einen Schlag verlieren. Nein, dagegen wehrte er sich vehement. Er würde alles versuchen, sie von ihrem Vorhaben abzuhalten. Auf Irmi zu verzichten, kam für ihn nicht infrage!

Irmi hatte inzwischen eine schöne kleine Wohnung gefunden. Als Fritz wieder einmal längere Zeit durch Abwesenheit glänzte, ließ sie mithilfe von Freunden so schnell wie möglich ihre persönlichen Sachen aus dem gemeinsamen Haus in ihre Wohnung schaffen. Sie hatte aus dem gemeinsamen Haus nur einige Möbelstücke, die sie fürs Erste unbedingt brauchte, mitgenommen. Mit dem Rest des Einrichtens konnte sie sich Zeit lassen, die sie in Zukunft zur Genüge haben würde. Den Auszug hatte sie schnell und problemlos ohne Fritz über die Bühne gebracht und sich dadurch viel Ärger erspart. Wenn er nach Hause kam, würde er sicher überrascht sein, sie nicht mehr vorzufinden. Irmi hatte für ihre Aktion genau den richtigen Zeitpunkt gewählt.

Natürlich war Fritz mehr als überrascht, dass Irmi wirklich fort war. Im Haus war es still. Er war mehr oder weniger überrumpelt worden und konnte im Moment an der Tatsache nichts ändern. Aber Fritz war sicher, dass ihm die richtige Strategie, wie immer, einfallen würde, damit Irmi bei ihm blieb.

Irmi hatte auf einem Zettel in kurzen Worten eine Nachricht von ihrem Auszug und ihre Telefonnummer hinterlassen. Fritz wählte sogleich ihre neue Nummer und fragte, ob sie einverstanden wäre, wenn er auf einen Sprung bei ihr vorbeikäme. Sie sagte: „Ja!" Er machte sich auch sogleich auf den Weg, um sie zu besuchen. Schließlich war er ja neugierig und wollte wissen, wie groß ihre Wohnung war. Natürlich hatte er auf dem Weg noch einen großen Strauß roter Rosen gekauft, die ihre Wirkung bisher nie verfehlt hatten. Bei ihr angekommen, zeigte er sich von seiner charmantesten Seite und heuchelte sogar Verständnis für sie vor. Er machte ihr das Angebot, ihr jederzeit behilflich zu sein, falls sie noch Hilfe brauchen würde. Von seiner Hilfsbereitschaft war sie sehr überrascht, weil sie ihn so nicht kannte. Misstrauisch von so viel Entgegenkommen dachte sie: „Was bezweckt er damit?" Aber sie machte gute Miene zum bösen Spiel, tat, als ob sie sich freute und sagte: „Lieb von dir, dass du mir helfen willst."

Da Fritz jetzt erst einmal den Fuß in Irmis Wohnung hatte, konnte er sich einen genauen Überblick über die Räumlichkeiten verschaffen. Die Wohnung bestand aus zwei schönen Zimmern, einem Kabinett sowie Küche, Bad, einem kleinen Abstellraum und Balkon. „Für eine Person viel zu groß", dachte er. Laut sagte er: „Schön hast du es hier." „Ich bin zufrieden und freue mich sehr über meine Wohnung", antwortete sie.

„Außerdem tut mir der Abstand von dir recht gut. Geschieden sind wir ja nicht. Sollte sich in absehbarer Zeit in unserer Beziehung wirklich etwas ändern, können wir immer noch über dieses Thema reden. Nur momentan wollte ich ganz einfach nicht mehr. Das ständige Warten auf dich, wann du von deinen Touren endlich einmal wieder zu Hause vorbeischaust, wollte ich nicht mehr." „Irgendwie verstehe ich dich ja. Aber du hättest mir doch noch einmal eine Chance geben können und erst mit mir reden, bevor du überstürzt ausziehst", sagte Fritz. „Wie viele Chancen denn noch? Tu nicht so, als ob du jetzt der Verlassene wärst. Einsam war immer nur ich. Wir müssen ja nicht böse aufeinander sein. Aber nur deine Dienstmagd zu sein, ist mir auf die Dauer zu wenig. Jetzt will ich ganz einfach einmal nur an mich denken und ich hoffe, dass du das verstehst", erwiderte sie. Fritz zeigte Verständnis, um Irmi auf keinen Fall zu verärgern. Schließlich wollte er sich den Zutritt zu ihrer Wohnung nicht verscherzen und verabschiedete sich übertrieben freundlich von ihr.

Als Oberkellner hatte Fritz immer sehr gut verdient und auch genauso viel ausgegeben, aber nur für sich. Zudem leistete er sich teure Hobbys, die viel Geld kosteten. Er spielte Tennis, kaufte sich teure Autos und ging auch hier und da auf den Pferderennplatz wetten. Fritz leistete sich alles, was ihm Spaß machte, und dazu gehörten natürlich auch Frauen. Auch an Segeltörns nahm er teil. Ein einziges Mal war Irmi bei einem Segeltörn dabei gewesen und das hatte ihr völlig gereicht. Jeden Tag feiern und das immer mit zu viel Alkohol. Das war für sie auf die Dauer zu anstrengend gewesen und keine Erholung. In weiterer Folge hatten sie lieber getrennt Urlaub gemacht und Irmi war mit ihren Freundinnen fortgefahren. In diesem Punkt waren sie sich völlig einig gewesen.

Dass Fritz auch außerhalb der Urlaubszeit nächtelang unterwegs war und einfach tagelang nicht nach Hause kam, reichte ihr jetzt nach all den Jahren. Leider war es in seinem Beruf üblich, dass man nach der Sperrstunde noch auf einen Umtrunk in andere Lokale ging, um sich zu amüsieren. So gesehen führten sie im Grunde eine Ehe nebeneinander. Solange Irmi noch arbeitete, machte ihr das Alleinsein weniger aus. Aber seit sie in Pension war, fiel ihr oft die Decke auf den Kopf. Schließlich wollte sie nicht den Rest ihres Lebens zu Hause hocken und auf Fritz warten. Außerdem hatte sie weniger Geld zur Verfügung als mit vollem Gehalt und war nicht mehr bereit, Fritz' teure Hobbys mit zu finanzieren.

Den Hauptanteil der Haushaltskosten hatte Irmi übernommen. Fritz beteiligte sich nur geringfügig daran. Es war ihr sehr wohl bewusst, dass sie selber schuld an dieser Aufteilung war. Sie hatte es durchgehen lassen, dass er sein Einkommen fast zur Gänze für sich verwenden konnte. Aber damit war es jetzt vorbei und sie wollte ihre Pension nur für sich haben. Sie wollte ihren Mann nicht länger mitfinanzieren und war stolz, dass sie es dieses Mal geschafft hatte, ihre Drohungen endlich in die Tat umzusetzen. Auch ihre Freundinnen hatten ihr zu diesem Schritt gratuliert und gemeint: „Das hättest du schon viel früher tun sollen.“

Irmi war guter Dinge und fühlte sich sehr wohl in ihrer neuen Wohnung. Sie wollte ihre neu gewonnene Freiheit nutzen, wusste aber nicht so recht, womit sie beginnen sollte. Natürlich war es für sie eine Umstellung, dass sie sich um niemanden mehr zu kümmern brauchte. Das Alleinsein war sie gewöhnt. Trotzdem fehlte ihr jemand, den sie verwöhnen konnte. Dabei dachte sie an eine Katze, die ihr Gesellschaft leisten sollte. Diesen Gedanken setzte Irmi kurzerhand in die Tat um und holte sich als Ersatzpartner eine allerliebste Katze aus dem Tierheim.

Fritz rief regelmäßig an und erkundigte sich nach ihrem Befinden. Stets war er übertrieben freundlich, worüber sie ein wenig verwundert war. Eines Tages, als Fritz sich wieder bei ihr telefonisch meldete, fragte er, ob er auf einen Sprung vorbeikommen könnte. Er wollte sie nämlich um einen kleinen Gefallen bitten. Sie hatte sofort ein unbehagliches Gefühl und nahm sich einen Moment Zeit, um nachzudenken, sie sagte dann: „Kannst du mir nicht gleich telefonisch sagen, was du willst?“ „ Eben nicht, deshalb frage ich ja, ob ich vorbeikommen kann.“ „Also gut, komm halt am Abend vorbei“, gab Irmi nach.

Am frühen Abend kam Fritz in ihre Wohnung. Er hatte wieder einen großen Strauß roter Rosen dabei. „Oje“, dachte Irmi, „wenn Fritz mit Rosen kommt, dann will er mich gnädig stimmen. Was führt er im Schilde?“ Nach der Begrüßung bat sie ihn, schon mal im Wohnzimmer Platz zu nehmen, derweil sie in die Küche ging, um eine Vase für die Rosen zu holen. „Schön hast du es", sagte Fritz, als Irmi mit den Rosen in einer Vase ins Wohnzimmer kam und diese auf den Tisch stellte. „Wie ich sehe, bist du inzwischen auch schon ziemlich weit mit dem Einrichten vorangekommen." „Meine Freundinnen Hanni und Gerda waren mir beim Einrichten eine große Hilfe. Aber jetzt bin ich schon neugierig, was du von mir willst. Wenn du schon mit Rosen kommst, muss es wohl ein sehr wichtiges Anliegen sein", sagte sie. „Du hast recht, und ich traue mich kaum, es dir zu sagen. Aber ich dachte, fragen kann ich ja. Es ist mir ehrlich gesagt sogar peinlich. Ich habe nämlich einen größeren Schaden im Bad und kann mich weder brausen noch waschen, weil ich kein Wasser habe. Darum dachte ich, bis der Schaden behoben ist, für ein paar Tage bei dir zu übernachten", meinte Fritz kleinlaut.

„Wie stellst du dir das vor? Du hast doch viele Freunde. Warum gehst du nicht zu einem oder einer von ihnen? Sicher lässt dich irgendeiner deiner Freunde für ein paar Tage bei sich übernachten. Aber bitte nicht bei mir. Warum bin ich sonst ausgezogen, wenn du jetzt bei mir wohnen willst", antwortete sie. „Ich gebe dir ja recht und ich verstehe dich auch gut. Aber wegen der paar Tage könntest du ja ausnahmsweise mal ein Auge zudrücken. Sollte es am Geld liegen, so bezahle ich dir gerne einen Beitrag", meinte er. „Es geht doch nicht ums Geld", Irmi wurde nervös. „Was ist denn schon dabei, wenn ich für ein paar Tage bei dir übernachte? Du siehst mich ja kaum, ich komme doch nur zum Schlafen", sagte Fritz. Sie überlegte, ob sie wieder nachgeben sollte. Ihr Bauchgefühl sagte ihr: „Nein." Stattdessen sagte sie automatisch: Na gut, dann komm halt her und übernachte ein paar Tage im Kabinett. Ich werde dir dort eine Liege herrichten. Aber nur für einige Tage – versprochen?" „Natürlich nur, bis der Wasserschaden wieder repariert ist. Irmi, du bist ein Schatz." Fritz umarmte sie und bedankte sich mit einem Kuss.

Aber Irmi war nicht wohl bei dem Gedanken, dass Fritz bei ihr wohnen würde. Ein ungutes Gefühl in der Magengrube sagte ihr, dass sie eine Fehlentscheidung getroffen hatte. „Sei doch nicht so pessimistisch. Die paar Tage wirst du schon überstehen. Bald wird er wieder fort sein", versuchte Irmi sich selbst Mut zuzusprechen.

Schon am kommenden Tag zog Fritz bei ihr ein und hatte zwei große Koffer dabei. „Wozu brauchst du für die kurze Zeit so viel Gepäck?", fragte Irmi überrascht? „Damit ich nicht ständig Wäsche zum Umziehen holen muss, wenn sie schmutzig ist", meinte Fritz. „Du hättest zwischendurch doch eine Maschine Wäsche bei mir waschen können", sagte Irmi. „Damit wollte ich dich nicht belästigen", antwortete er und bedankte sich bei ihr für das Entgegenkommen. Fritz war heilfroh, dass für ihn alles so reibungslos geklappt hatte. Dann gab sie ihm noch einen Wohnungs- und Haustürschlüssel, damit er unabhängig von ihr kommen und gehen konnte, wann immer er wollte. Zusätzlich sagte sie noch: „Um alles Weitere musst du dich selber kümmern, weil ich viel unterwegs bin." „Kein Problem, ich komme schon zurecht", sagte Fritz.

Die meiste Zeit verbrachte Irmi mit ihren Freundinnen. Hie und da half sie auch noch in ihrer früheren Firma aus. Das zusätzliche Geld kam ihr sehr gelegen. Sie verwendete es für Einrichtungsgegenstände in der neuen Wohnung und für eine Reise. Im Großen und Ganzen fand sie, dass ihr der Neuanfang gelungen war. Wenn nur nicht Fritz in ihrer Wohnung hocken würde.

Eines schönen Tages, als sie auf dem Heimweg von ihren Freundinnen war, musste sie immer an deren Worte denken. Sie hatte ihnen nämlich von seinem Einzug bei ihr erzählt, worauf Hanni und Gerda meinten: „Hoffentlich bereust du deine Gutmütigkeit nicht wieder." Es sei ja nur für einige Tage, bis sein Bad repariert ist, hatte sie ihnen ihre Bedenken nehmen wollen. Zu Hause angekommen, stand ihre Katze, wie erwartet hinter der von ihr geöffneten Wohnungstür. Zur Begrüßung schmiegte sie sich an ihre Beine. Erfreut über so viel Liebe nahm Irmi ihre Pinki auf den Arm, um sie zu liebkosen und ging mit ihr ins Wohnzimmer. Schon beim Öffnen der Tür, verschlug es ihr den Atem.

Es roch nach abgestandenem Zigarettenrauch im Zimmer. Das kam Irmi bekannt vor, wie in alten Zeiten. Fritz hatte vergessen, ordentlich zu lüften. Der volle Aschenbecher stand noch mit den Kippen auf dem Tisch und stank vor sich hin. Sie war sauer und nahm den Aschenbecher, um ihn in der Küche im Mülleimer auszuleeren. Als sie die Küche betrat, sah sie, dass er sein Frühstücksgeschirr ebenfalls nicht weggeräumt hatte. Auch hier durfte sie – wie immer – hinterherräumen. Wenn er heimkam, wollte sie ein ernstes Wort mit ihm reden. Wie recht doch ihre Freundinnen mit ihren Befürchtungen gehabt hatten.

Ganze zwei Tage ließ Fritz nichts von sich hören. Gerade als sie mit ihrer Pinki auf dem Schoß gemütlich vor dem Fernseher saß, öffnete er die Tür und sagte: „Hallo, da bin ich wieder." Irmi zeigte sich keineswegs erfreut und antwortete nur knapp mit: „Servus." Sie war nicht im Allergeringsten erfreut, ihn zu sehen und dachte: „Hoffentlich ist er bald wieder fort." Sie fühlte sich nämlich schon wieder ausgenutzt. Irmi setzte die Katze in die Sofaecke und stellte den Fernseher aus. Unbedingt wollte sie mit Fritz reden und ihm ihre Meinung sagen. Der hatte es sich inzwischen in einem Sessel bequem gemacht und zündete sich genussvoll eine Zigarette an. Das war die Gelegenheit, ihn zur Rede zu stellen: „Fritz, ich möchte dich bitten, in meinen Räumen nicht zu rauchen. Sei so nett und rauche auf dem Balkon oder bei dir im Kabinett." Fritz war momentan überrascht, wollte aufbrausen, besann sich aber eines Besseren und bremste sich ein, um einen Streit zu vermeiden. Schließlich wollte er Irmi nicht verärgern, damit sie ihn nicht rausschmiss. Also antwortete er ganz ruhig: „Schon gut, ich geh halt auf den Balkon, um zu rauchen." Irmi bedankte sich und fragte ganz nebenbei: „Übrigens, ist die Reparatur in deinem Bad nicht bald fertig?" „Noch nicht ganz, es gibt Probleme. Darum bin ich auch sauer", antwortete er. „Soll das etwa heißen, du bleibst länger?", fragte Irmi. „Könnte schon sein", sagte er. „Begeistert bin ich nicht. Ich würde dich bitten, dass du da hinterher bist, damit dein Bad so bald wie möglich wieder benutzbar ist. „Was bedeuten schon ein paar Tage mehr oder weniger für dich, da wir doch über vierzig Jahre verheiratet waren. Warum kommt es dir da plötzlich auf jeden Tag an?", fragte Fritz. „Ich weiß, dass es ein Fehler von mir war, dass ich dich aufgenommen habe. Ich will ganz einfach mein Leben für mich leben und mich nicht rechtfertigen müssen", sagte Irmi. „Das ist doch lächerlich, warum behandelst du mich so?", fragte er. „Was heißt hier lächerlich? Du bist unfair. Hast du überhaupt schon einmal einen Gedanken daran verschwendet, warum ich ausgezogen bin? Du warst ständig mit Freunden unterwegs und nur noch ein seltener Gast zu Hause. Vermissen tust du mich nur, weil du es gewohnt bist, dass ich nur noch deine Haushälterin bin. Aber ich habe mich entschlossen, diese Rolle abzulegen. Merk dir das bitte – es ist vorbei", sagte Irmi energisch. „Jetzt übertreibst du aber maßlos. Wir hatten doch auch schöne Zeiten und wunderbare Urlaube, hast du das vergessen?", sagte er. „Nein, vergessen habe ich es nicht, das war auch einer der Gründe, warum ich so lange bei dir geblieben bin", sagte sie. „Aber die meisten Urlaube hast du ohne mich verbracht und hast mich nicht vermisst. Ich musste mich mit meinen Freundinnen begnügen, obwohl die Urlaube mit ihnen auch sehr schön waren. Als Partner hast du völlig versagt. Deshalb bin ich gegangen. Es macht doch keinen Unterschied, ob ich bei dir oder hier alleine bin." „Lass uns doch noch ein letztes Mal in aller Ruhe miteinander reden. Ich werde mich bessern und mehr Zeit mit dir verbringen", versprach er. „Warum willst du mir etwas versprechen, was du nicht halten kannst? Was du in all den Jahren nicht geschafft hast, wieso sollte das plötzlich funktionieren? Lass uns das Gespräch beenden. Es führt doch zu nichts. Außerdem bin ich müde und gehe jetzt schlafen", sagte sie. „Schade", meinte er, „vielleicht überlegst du es dir doch noch, gute Nacht!"

Nach diesem Gespräch konnte Irmi nicht einschlafen. Aber sie schwor sich auf alle Fälle, dieses Mal standhaft zu bleiben. Außerdem hatte sie die Absicht, mit Hanni und Gerda eine Kreuzfahrt zu unternehmen und wollte Fritz während ihrer Abwesenheit unter keinen Umständen alleine in ihrer Wohnung haben. All diese Gedanken raubten ihr den Schlaf. Sie ärgerte sich über sich selbst, weil sie wieder so dumm gewesen war und nachgegeben hatte. Es ärgerte sie auch, dass er es immer wieder schaffte, sie einzulullen. Momentan rauchte er zwar auf dem Balkon und ließ auch sonst nichts herumliegen, trotzdem behagte ihr die ganze Situation nicht. Sie wollte Fritz wieder aus ihrer Wohnung haben. Das war schließlich ihr gutes Recht.

Am nächsten Morgen, nach einer schlaflosen Nacht, kam ihr ein wunderbarer Duft von frisch gebrühtem Kaffee entgegen. „Aha", dachte sie, „Fritz lässt nichts unversucht, mich wieder umzustimmen." Aber sie war nach der schlaflosen Nacht nicht in der Verfassung, die Debatte vom Vorabend fortzusetzen und war nicht gewillt, auch nur einen Millimeter nachzugeben.

Ein wenig erfrischt, nach einer ausgiebigen Morgendusche, begab sich Irmi in die Küche. Als sie die Küche betrat, wurde sie von Fritz freundlich begrüßt. Er umarmte sie, drückte sie an sich und wollte ihr ein Busserl geben, wonach Irmi aber keineswegs zumute war und sie sagte darum: „Bitte nicht, lass das." „Ich wollte doch nur lieb zu dir sein. Ich konnte nicht ahnen, dass du mich überhaupt nicht mehr magst", sagte er.
„Mit Mögen hat das nichts zu tun, ich will mir ersparen, dass die alte Leier wieder von vorne beginnt. Übrigens muss ich noch mit dir reden. In zwei Wochen gedenke ich mit Hanni und Gerda eine Kreuzfahrt zu machen und hoffe doch, dass dein Bad bis dahin fertig ist", sagte Irmi. „In zwei Wochen auf jeden Fall", sagte er. „Dann bin ich ja froh", atmete Irmi erleichtert auf. „Wer kümmert sich eigentlich um deine Katze während deiner Abwesenheit? Wenn du willst, kann ich nach ihr schauen", bot er ihr an. „Nicht nötig, das macht meine Nachbarin. Ich habe es schon mit ihr ausgemacht. Aber danke für dein Angebot", sagte sie.

Irmi war froh, dass sich nun doch noch alles in Wohlgefallen auflösen würde. Wichtig war nur, dass Fritz noch vor ihrer Abreise aus ihrer Wohnung verschwunden war. Nach seiner Aussage durfte das auch klappen.

Der Tag der Abreise rückte immer näher, und Fritz war noch immer nicht ausgezogen. So langsam wurde Irmi nervös. Zu allem Übel konnte sie auch ihren Pass nicht finden. Sie hatte sogar mit dem Gedanken gespielt, dass Fritz eventuell seine Finger im Spiel haben könnte. Sogleich verwarf sie den hässlichen Gedanken und genierte sich, dass sie ihm solch eine Tat zugetraut hatt. Aber sie hatte schon die ganze Wohnung durchsucht. Kein Wunder, dass ihr solche Gedanken durch den Kopf gegangen waren. Lieber wollte sie auf den Urlaub verzichten, als Fritz bei sich einnisten zu lassen. Und so kam es dann auch.

Natürlich war Fritz nicht rechtzeitig vor Irmis Abfahrt ausgezogen, und sie war gezwungenermaßen daheim geblieben. Sie hatte eine riesige Wut im Bauch, dass er es geschafft hatte, ihr seinen Willen aufzuzwingen. Ihr wurde auch langsam klar, dass sein Bad überhaupt nicht kaputt war. Er hatte gelogen, und sie war darauf reingefallen. Wie sollte sie sich nur gegen solche Gemeinheiten wehren? Herrgott, gab es denn keine Möglichkeit, den Mann loszuwerden? Was für Chancen hatte sie? Sollte sie ihm mit der Polizei drohen? Das wollte sie auch nicht. Ihr fiel nichts mehr ein. Sie gab sich große Mühe, nicht die Nerven zu verlieren.

Fritz hatte sich seit Tagen nicht blicken lassen, das schien Irmi verdächtig. Möglich, dass er ein schlechtes Gewissen hatte, weil er höchstwahrscheinlich ihren Pass versteckt hatte. Natürlich nur eine Vermutung. Das Warten zerrte an ihren Nerven. Sie wollte endlich reinen Tisch machen und ihn draußen haben. Das Beste wäre eine endgültige Scheidung gewesen, damit der Spuk endlich ein Ende hätte.

Nach drei Tagen erschien Fritz. Er war überaus freundlich und tat, als ob nichts gewesen wäre. Er spielte sogar den Überraschten, als er Irmi sah. „Ich dachte, dass du fort bist.“ „Tu nicht so, als ob du es nicht wüsstest. Wer hat denn meinen Pass versteckt? Du hattest doch nicht etwa angenommen, dass ich dich hier in meiner Wohnung alleine lassen würde? Übrigens hast du dein Wort nicht gehalten, du wolltest vor meiner Abreise ausziehen“, sagte Irmi erbost. „Es hat halt nicht so geklappt. Was spielt es schon für eine Rolle, wie lange ich bei dir wohne?“, meinte Fritz lakonisch. „Aber ich will, dass du endlich wieder in dein Haus ziehst. Inzwischen nehme ich an, dass dein Bad nie kaputt gewesen ist und du mich belogen hast“, schrie Irmi ihn an. „Du hast vollkommen recht. Ich wollte in dem leeren Haus nicht allein sein und bin wieder bei dir – und dabei bleibt es“, sagte Fritz. „Das könnte dir so passen, aber nicht mit mir. Du gibst mir sofort meinen Schlüssel zurück und verschwindest, oder ich hole die Polizei und lass dich rausschmeißen“, sagte sie energisch. „Mit welcher Begründung? Du hast mir die Schlüssel doch freiwillig gegeben und mir erlaubt, hier zu wohnen. Alles andere streite ich ab, und du kannst gar nichts beweisen. Also ist es besser, wenn du dich gut mit mir stellst“, sagte er. „Das kann doch wohl nicht dein Ernst sein. Schon wieder nutzt du meine Gutmütigkeit schamlos aus.“ „Du kannst doch eh machen, was du willst, ohne dass ich dich behindere. Wir können doch ohne Weiteres nebeneinander leben, damit ich nicht alleine bin.“ „So wie du es darstellst, stimmt es leider nicht. Du willst deine gewohnten Bequemlichkeiten, die du bei mir genossen hast, nicht aufgeben. Deine Freundinnen waschen und putzen nämlich nicht für dich. Sie genießen nur die Annehmlichkeiten mit dir. Zu Hause warst du meistens nur kurz. Sozusagen zum Wäsche wechseln“, sagte Irmi. „Wenn du es so siehst – o. k.“, meinte Fritz. „Genau das ist es, was ich nicht mehr will. Wenn du nicht ausziehst, gebe ich diese Wohnung halt wieder auf und nehme mir eine andere. Du bist hier nicht gemeldet und hast keinen Anspruch auf irgendetwas. Obdachlos bist du auch nicht. Also zieh wieder in dein Haus. In die nächste Wohnung werde ich dich nicht mehr reinlassen. Diesen Fehler werde ich sicher kein zweites Mal begehen“, sagte Irmi. „Das schau ich mir an, dass du die Wohnung hergibst und mich rausschmeißt. Das lasse ich sicher nicht

zu. Ich finde schon einen Weg, um das zu verhindern", drohte
Fritz. „Du bedrohst mich also, das wird ja immer schöner. Ich
muss wahrscheinlich doch die Polizei um Hilfe bitten, wenn du
es nicht anders willst", sagte Irmi. „Ich lasse dich nicht aus den
Augen, bis du vernünftig wirst. Alles andere kannst du dir aus
dem Kopf schlagen. Mich wirst du nicht mehr los", drohte Fritz.

„Jetzt erst recht!", dachte Irmi. Ihr würde schon etwas einfallen. Sie musste nur schlauer sein als er. Sie stand aus ihrem Sessel auf, ging ohne noch ein Wort zu sagen in ihr Zimmer und
schloss die Tür hinter sich ab. Sie war wütend. Am liebsten hätte
sie aus Verzweiflung laut geschrien. Leider hatte sie keinen Menschen, mit dem sie reden konnte. Hanni und Gerda fehlten ihr
jetzt. Ihnen ging es gut, und sie seufzte laut. Wie gerne wäre sie
jetzt bei ihnen gewesen. Langsam beruhigte sie sich und trock-
nete ihre Tränen, die ihr vor Wut über die Wangen gelaufen waren. Nachdem sie sich wieder einigermaßen unter Kontrolle hatte, begann sie einen Plan zu schmieden. Eines war ihr bewusst:
Sie musste vorsichtig mit ihren Äußerungen sein, um Fritz bei
Laune zu halten. Er sollte das Gefühl haben, sie hätte resigniert.

Am nächsten Morgen, als sie sich im Vorzimmer über den Weg
liefen, grüßten sie einander nicht. Fritz schmiss ihr nur so nebenbei den Pass auf die Kommode und sagte: „Damit du wieder reisen kannst!"

„Also doch! Ich fasse es nicht! Ich habe meine Kreuzfahrt ver-
säumt und zusätzlich Geld verloren! Warum hast du das getan?"
„Ganz einfach, weil ich mich nicht von dir vor die Tür setzen
lassen wollte während deiner Abwesenheit."

Irmi wusste, dass es sinnlos war, mit ihm zu diskutieren und
antwortete auf diese Gemeinheit nicht. Sie nahm den Pass vom
Tisch, ging in ihr Zimmer und versteckte ihn so, dass er ihn
nicht mehr finden würde. In weiterer Folge wollte sie den Pass
in ihr Bankschließfach legen. Sie wusste, was sie jetzt zu tun hat-

te, nahm das Telefonbuch zur Hand und schrieb einige Adressen von Scheidungsanwälten heraus. Jetzt wollte sie die absolute Trennung und endlich die Scheidung einreichen. So konnte es einfach nicht mehr weitergehen.

Irmi hatte einen Anwalt in ihrem Bezirk ausfindig gemacht, der ihre Interessen vertreten sollte. Sie war froh, dass sie sich endlich zu diesem Schritt überwunden hatte. Voller Hoffnung schaute sie in die Zukunft und konnte zu dem Zeitpunkt leider nicht ahnen, dass ihr dieser Schritt teuer zu stehen kommen würde.

Eines Tages kam Fritz schon am frühen Nachmittag zu Irmi in die Wohnung. Kaum dass er die Eingangstür hinter sich geschlossen hatte, rief er laut: „Spinnst du jetzt total? Lässt mir da einen Brief von deinem Anwalt wegen einer Scheidung schicken! Was soll das jetzt heißen?" „Ich hatte dir doch schon einmal gesagt, dass ich mich scheiden lasse, wenn du nicht ausziehst. Aber du dürftest mich wieder einmal nicht ernst genommen haben. Mir ist es aber bitterernst und ich hoffe, dass du das endlich begreifst", sagte sie. „Gar nichts begreif ich!" Fritz rieb ihr den Brief wütend unter die Nase. „Wenn du Krieg willst, so sollst du ihn haben."

Irmi sagte kein Wort und lief ins Wohnzimmer zum Telefon. Gerade als sie nach dem Hörer greifen wollte, wurde er ihr auch schon aus der Hand gerissen und an den Kopf geknallt. Sie schrie vor Schmerz auf. Aber Fritz hielt ihr schnell den Mund zu, damit die Nachbarn nicht aufmerksam wurden und flüsterte gedämpft: „Halt den Mund, oder soll ich dir auch noch eine schmieren?" Aber als er zu seinem Entsetzen sah, dass sie eine Platzwunde über dem linken Auge hatte und ihr das Blut über die Wange lief, hielt er inne und ließ von ihr ab. Irmi weinte herzzerreißend. Sie wandte sich von ihm ab, ging in ihr Schlafzimmer und schloss sich ein. Dann nahm sie ihr Handy zur Hand und rief bei ihrer Freundin Gerda an und bat sie, gleich zu ihr zu kommen.

Vorsichtig klopfte Fritz an Irmis Tür. Weil sie sich nicht meldete, wurde das Klopfen heftiger und er sagte: „Irmi, mach bitte
die Tür auf." Da sie sich weiterhin nicht meldete, wurde sein
Ton schon etwas forscher: „Wenn du nicht sofort die Tür öffnest, trete ich sie ein!" „Wie du willst. Ich habe schon um Hilfe übers Handy gerufen, damit ich Zeugen habe wegen meiner
Verletzung", sagte Irmi. Kurze Stille. Danach kam eine kleinlaute Frage: „War das wirklich notwendig, dass du mit der Polizei gedroht hast? Wir hätten doch in aller Ruhe über alles
sprechen können. Ich bitte dich auch um Verzeihung, und lass
es uns bitte ausdiskutieren." „Nur unter der Bedingung, dass
du deine Sachen packst und ausziehst", sagte Irmi. Wieder Stille. Dann sagte er kleinlaut: „Na gut, ich gebe mich geschlagen
und ziehe aus."

Noch während Irmi und Fritz diskutierten, läutete es an der Eingangstür und Fritz verschwand schnell im Kabinett, um nicht von
Gerda gesehen zu werden. Irmi kam aus ihrem Zimmer, öffnete die Tür, um Gerda hereinzulassen. Diese erschrak heftig, als
sie Irmi zu Gesicht bekam und sagte: „Um Gottes Willen, wie
schaust du denn aus?" „Komm, wir gehen ins Wohnzimmer und
ich werde dir erzählen, wie alles gekommen ist", sagte Irmi. „Aber
mit der Wunde musst du auf alle Fälle zum Arzt. Auch wegen
der Bestätigung, die du bei deiner Scheidung sicher verwenden
kannst. Ich begleite dich natürlich", sagte Gerda.

Ungern ließ Irmi sich zu diesem Schritt von Gerda überreden.
Das Ganze war ihr sehr peinlich. Aber sie sah ein, dass es nicht
anders ging, wenn sie die Scheidung anstrebte. Beim Verlassen
der Wohnung klopfte sie noch an die Kabinetttür und sagte leise: „Die Schlüssel kannst in den Postkasten schmeißen, vergiss
das bitte nicht."

Nach dem Arztbesuch begleitete Gerda Irmi wieder zurück in
ihre Wohnung, um sich zu überzeugen, dass Fritz auch wirklich
gegangen war, damit Irmi keinen weiteren Attacken ausgesetzt

war. Gerda machte ihr sogar den Vorschlag, über Nacht zu bleiben, damit sie in aller Ruhe ausschlafen konnte. Liebend gern nahm sie Gerdas Angebot an. Sie schaute noch in den Postkasten nach dem Wohnungsschlüssel. Fritz hatte Wort gehalten. Als sie den Schlüssel in ihrer Hand hielt, fiel ihr vor Erleichterung ein Stein vom Herzen. Endlich war sie Fritz los. In diese Wohnung sollte er keinen Fuß mehr setzen, schwor sich Irmi. Nun konnten Gerda und sie sich einen gemütlichen Abend machen und in aller Ruhe Lagebesprechung halten, wie es für Irmi weitergehen sollte. Wie hatte es nur dazu kommen können, dass Fritz sich so gehengelassen hatte. „Am Anfang unserer Ehe haben wir uns einmal sehr geliebt. Leider blieb unsere Ehe kinderlos. Möglich, dass Kinder Fritz vielleicht mehr an zu Hause gebunden hätten. Schon nach einigen Jahren unserer Ehe ist er immer öfter nächtelang von zu Hause fortgeblieben und hat sich all seine Hobbys geleistet. Es kam auch vor, dass ich schon in der Arbeit war, wenn Fritz in der Früh nach Hause kam. Wir begegneten einander nicht, weil er am Nachmittag, wenn ich heimkam, schon wieder fort war. So gesehen haben wir jahrelang gewohnheitsmäßig nebeneinander gelebt", sagte Irmi.

Irmi hatte in all den Jahren den Haushalt geführt und sich auch sonst um alles gekümmert, was für Fritz sehr bequem war. Darum konnte er auch nicht verstehen, dass sie diese ihr zugedachte Rolle plötzlich nicht mehr wollte und ausgezogen war. Natürlich gefiel es ihm jetzt nicht in dem leeren, unaufgeräumten Haus. Seine Freundinnen wuschen und bügelten ihm seine Wäsche sicher nicht. Er war von Irmi verwöhnt worden. Aber sie hatte keine Lust, bis in alle Ewigkeit seine Bedienstete zu sein. Außerdem verbrauchte Fritz sein Geld fast ausschließlich nur für sich. Den größten Anteil der Haushalts- und sonstigen Anschaffungskosten zahlte Irmi. Aber seit sie in Pension war, hatte sie weniger Geld zur Verfügung und wollte sich nicht einschränken, damit Fritz sich seine teuren Hobbys weiterhin leisten konnte. Schließlich hatte er immer sehr gut verdient und sollte sich sein Luxusleben selber finanzieren oder zurückstecken.

Gerda verstand Irmi vollkommen und sagte: „Es ist an der Zeit, dass du einen Schlussstrich ziehst, noch dazu, weil er handgreiflich geworden ist. Du solltest dich so schnell wie möglich scheiden lassen. Ich bin nur froh, dass er aus deiner Wohnung verschwunden ist und ich mir keine Sorgen mehr machen muss und beruhigt nach Hause fahren kann." Müde von dem langen Gespräch gingen beide schlafen und Irmi bedankte sich bei Gerda für deren Fürsorge.

Am nächsten Morgen meldete sich Irmi als Erstes bei ihrem Anwalt und bat um einen neuen Termin wegen ihrer Scheidung. Sie war voller Tatendrang. Alles schien planmäßig zu laufen. Sie erhielt auch relativ schnell einen Termin beim Anwalt.

An besagtem Tag war Irmi schon sehr früh aufgestanden, um in Ruhe zu frühstücken. Danach nahm sie ihre Dokumentenmappe aus der Schreibtischlade und legte sie griffbereit ins Vorzimmer auf die Ablage. Sie zog sich in aller Ruhe schön an und wollte sich für diesen Tag auch ein wenig schmücken. Aber sie konnte ihren Schmuck nicht finden. Irmi überlegte, wo sie den Schmuck nur hingelegt haben könnte. Sie durchsuchte all ihre Laden ein zweites Mal. Auch Plätze, wo er eventuell auch sonst noch hätte sein können. Den Gedanken, der ihr plötzlich kam, wollte sie einfach nicht wahrhaben. Es konnte doch nicht sein, dass Fritz schon wieder seine Finger im Spiel hatte.

Irmi erschrak. Sie musste sich erst einmal setzen. War es ein Traum oder Realität? Sollte das ganze Theater jetzt wieder von vorne losgehen? Sie war verzweifelt. Im ersten Augenblick gedachte sie, auf ihren Schmuck zu verzichten. Auf keinen Fall wollte sie bei Fritz um Rückgabe ihres Schmuckes betteln. Sie wollte sich auf keinen Fall zwingen lassen, zu Fritz Kontakt aufzunehmen.

Sie überlegte, ob sie nicht doch zur Polizei gehen sollte, um den Diebstahl zu melden. Aber diesen Gedanken verwarf sie gleich wieder, weil sie keine Beweise hatte, dass Fritz den Schmuck gestohlen hatte. Außerdem würde er sowieso alles abstreiten. Sie musste weinen und fragte sich immer wieder: „Was habe ich nur verbrochen, dass ich so gestraft werde? Warum passiert gerade mir das?"

Also musste Fritz, während Gerda mit ihr beim Arzt gewesen war, in ihrem Zimmer gewesen sein und alles durchwühlt haben. Aber womit hatte er die Tür aufgesperrt? Den Schlüssel hatte Irmi doch abgezogen und mitgenommen. Wenn er bei ihr alles durchsucht hatte, hatte er auch alles andere gefunden.

Der nächste Schreck! Ihr Sparbuch! Auch dieses fand sie nicht. Irmi verzweifelte. Es war unvorstellbar, was sie jetzt durchlebte. Fritz hatte sie total in der Hand. Wieder war sie ihm ausgeliefert. Es lief bei ihr auch alles schief. Irmi brauchte einen Menschen, mit dem sie reden konnte. Sie rief erneut Gerda an und fragte, ob sie zu ihr kommen könnte. Danach bat sie beim Anwalt mit der Ausrede, dass sie krank geworden sei, um eine nochmalige Verschiebung des Anwaltstermins.

Dann fuhr Irmi direkt zu Gerda. Diese war ebenfalls fassungslos, als Irmi ihr erzählt hatte, was Fritz sich für eine weitere Gemeinheit geleistet hatte. „Irmi, mir schwant nichts Gutes. Wenn Fritz in deinem Zimmer war, ohne die Tür gewaltsam zu öffnen, hatte er einen Schlüssel. Wenn es ihm gelungen war, deine Zimmerschlüssel nachmachen zu lassen, war es eine Kleinigkeit, einen Zweitschlüssel für deine Wohnungstür zu besorgen. Als Vorlage diente ihm der Schlüssel, den du ihm ja ausgehändigt hast. Du solltest dir sofort ein neues Türschloss einbauen lassen", sagte Gerda. „Du hast recht, das werde ich noch heute in die Wege leiten", sagte Irmi.

Aber wie sollte sie sich jetzt Fritz gegenüber verhalten? Sicher erwartete er schon ihren Anruf. Was sollte sie ihm sagen? Es fiel ihr schwer, als Bittstellerin dazustehen. Auf keinen Fall durfte sie ihm Vorwürfe machen. Schließlich wollte sie etwas von ihm und nicht er von ihr. Zum Schein musste sie nett zu ihm sein, wenn sie ihr Sparbuch und den Schmuck zurückhaben wollte. Sie musste schlau und überlegt vorgehen, aber so, dass Fritz nicht misstrauisch wurde.

Gerda und Irmi fuhren noch gemeinsam zu einem Schlosser, den sie in einem Telefonbuch ausfindig gemacht hatten, der das Türschloss der Eingangstür prompt und schnell noch am selben Tag austauschte. Das neue Schloss gab Irmi zumindest ein Gefühl der Sicherheit und nahm ihr die Angst, dass Fritz ganz plötzlich unangemeldet zur Tür hereinkam. Jetzt konnte Gerda ihre Freundin beruhigt alleine lassen und nach Hause fahren.

Irmi hatte als Nächstes die unangenehme Aufgabe vor sich, bei Fritz anzurufen. Sie erreichte ihn erst am kommenden Tag spät am Abend. Kleinlaut und unsicher fragte sie: „Warum hast du mir meinen Schmuck und mein Bankbuch weggenommen?" „Ich weiß nicht, wovon du sprichst, du musst dich irren", sagte Fritz. „Warum tust du mir das an? Bitte sag mir, was du willst", forderte sie ihn auf. „Na was schon? Zieh die Scheidungsklage zurück, dann können wir miteinander reden", sagte Fritz. „Was bringt dir das? Was macht das für einen Sinn?", fragte Irmi. „Das lass nur meine Sorge sein", sagte Fritz. „Na gut – gezwungenermaßen", sagte Irmi. „Melde dich halt wieder, wenn du die Klage zurückgezogen hast", sagte Fritz. „Das ist Erpressung!", sagte Irmi und legte den Hörer auf.

Den ersten Schritt zur Kontaktaufnahme hatte Irmi getan. Sie musste Fritz in Sicherheit wiegen und durfte keinen Fehler begehen, um ihr Sparbuch zurückzubekommen. So peinlich es ihr auch war, zog sie wohl oder übel die Scheidungsklage wieder einmal zurück. Sobald das geschehen war, meldete sie sich bei Fritz, um ein Treffen in einem Lokal zu vereinbaren. Aber Fritz wollte sich mit ihr unbedingt in ihrer Wohnung treffen. Das musste sie auf jeden Fall vermeiden, weil er bemerken würde, dass sie das Türschloss ausgewechselt hatte. Darum bat sie Fritz inständig, sich an einem neutralen Ort mit ihr zu treffen. Bei einem guten Essen in einem Restaurant, in entspannter Atmosphäre ließe es sich besser verhandeln, meinte sie.

Leider ging er auf ihren Vorschlag nicht ein und machte ihr ein anderes Angebot, das ihr überhaupt nicht gefiel. Er wollte nämlich, dass sie zu ihm nach Hause kam. Alleine schon der Gedanke, mit Fritz allein im Haus zu sein, machte ihr Angst. Sie wusste genau, dass er den Versuch machen würde, sie zum Bleiben umzustimmen. Aber nach den bösen Spielen, die er sich mit ihr geleistet hatte, war nur der Gedanke daran zu bleiben, völlig ausgeschlossen und sie sagte vorerst ab.

Irmi traf sich zur Beratung mit Gerda und Hanni im Caféhaus. Sie wollte gerne deren Meinung hören. „So wie es ausschaut, wirst du auf seinen Vorschlag eingehen müssen. In deine Wohnung darfst du Fritz auf keinen Fall lassen, sonst bleibt er wieder bei dir“, sagte Hanni. „Hanni hat recht, es wird dir nichts anderes übrig bleiben, als zu ihm zu gehen, wenn du den Schmuck und dein Bankbuch wiederhaben willst. Leider hat Fritz dich in der Hand und nutzt das schamlos aus“, pflichtete Gerda bei. „Dann werde ich seine Einladung wohl oder übel annehmen müssen. Mir bleibt auch nichts erspart“, meinte Irmi betrübt.

Als Irmi ihren Scheidungsrücktritt schriftlich in der Hand hielt, rief sie wieder bei Fritz an, um mit ihm einen Termin zu vereinbaren, wann sie sich treffen konnten. Als Ausrede bat sie ihn, dass sie lieber am Tag kommen würde, weil sie abends nicht gerne mit dem Auto unterwegs wäre. Dabei hatte sie natürlich den Gedanken im Hinterkopf, dass er sie nötigen könnte, über Nacht bei ihm zu bleiben. Das wollte sie auf keinen Fall. Zum Glück gewährte er ihr die Bitte.

Fritz hatte Irmi für Sonntagmittag zum Essen eingeladen.
Sie kam zur ausgemachten Zeit. Ihre Knie waren ein wenig weich, als sie ihr ehemaliges Zuhause betrat. Hier hatte sie den

größten Teil ihres Lebens verbracht. Es war ein kurzer Augenblick der Sentimentalität. Nur nicht schwach werden, dachte sie. Fritz begrüßte sie überschwänglich mit einem Kuss, was ihr äußerst unangenehm war. Aber sie ließ sich nichts anmerken und tat zum Schein erfreut. Schließlich wollte sie ja nicht mit leeren Händen nach Hause fahren.

Fritz lud sie ein, am Wohnzimmertisch Platz zu nehmen. Er hatte den Tisch sehr schön gedeckt, und an ihrem Platz lag eine wunderschöne rote Rose. „Schön, wie du aufgedeckt hast und danke für die Blume", sagte Irmi. „Zu essen gibt es nur Spaghetti. Ich wollte nicht lange in der Küche stehen und kochen, wenn du da bist. Ich habe alles vorbereitet und brauche das Essen nur aufzutragen." Er ging mit den Worten in die Küche: „Gleich bin ich mit dem Essen wieder da."

Während Fritz in der Küche hantierte, konnte Irmi sich umsehen und stellte fest, dass hier schon längere Zeit nicht geputzt worden war. Er hatte nur oberflächlich für ihren Besuch aufgeräumt. Sie hoffte, dass er nicht auf den Gedanken kommen würde, ihm beim Putzen zu helfen. Hier wollte sie auf keinen Fall mehr etwas anfassen.

Schon bald kam Fritz mit einer Schale verführerisch duftender Spaghetti zur Tür herein und riss Irmi aus ihren Gedanken. Er stellte die Schale auf den Tisch und fragte sie: „Ist es dir recht, wenn ich dir vorlege oder bedienst du dich lieber selber?" „Bitte, gib mir eine kleine Portion, ich habe keinen großen Appetit", sagte Irmi. „Fritz: „Magst du ein Glas Wein zum Essen?" „Bitte ein halbes Glas, wie du weißt, muss ich noch mit dem Auto nach Hause fahren", sagte Irmi. „Du musst nicht fortfahren. Du kannst auch hier übernachten", sagte er. Irmi hatte befürchtet, dass Fritz ihr dieses Angebot machen würde. Aber sie reagierte schnell: „Meine Katze wartet auf mich, sie will von mir abends gefüttert werden." „Sie wird sicher nicht verhungern, wenn sie einmal einen Abend nichts bekommt. Ich hab schon verstanden, dass du nicht bei mir bleiben willst“, sagte Fritz. „Aber vielleicht willst du noch eine Nachspeise?“ „Danke nein. Die Spaghetti waren reichlich – und sehr gut. Ich bin satt. Aber wenn du mir noch einen Mocca machen würdest, wäre ich dir dankbar“, sagte sie.

Um den Mocca aufzubrühen, musste Fritz das Zimmer wieder für kurze Zeit verlassen. Diesen Augenblick nutzte Irmi zum Nachdenken, wie sie sich weiterhin ihm gegenüber verhalten sollte, um ihn auf keinen Fall zu verärgern. Es stand für sie zu viel auf dem Spiel. Sie musste Entgegenkommen heucheln, damit sie nicht ohne Schmuck und Sparbuch nach Hause fahren musste. Wenn sie ihren Bußgang nur schon hinter sich hätte. Er machte es ihr wirklich nicht leicht.

Nach kurzer Zeit kam Fritz mit zwei Mocca-Tassen auf einem Tablett zurück und servierte ihn. Dann sagte Fritz ganz unverblümt: „Du bist immer noch eine sehr attraktive Frau, und ich begehre dich nach wie vor. Könnten wir es uns nicht ein wenig gemütlich machen und es noch einmal miteinander versuchen? Was sagst du dazu?“ Irmi antwortete sehr diplomatisch: „Das muss ich mir erst noch überlegen. Aber um auf dein Versprechen zurückzukommen, wolltest du mir nicht mein Sparbuch und den Schmuck zurückgeben?“ „Hast du es so eilig? Natürlich halte ich mein Versprechen. Aber ich dachte, wenn du schon einmal bei mir bist, können wir uns wieder ein wenig näherkommen“, meinte Fritz. „Es kommt darauf an, was du darunter verstehst“, antwortete sie. „Na, was schon?“, antwortete er grinsend. „Diese Absicht hatte ich eigentlich nicht, dazu bin ich auch nicht hergekommen“, sagte sie. „Wenn du glaubst, ich habe viel Zeit …“, meinte Fritz.

Irmi hatte nicht die Absicht, ohne ihr Eigentum von Fritz fortzugehen und dachte sich: „Da musst du jetzt durch, sonst kannst du mit leeren Händen heimfahren. Also lass es in Gottes Namen über dich ergehen.“ Sie folgte ihm ins Schlafzimmer. Nach dieser Demütigung wollte Irmi nur noch fort. Sie bekam endlich ihren

Schmuck und das Sparbuch zurück. Ihr fiel ein Stein vom Herzen. Jetzt wollte sie nur noch weg! Weg! Weg! Aber er hatte es nicht so eilig mit der Verabschiedung. Er umarmte sie und fragte: „Du hast doch nichts dagegen, wenn ich dich hier und da besuche?" Was sollte Irmi darauf antworten, ohne Fritz zu verärgern? „Verdirb dir nur nichts in letzter Minute durch eine unüberlegte Antwort", dachte sie und sagte: „Ist schon recht." Dann löste sie sich aus seiner Umarmung, ging schnell zum Auto, stieg ein und verriegelte sofort alle Türen – aus Angst, dass er noch einmal eine Tür öffnen könnte. Ohne zurückzublicken, fuhr Irmi erleichtert davon. Sie wollte nur noch nach Hause und duschen, um alles von sich abzuwaschen. Trotz allem machte sich bei ihr eine gewisse Erleichterung bemerkbar. Endlich war sie von dem Druck und der Angst befreit, ihr Eigentum nicht mehr zurückzubekommen. Gott sei Dank hatte sie es geschafft!

Kaum hatte Irmi ihre Wohnungstür aufgesperrt, kam ihr Pinki entgegen und schmiegte sich wie meistens an ihre Beine. Irmi nahm sie auf den Arm, um sie an sich zu drücken. Es war ein schönes Gefühl, ihre Wärme zu spüren. Sie ging mit ihr in die Küche, um sie zu füttern. Nachdem die Katze versorgt war, war Irmis erster Gang unter die Dusche, um sich reinzuwaschen. Danach fühlte sie sich gleich wohler.

Nach dem erlebnisreichen Tag wollte sie nur noch ihre Ruhe haben. Sie schaltete ihr Handy aus, legte sich eine CD in den Player, schenkte sich ein Glas Wein ein und lauschte andächtig der beruhigenden Musik. Der Wein tat ihr gut und sie spürte, wie ihr innerlich wohlig warm wurde und sie auf andere Gedanken kam. Mit diesem wunderbaren Gefühl der Erleichterung schlief sie mit Pinki im Arm auf dem Sofa ein.

In der Früh war sie verwundert, dass sie nicht in ihrem Bett lag. Aber gut ausgeschlafen, fühlte sie sich wohl und war sofort voller Tatendrang. Als Erstes aktivierte sie ihr Handy, um angerufen werden zu können. Danach bereitete sie sich ein Frühstück.

Als sie sich zu Tisch setzen wollte, kam auch schon der erste Anruf. Irmi war voller Freude in der Annahme, dass es Gerda oder
Hanni sein könnte, las aber auf dem Display „Fritz" und drückte ihn automatisch weg.

Ein Schock auf nüchternen Magen. Sie empfand es als Zumutung,
nach der gestrigen Demütigung auch nur ein einziges Wort mit
ihm zu reden. Er war ganz einfach rücksichtslos! Dass er schon
immer ein Egoist gewesen war, war nichts Neues. Aber dass er
zusätzlich auch brutal war, hatte sie früher an ihm nicht gekannt.
Seit er ihr den Hörer an den Kopf geschlagen hatte, fürchtete sie
sich vor ihm. Eigentümlich, Irmi wurde das Gefühl nicht los, dass
er noch nicht aufgeben hatte, sie zur Umkehr zu bewegen. Was
konnte ihm noch einfallen? Irmi dachte sofort an ihre Schlüssel.
Wie gut, dass sie das Schloss ausgewechselt hatte. Es gab ihr zumindest ein kleines Gefühl der Sicherheit. Inzwischen hegte sie
sogar den Verdacht, dass er sich von sämtlichen Räumen einen
Schlüssel hatte nachmachen lassen. Also musste sie jederzeit damit rechnen, dass er plötzlich wieder bei ihr auftauchte, solange er nicht wusste, dass sie das Schloss hatte austauschen lassen.
Fritz war sicher sauer auf sie, nachdem sie sein Gespräch nicht
angenommen hatte.

Irmi rief wieder einmal bei Gerda an, um sie zu bitten, sie in
die Bank zu begleiten. Sie hatte nämlich die Absicht, sich ein
Schließfach zuzulegen, damit ihr solch ein Malheur nicht noch
einmal passieren könnte und Fritz keinen Zugriff mehr auf ihre
Wertsachen hatte. Wie so oft erklärte sich Gerda gerne bereit,
sie zu begleiteten. Nachdem sie ihre Wertsachen im Schließfach
deponiert hatte, gingen sie noch auf einen Stadtbummel und anschließend gemeinsam in ein Restaurant.

Während des Essens erzählte sie von ihrem Verdacht der Reser-
veschlüssel, die Fritz wahrscheinlich für ihre Wohnung besaß.
„Dass Fritz noch einen Schlüssel besitzt, spielt doch keine Rolle.
Er kann mit ihm nichts mehr anfangen, nachdem du das Schloss

ausgetauscht hast“, sagte Gerda. „Genau darum geht es ja. Wenn Fritz bemerkt, dass ich ihn reingelegt habe, ist er sicher wütend auf mich“, sagte Irmi. „Du machst dir wahrscheinlich unnötige Sorgen“, meinte Gerda. Gerda wusste ja nichts von der demütigenden Behandlung am Sonntag. Sie hatte ihr aus Scham nicht alles erzählt, und darum konnte Gerda ihre übertriebene Ängstlichkeit auch nicht verstehen. „Du solltest dich lieber um deine Scheidung kümmern, damit das Drama endlich ein Ende findet“, sagte Gerda. „Das wäre mein größter Wunsch, aber ich lasse lieber noch einige Zeit verstreichen. Ich habe nämlich kein gutes Gefühl wegen des Schlüssels. Wenn ich einen nochmaligen Rückzieher mache, muss der Anwalt annehmen, dass ich den Verstand verloren habe“, sagte Irmi. „Das ist dem Anwalt doch egal, dem kommen noch ganz andere Dinge unter. Willst du jetzt einen Schlussstrich ziehen oder so weitermachen?“, sagte Gerda. „Du hast ja recht, aber trotzdem will ich den nächsten Schritt von Fritz noch abwarten und dann handeln“, sagte Irmi.

Ihre Entscheidung wurde Irmi schon bald wieder abgenommen. Eines Abends, als sie vor dem Fernseher saß, vernahm sie ein Geräusch an der Eingangstür. Sofort stockte ihr der Atem. Was war das? Sie schlich ganz leise, ohne Licht anzumachen, ins Vorzimmer und horchte an der Tür, ob da jemand war. Aber totale Stille. Sie wagte kaum zu atmen. Sie vernahm ein ganz leises Geräusch von draußen und es kann ihr vor, als ob jemand schnell die Treppe hinunterlief. Sie ging rasch zurück ins Wohnzimmer, wo die Fenster straßenseitig waren, um zu schauen, wer das Haus verließ. Natürlich Fritz! Er wollte sie schon wieder überraschen, aber der Schlüssel hatte Gott sei Dank nicht mehr ins Schloss gepasst. Fritz hatte also keine Ahnung, dass Irmi das Türschloss hatte austauschen lassen.

Jetzt war Irmi erst recht beunruhigt. Wie würde sich Fritz nach dieser Niederlage verhalten? Was für eine Überraschung erwartete sie als Nächstes? Dieser Vorfall bereitete ihr schlaflose Nächte und sie zerbrach sich den Kopf, mit welchen Bosheiten sie eventuell noch zu rechnen hatte. Warum war es für Fritz nicht möglich, sich von ihr mit Anstand zu trennen, anstatt sie zu bekriegen. Irmi fand keine Erklärung dafür, dass er auf einmal so tat, als ob er ohne sie nicht leben könnte, da er doch selber am allerwenigsten regelmäßig zu Hause gewesen war.

Diesen unnötigen Nervenbelastungen wollte Irmi sich nicht länger aussetzen und endlich zu einem Ende kommen. Ein wenig Ablenkung fand sie hauptsächlich an den Tagen, an denen sie in ihrer früheren Firma, einem Reisebüro, aushalf.

Eines Abends, als sie nichtsahnend nach Hause kam, erwartete sie eine böse Überraschung. Gerade als sie ihre Wohnungstür aufsperren wollte, wurde sie von hinten gepackt und ins Vorzimmer geschoben. Geschwind schloss Fritz die Tür hinter sich, damit Irmi nicht um Hilfe rufen konnte. Dann sagte er zu ihr: „Hallo Schatz, ich wollte nur schauen, wie es dir geht? Schrei lieber nicht, sonst halte ich dir den Mund zu."

Irmi war so geschockt, dass ihr der Mund offen blieb und sie kein Wort herausbrachte. Sie musste sich erst einmal setzen und nach Luft schnappen. Dann schrie sie Fritz an: „Was soll der Unsinn? Ist es nötig, mich so zu erschrecken? Wie es mir geht, kannst du dir wahrscheinlich nicht vorstellen?"

„Du hast meinen Anruf ignoriert und weggedrückt. Da habe ich mir gedacht, ich komme lieber persönlich vorbei, um mit dir ein Wörtchen zu reden. Nachdem du auch das Schloss ausgetauscht hast, hast du sicher die Absicht, mich nicht mehr hereinzulassen", sagte Fritz. „Weil ich keinen Wert auf solche Überraschungsbesuche lege. Stell dir vor, ich hätte einen neuen Freund und plötzlich geht die Tür auf und du stündest vor mir. Ich möchte, dass du klingelst, wenn du kommst", sagte Irmi. „Ich will aber nicht das Risiko eingehen, dass du mich vor der Tür stehen lässt. Du hast sicher vom neuen Schloss einen Zweitschlüssel und den will ich jetzt von dir haben", sagte Fritz. Irmi erschrak, den neuen Reserveschlüssel wollte sie Fritz unter keinen Umständen aushändigen. Zum Glück kam ihr der rettende Gedanke und sie sagte: „Den Reserveschlüssel habe ich bei meiner Freundin deponiert, falls ich meinen einmal vergessen sollte. Sie füttert nämlich auch meine Katze, wenn ich hier und da fort bin." „Kein Problem", meinte Fritz, „dann lassen wir halt morgen einen von deinem Schlüssel nachmachen." „Wozu das? Soll das ganze Theater noch einmal von vorn anfangen? Ich will nicht, dass du über meine Wohnung verfügst. Du bekommst keinen Schlüssel und damit basta", sagte Irmi. „Ich will nicht verfügen, ich will nur nicht alleine im Haus sein", sagte Fritz. „Davon habe ich aber in der Vergangenheit nie etwas bemerkt. Du bist gekommen und gegangen, wie es dir gepasst hat und ich war die meiste Zeit alleine im Haus. Jetzt weißt du wenigstens, wie es mir in all den Jahren ergangen ist. Darum verstehe ich auch nicht, warum du mich plötzlich so sehr vermisst", sagte Irmi. „Eben, weil du nicht mehr da bist", erwiderte er. „Dann nimm dir doch eine deiner Freundinnen ins Haus, um nicht alleine zu sein", meinte Irmi. „Das habe ich schon einmal probiert, aber leider hat es nicht geklappt. Sie machte nur Probleme", sagte Fritz. „Für diese Probleme soll ich jetzt wieder herhalten. Genau das will ich nicht. Versteh das doch endlich! Wir haben uns eben auseinandergelebt, und ich möchte unabhängig von dir mein eigenes Leben führen. Warum soll ich für dich waschen und kochen und du spielst bei deinen Freundinnen den Macho. Das hab ich doch lange genug getan und du hast dich bei mir bei den Haushaltskosten nie übernommen", sagte Irmi. „Ich habe doch schon gesagt, dass ich mich an den Unkosten beteiligen werde", sagte Fritz. „Nein, darauf lasse ich mich nicht mehr ein und ich hoffe, dass du das akzeptieren kannst. Ansonsten muss ich zu anderen Mitteln greifen oder gar zu Freunden ziehen,, um mich vor dir zu schützen", sagte Irmi. „Das wird dir nicht gelingen. Ich finde dich immer wieder", meinte er. „Wie würde ein akzeptabler Vorschlag von dir lauten, um unser Problem zu lösen?", fragte Irmi? „Bin ich dir so zuwider geworden, dass du mich so konsequent ablehnst? Können wir es nicht belassen, wie es war?", fragte Fritz. „Die Situation hat sich leider durch deine boshaften Handlungen und deine Nötigung, die ich als Bittstellerin erdulden musste, nur noch verschlechtert. Von meiner Seite darfst du nichts mehr erwarten. Es wäre anständig von dir, wenn wir im Guten auseinandergehen und Freunde bleiben könnten", sagte Irmi. Fritz: „Ist das dein letztes Wort?" Irmi: „Ja!" „Dann zwingst du mich wieder, dass ich boshaft werde. Also übernachte ich gleich heute hier", sagte Fritz. „Mach, was du willst, ich gehe schlafen." Irmi ignorierte ihn, ging ins Schlafzimmer und schloss die Tür hinter sich ab.

Fritz ärgerte sich, weil Irmi ihn so hatte stehen lassen. Darum klopfte er fest an ihre Tür und rief: „Mach sofort auf, sonst trete ich die Tür ein!" „Schön, das hören sicher die Nachbarn und rufen die Polizei, das wäre mir nur recht. Mein Fenster habe ich auch schon geöffnet, damit ich laut um Hilfe rufen kann", sagte Irmi und versuchte ruhig zu bleiben.

Es kam keine Antwort mehr. Es blieb still. Irmi hatte sich lauernd auf die Bettkante gesetzt, um zu horchen, was Fritz tat. Sie traute sich nicht, sich hinzulegen in der Erwartung, dass Fritz die Tür doch noch mit Gewalt öffnen könnte. Dann wollte sie angezogen sein. Aber es blieb still und sie legte sich mit ihrem Gewand für den Rest der Nacht aufs Bett und schlief vor Übermüdung ein.

In der Früh, als Irmi munter wurde, hörte sie kein einziges Geräusch. Sollte Fritz vielleicht gegangen sein? Aber sie traute dem Frieden nicht und öffnete vorsichtig ihre Tür. Erst nur einen winzigen Spalt, um zu horchen, ob sich etwas bewegte. Nachdem sie kein Geräusch vernahm, traute sie sich vorsichtig zur Tür hinaus, sie musste nämlich schon dringend aufs Klo. Trotzdem fürchtete sie sich, dass sie ihm in die Arme laufen könnte. Aber der Drang war stärker und sie schlich ganz leise ins Badezimmer und schloss schnell die Tür hinter sich ab. Nachdem sie ihre Notdurft verrichtet und sich ein wenig frisch gemacht hatte, wagte sie sich aus dem Bad raus und ging in die Küche. Kein Fritz war zu sehen. Dann nahm sie all ihren Mut zusam-

men und wagte, vorsichtig die Wohnzimmertür zu öffnen und
ihr kam ein unerträglicher Gestank von kaltem Rauch entgegen. Irmi war entsetzt und öffnete schnell die Fenster, um frische Luft hereinzulassen. Aber von Fritz keine Spur. Nur Pinki
lag schlafend in der Sofaecke.

Als Irmi sich vom Fenster wieder umdrehte, sah sie erst die große
Schweinerei, die Fritz ihr aus Bosheit hinterlassen hatte. Mitten
auf dem Sessel hatte er den Aschenbecher ausgeleert und weitere
Asche und Kippen über den ganzen Teppich verstreut. Sie schlug
die Hände über dem Kopf zusammen und schrie: „Du Mistkerl!
Wie konntest du nur!" Dabei hatte er versprochen, sich zu ändern. Wie sollte sich Irmi gegen solche Gemeinheiten nur wehren? Sollte sie vielleicht doch die Polizei einschalten? Aber ohne
Beweise brachte es nichts. Er würde ja sowieso alles abstreiten.
Aber ein Denkzettel täte ihm schon ganz gut. Einmal musste er
doch mit diesen Gemeinheiten aufhören. Ihre Bitten hatten leider bis jetzt kein Gehör gefunden und zu nichts geführt. Es war
ganz einfach sinnlos, sich weiter zu bemühen. Fritz wollte sie
mit Gewalt zur Umkehr zwingen. Er schien dabei zu übersehen,
dass er damit bei ihr genau das Gegenteil erreichte. Sie wollte
dem Spuk ein Ende bereiten und die endgültige Trennung. Irmi
nahm all ihren Mut zusammen und machte wieder einen Termin beim Anwalt aus. Aller guten Dinge sind drei. Also musste
es dieses Mal klappen.

Irmi hatte wieder das Bedürfnis, mit jemandem zu reden und bat
Gerda um ein Rendezvous am Nachmittag in ihrem Stammca-
fé. Dort wollte sie mit ihr den letzten Stand der Dinge besprechen. Doch, als Irmi ihre Wohnung verlassen wollte, fand sie den
Wohnungsschlüssel in ihrer Handtasche nicht.

„Bitte nicht schon wieder!" Ich werd noch wahnsinnig! Fritz
hatte also schon wieder die neuen Wohnungsschlüssel aus ihrer
Handtasche genommen. Welch ein Glück, dass sie einen Reserveschlüssel in einem Versteck hatte. Natürlich hatte sie gelogen,

als Fritz von ihr den Reserveschlüssel verlangt hatte. Aber es war ihm trotzdem wieder gelungen, in den Besitz ihrer Wohnungsschlüssel zu gelangen.

Als Gerda von ihr über den Vorfall unterrichtet wurde, war diese der Meinung, unbedingt die Polizei einzuschalten, damit er aktenkundig wurde. Er sollte sich endlich merken, dass Irmi es mit ihrer Drohung ernst meinte. Gerda bot ihr sogar an, sie zur Polizei zu begleiten. Nachdem sie gemeinsam Irmis Aussage bei der Polizei gemacht hatten, gab Gerda ihr den Rat, sich schnellstens eine Sicherheitskette montieren zu lassen und zusätzlich noch ein Schloss im Schloss. Damit Fritz so trotz seines Schlüssels ausgeschlossen war.

Irmi war sehr dankbar für Gerdas Ratschlag und lud sie nach all den Laufereien zu einem Abendessen ein. Bei einem guten Essen und einem Glas Wein stießen sie auf den erfolgreichen Tag an. Diese kleine Abwechslung tat Irmi sichtlich gut. Beim Abschied bedankte sie sich noch einmal bei Gerda für deren Schützenhilfe und fuhr erleichtert nach Hause. Zum Glück hatte Fritz in den letzten Tagen nichts von sich hören lassen, was sie hoffen ließ, dass er eventuell aufgegeben hatte. Gleich für den nächsten Morgen nahm sie sich vor, die Sicherheitskette montieren zu lassen und ein Schloss im Schloss zu kaufen.

Nachdem die Sicherheitskette montiert war, ging es Irmi gleich viel besser und sie konnte auch ruhiger schlafen.
Aber der Friede hielt leider nur so lange an, bis Fritz wieder die Nachricht der bevorstehenden Scheidung erhielt. Da er aber genau wusste, dass Irmi für ihn telefonisch nicht erreichbar war, ließ er sich etwas anderes einfallen. Er passte Irmi im Auto ab und folgte ihr zu einem Supermarkt. In der Garage des Supermarktes konnte er sie in aller Ruhe ohne Zeugen zur Rede stellen.

Nichts ahnend ging Irmi nach ihrem Einkauf mit vollen Taschen zum Auto, öffnete den Kofferraum und wollte ihre Einkäufe gerade hineinstellen, als sie seine Stimme hinter sich hörte: „Hallo Schatz, da bin ich wieder und will nur nachfragen wie es dir geht und weshalb ich schon wieder einen Brief vom Anwalt bekommen habe? Wir hatten doch ausgemacht: keine Scheidung. Warum hältst du dein Wort nicht?" „Willst du hier in der Garage mit mir streiten? Was ist, wenn ich jetzt laut um Hilfe rufe und die Polizei kommt?", fragte Irmi. „Was willst du der Polizei denn sagen, ich habe dir doch nichts getan. Wir sind uns zufällig begegnet und ich frage, wie es dir geht – ist das strafbar? Setz dich ins Auto und wir unterhalten uns in aller Ruhe dort weiter", sagte Fritz ungewöhnlich ruhig. „Für mich gibt es nichts zu unterhalten. Außerdem hast du dein Wort auch nicht gehalten. Du wolltest dich doch ändern, und dann hinterlässt du mir solche Schweinerei im Wohnzimmer! Danach habe ich mir geschworen, eine Scheidung ohne Wenn und Aber. Dieses Mal mache ich keinen Rückzieher", sagte Irmi. „Ich weiß, dass es dumm von mir war, aber nicht unverzeihlich. Es gibt Schlimmeres", meinte Fritz. „Ich bin aber nicht kompromissbereit. Deine Tricks wirken bei mir nicht mehr, aber sie kosten Nerven", sagte Irmi. „Dann zwingst du mich wieder, boshaft zu sein, und du ziehst wie immer den Kürzeren", sagte er. „Dieses Mal werde ich mich dem Problem stellen, egal was du vorhast. Noch schlimmer kann es wohl kaum noch werden", sagte Irmi. „Also steig jetzt ins Auto und wir fahren erst einmal gemeinsam in deine Wohnung, danach werden wir weiter sehen. Du kannst den Wagen schon starten", sagte Fritz. „Na gut", sagte sie und tat, als ob sie starten würde, drückte aber dabei auf die Hupe, sodass Fritz momentan erschrak und kurz abgelenkt war. Diesen günstigen Augenblick nutzte Irmi, um geschwind aus dem Auto auszusteigen. So schnell sie konnte öffnete sie die hintere Autotür, nahm ihre Handtasche vom Rücksitz und lief davon. Damit hatte Fritz nicht gerechnet. Schnell zog er den Autoschlüssel ab, verriegelte den Wagen und rannte hinter ihr her. „Sicher ist sie ins Geschäft gegangen, um in der Menge unterzutauchen", dachte Fritz und machte sich zwischen den vielen Menschen auf die Suche nach ihr.

Während Fritz im Geschäft nach Irmi suchte, war sie schnell zum vorderen Ausgang hinausgelaufen und hatte nach einem Taxi Ausschau gehalten. Sie hatte Glück und musste nicht lange warten. Sie hatte nämlich die Absicht, schnell in ihre Wohnung zu gelangen. Falls Fritz den gleichen Gedanken hatte, konnte er mit dem Auto schon vor ihr da sein. Darum hielt sie auch nach dem Verlassen des Taxis nach allen Seiten Ausschau, ob sie ihn oder ihr Auto irgendwo sehen konnte. Nachdem sie sicher war, dass es ihr gelungen war, vor Fritz zu Hause zu sein, lief sie rasch ins Haus und fuhr mit dem Lift in den dritten Stock. Als sie ihre Wohnungstür hinter sich geschlossen hatte, atmete sie erst einmal tief durch und war erleichtert, dass sie Fritz abgeschüttelt hatte.

Als Erstes schaute Irmi nach ihrer Pinki. Sie fand sie schlafend wie immer im Wohnzimmer auf dem Sofa liegend. Erschöpft ließ sie sich neben ihr aufs Sofa fallen und nahm sie auf ihren Schoß, um sie zu streicheln. Vom eintönigen Streicheln wurde Irmi entspannt und nickte kurz ein. Irgendwann wurde Pinki unruhig und weckte Irmi. Sie war hungrig und wollte gefüttert werden. Nach dem Füttern der Katze rief sie bei Gerda an und schilderte ihr in kurzen Worten den erneuten Überfall von Fritz in der Garage.

„Dir bleibt auch nichts erspart", sagte Gerda. „Darf ich dich wieder um Hilfe bitten? Ich trau mich nicht, mein Auto alleine aus der Garage abzuholen, obwohl ich nicht annehme, dass er noch im Auto lauert. Er ist sicher schon lange verschwunden, weil er damit rechnen musste, dass ich die Polizei verständigen könnte. Trotzdem fürchte ich mich", sagte Irmi. „Natürlich begleite ich dich", sagte Gerda.

Gemeinsam holten sie mit einem Reserveschlüssel das Auto aus der Parkgarage und fuhren es nach Hause. Fritz hatte den Autoschlüssel mitgenommen, wie nicht anders zu erwarten war. So hatte er wieder ein zusätzliches Pfand von Irmi und konnte jederzeit mit ihrem Auto davonfahren.

Gerda begleitete Irmi zur Sicherheit noch in die Wohnung. Bei einer Tasse Kaffee besprachen sie die momentane Situation. „Du musst auf alle Fälle wieder zur Polizei gehen und Meldung machen", sagte Gerda. „Das werde ich auf alle Fälle tun", sagte Irmi. Dann fiel ihr zu ihrem Entsetzen auch noch ein, dass Fritz den Schlüssel vom Eingangstor noch hatte. Den hatte er ihr nie zurückgegeben. Er käme also jederzeit ins Haus und könnte ihr auflauern, ohne dass sie es verhindern konnte. Wieder diese Ungewissheit, wann Fritz unerwartet auftauchen würde. „Du Ärmste, du tust mir so leid, dass dein Martyrium kein Ende nehmen will. Aber versuche, deinen Alltag trotzdem so normal wie möglich zu gestalten. Auch für dich wird sich heute oder morgen eine Lösung ergeben", tröstete Gerda sie.

Obwohl Fritz eine Weile nichts von sich hören ließ, lebte Irmi in ständiger Angst. Ihre Nerven waren in den letzten Monaten überstrapaziert worden, und sie erschrak bei jeder Kleinigkeit. Darum absolvierte sie einen Besuch bei ihrem Hausarzt, um sich ein Beruhigungsmittel verschreiben zu lassen. Ihr einziger Trost, außer ihren Freundinnen, war Pinki. Welch ein Segen, dass sie sich diese angeschafft hatte. Mit ihr zu kuscheln wirkte sehr beruhigend auf sie. Sicher hätten ihr auch ein paar Tage Urlaub gutgetan, um ein wenig Abstand von ihren unlösbaren Problemen zu gewinnen. Aber sie wollte mit dem Urlaub unbedingt bis nach der Scheidung warten, um sich anschließend von den Strapazen zu erholen.

Den Versöhnungstermin musste Irmi noch hinter sich bringen. Jetzt fiel ihr auch ein, warum Fritz plötzlich nichts mehr von sich hatte hören lassen. Er wollte bei dem Zusammentreffen sicher einen guten Eindruck hinterlassen, und sie sollte gut auf ihn zu sprechen sein.

An besagtem Tag war Fritz schon vor ihr da und kam ihr freudig mit einer Rose in der Hand entgegen und sagte: „Hallo Schatz – schön dass du gekommen bist." Es war Irmi äußerst unangenehm, dass Fritz ihr die Rose überreichte. Aber als er ihr dann auch noch einen Begrüßungskuss geben wollte, drehte sie den Kopf weg: „Lass das, ich mag das nicht!“ Er entschuldigte sich und trat einen Schritt zurück, sodass ein kleiner Abstand zwischen ihnen entstand.

Seine Überrumpelungstaktik funktionierte bei ihr nicht mehr. Sie bestand auch mit Nachdruck auf der Scheidung und lehnte eine Versöhnung strikt ab. Aber Fritz wollte der Scheidung auf keinen Fall zustimmen: „Überlege es dir doch bitte ein letztes Mal und lass es uns noch einmal versuchen.“ Irmi blieb hart: „Auf gar keinen Fall!“

Erhobenen Hauptes verließ sie den Raum, aber mit einem ängstlichen Gefühl. Sie wollte sich jetzt erst einmal mit Gerda und Hanni treffen, um ihre wiedererlangte Freiheit mit ihnen zu feiern. Rasch ging sie zu ihrem Auto, um schnell fortzufahren. Gerade als sie die Wagentür öffnen wollte, stand Fritz neben ihr. Sie erschrak. „Irmi, was soll das? Warum tust du mir das an? Du kannst mich doch nicht ganz einfach stehen lassen und davongehen. Ich werde dich jetzt nach Hause begleiten und wir werden in aller Ruhe miteinander reden. Gemeinsam finden wir eine Lösung“, sagte er. „Was wäre, wenn ich jetzt laut schreie?“, fragte Irmi. „Dann halte ich dir den Mund zu“, sagte er wütend.

Irmi schlug die Autotür wieder zu und ging zu Fuß davon. Sie hatte nämlich Angst, dass er sich zu ihr ins Auto setzen würde. Lieber ließ sie ihr Auto stehen und fuhr mit dem Bus. Während des Gehens griff Irmi in ihre Handtasche, um nach dem Handy zu suchen. Sie wollte versuchen, Gerda zu erreichen und sie bitten: sofort zu ihr zu kommen. Sie benötigte jetzt unbedingt Hilfe und einen Zeugen. Während sie noch in ihrer Tasche nach dem Handy kramte, stand Fritz bereits wieder neben ihr: „Warum bist du so stur?“ „Warum kannst du nicht akzeptieren, dass es aus und vorbei ist? Du hast dich von einer Seite gezeigt, die es mir unmöglich macht, mit dir zusammenzuleben. Bitte, lass uns das Ganze im Guten beenden, und lass mich endlich in Frieden", sagte Irmi. „Nein, noch gebe ich nicht auf. Du zwingst mich schon wieder, zu anderen Mitteln zu greifen. Wir regeln das Ganze sofort. Steig jetzt ins Auto und wir fahren sogleich zu dir in deine Wohnung", sagte Fritz. „Genau das will ich nicht. Ich will dich nicht mehr in der Wohnung haben", sagte Irmi. „Also gut, wir sprechen uns noch." Fritz ging zum Schein fort, um in der Öffentlichkeit kein Aufsehen zu erregen."

Irmi war erleichtert, dass sie Fritz zumindest für den Moment losgeworden war. Sofort rief sie wieder bei Gerda an, erreichte sie aber nicht. Irmi hinterließ ihr eine Nachricht auf der Sprachbox. Enttäuscht und traurig fuhr sie nach Hause. Wie dringend hätte sie gerade jetzt Beistand gebraucht. Hanni war für Probleme leider nicht die richtige Ansprechpartnerin. Und so hoffte Irmi, dass Gerda sich bald bei ihr melden würde.

Traurig und allein gelassen kam Irmi zu Hause an. Sie schloss ihr Spezialschloss auf. Als die Tür offen war und sie den ersten Schritt ins Vorzimmer machen wollte, wurde sie schon wieder hineingeschoben und die Tür schloss sich hinter ihr. Fritz war also vor ihr da gewesen und hatte Irmi aufgelauert. Sie erstarrte zur Salzsäule und stand wie gelähmt da. Der Schreck schoss ihr durch alle Glieder und sie war zu keinem Wort fähig. Dann schlug sie die Hände vors Gesicht und fing herzzerreißend zu weinen an. Sie konnte sich nicht mehr beruhigen. Ihre Nerven spielten nicht mehr mit. Fritz stand daneben und machte den Versuch, sie zu trösten. Sofort reagierte ihr Unterbewusstsein, und sie schrie laut: „Rühr mich nicht an! Lass mich in Ruh und verschwinde! Du ödest mich an! Warum kannst du nicht aus meinem Leben verschwinden?" „Das weißt du doch. Gib mir noch eine Chance", sagte Fritz. „Wir sind geschieden und es bleibt dabei", sagte Irmi. „Dann wohne ich halt so bei dir und du gibst mir deine neuen Schlüssel, damit ich mir einen nachmachen lassen kann. Danach bekommst du deinen zurück", sagte Fritz „Bist du total verrückt geworden?", fragte Irmi. Schnell ging sie ins Vorzimmer, stürzte sich auf ihre Handtasche, um sie an sich zu reißen, bevor er dazukam.

Fritz blieb ganz ruhig und sagte überlegen: „Her mit der Tasche. Du weißt doch, dass du keine Chance gegen mich hast." „Nein! Ich will nicht", schrie Irmi so laut sie konnte. „Halt dich zurück mit der Schreierei, oder soll ich dir wieder den Mund zuhalten?", fragte Fritz. Aber Irmi schrie noch lauter. Sie schrie um Hilfe! Fritz verlor die Nerven und schlug ihr mit der verkehrten Hand ins Gesicht, sodass ihr das Blut aus der Nase spritzte. Er erschrak vor sich selbst, während Irmi schreiend auf den Balkon lief, um noch lauter um Hilfe zu schreien, sodass sie weithin gehört werden konnte.

Fritz lief zu ihr und versuchte, ihr den Mund zuzuhalten und sagte: „Was soll das? Beruhige dich endlich! Hör mit der Schreierei auf." Irmi schlug nur noch wie eine Wilde um sich und schrie weiter in der Hoffnung, dass irgendwer die Polizei rufen würde, um sie von Fritz zu befreien. Er zerrte sie vom Balkon zurück ins Zimmer, man sollte ihre Schreie nicht hören. Aber sie gab nicht mehr auf, immer noch in der Hoffnung, endlich gehört zu werden. Fritz versuchte weiterhin, ihr den Mund zuzuhalten und beschmierte sich dabei mit Blut. „Wenn du ruhig bist, hole ich einen Waschlappen mit kaltem Wasser und lege ihn dir aufs Gesicht, damit das Bluten aufhört." Während Fritz das sagte, läutete es langanhaltend an der Wohnungstür und eine forsche Stimme rief: „Aufmachen! Polizei!"

„Endlich", dachte Irmi und wollte zur Tür gehen, um sie zu öffnen. Aber Fritz versuchte sie noch einmal zurückzuhalten und antwortete ganz ruhig: „Hier handelt es sich nur um einen ganz normalen Ehekrach, der halt ein bisschen eskaliert ist, aber ansonsten ist alles okay!" Aber Irmi schrie: „Er lügt und er schlägt mich, bitte helft mir doch endlich!" „Machen Sie sofort die Tür auf, oder wir sehen uns gezwungen, sie mit Gewalt zu öffnen", hörte man von draußen eine energische Stimme. Gezwunge-

nermaßen öffnete Fritz die Tür und für Irmi war es die langer-
sehnte Erlösung.

Fritz wurde wegen Freiheitsberaubung festgenommen. Irmi wurde
mit der Rettung ins Spital gefahren. Nach dem Spitalaufenthalt
war sie noch monatelang in einem Sanatorium, um sich nervlich
von dem Martyrium mit Fritz zu erholen. Doch vor Fritz hatte
sie endlich ihre Ruhe.

Erich und Dorli

„Dorli, wo bleibst du? Sie erwachte jäh und zog sich die Bettdecke über den Kopf.

„Dorli!“, ertönte es lauter. Das war nicht die Klingel ihres We-
ckers. Nein, es war ihr Ehemann Erich, der bereits fix und fertig
angezogen am Küchentisch saß und auf sein Frühstück wartete.

Dorli seufzte. Seit über 40 Jahren bereitete sie Fritz das Frühstück
zu. Als er pensioniert worden war, arbeitete er noch als Direktor in
einer kleinen Firma und musste früh aufstehen. Während dieser Zeit
hatte sie ihm den Start zur Arbeit erleichtern und die Frühstücksge-
wohnheiten beibehalten wollen. Doch seit beide nicht mehr arbeiteten, wollte sie sich morgens richtig ausschlafen. Sie blickte auf den
Wecker: 6:00 Uhr. Da an ein Weiterschlafen sowieso nicht mehr
zu denken war, schlüpfte sie in ihre Pantoffeln und ging ins Bad.

„Wie lange soll ich noch warten?“, hörte sie die immer fordern-
der werdende Stimme aus der Küche. Sie ärgerte sich und ließ
sich extra viel Zeit bei ihrer Morgentoilette.

Sie sind ein kinderloses Ehepaar in guten Verhältnissen. Erich
war in seinem Berufsleben Direktor in einer kleinen Firma und
Dorli war Sekretärin. Erich war das Befehlen als Chef gewohnt
und diesen Ton versuchte er in der Pension zu Hause fortzusetzen, was seiner Frau sehr missfiel. Sie waren noch nicht allzu
lange im Ruhestand. Erich vermisste seinen gewohnten Tagesablauf und nervte aus Langeweile seine Frau.

Es störte ihn zum Beispiel, dass er sein Frühstück nicht wie früher pünktlich zu gewohnter Zeit bekam. Seine Frau war da ganz

anderer Meinung und fand, dass sie in ihrer Pension ein wenig länger schlafen durfte, als sie es während ihres Arbeitsprozesses gekonnt hatte. Erich stand aber zur gewohnten Zeit auf, und es gefiel ihm gar nicht, warten zu müssen, bis Dorli endlich aufstand. Zu allem Übel ging sie auch noch für einen Sprung ins Bad, um sich ein wenig frisch zu machen. Ungeduldig hörte sie ihn aus der Küche rufen: „Wie lange soll ich noch auf dich warten? Allmählich werde ich sauer! Wir müssen unbedingt etwas ändern! Wozu bin ich verheiratet, wenn ich hier alleine sitzen muss?" „Schatz, sei nicht so ungeduldig, ich komme ja schon, du wirst ja nicht verhungern", rief Dorli aus dem Bad. „Wir müssen reden, um etwas zu ändern, so kann es nicht weitergehen! Ich habe die Warterei schon lange satt", brüllte er. „Reg dich wieder ab. Wie wäre es, wenn du das Frühstück herrichtest?", konterte sie. „Das könnte dir so passen, dann bliebst du am Ende noch länger im Bett liegen und der Kaffee würde kalt. Das wollen wir gar nicht erst einführen, damit wir uns richtig verstehen", schrie er. „Was ist das für ein Ton, den du da anschlägst? Ich werde doch wohl noch eine Stunde länger schlafen dürfen", erregte sich Dorli. „Oder willst du mir das verbieten? So weit kommt es noch!" „Wenn du abends nicht so lange fernsehen würdest, wärst du in der Früh auch nicht so müde und könntest mit mir zur gewohnten Zeit aufstehen, um mit mir gemeinsam zu frühstücken", meinte er. „Willst du mir jetzt auch schon das Fernsehen vorhalten oder gar verbieten? Da spiel ich nicht mit und wenn es dir nicht passt, dann geh ich! Dass wir uns recht verstehen!", schrie sie zurück. „Trampel, blöder!", schrie er. „Trottel!" konterte sie. „Jetzt reicht es mir, was glaubst du, wer du bist? Und überhaupt, in der letzten Zeit bemerke ich eine Unzufriedenheit und eine kaum auszuhaltende Unrast bei dir, dass mir manchmal der Kragen platzen könnte. Du solltest dir eine Beschäftigung oder sonst irgendein Hobby zulegen, damit du deinen Frust nicht an mir auszulassen brauchst."

Anschließend nahm Dorli ihre Tasche, griff nach dem Autoschlüssel am Haken, ging hinaus und knallte die Tür von draußen zu. Wütend ging sie zu ihrem Auto, stieg ein und fuhr los in Richtung Wien in ihre Stadtwohnung. Sie dachte bei sich: „Wie gut, dass wir zwei Wohnsitze haben, um uns bei Bedarf aus dem Weg gehen zu können." Im Sommer wohnten sie nämlich ausschließlich in ihrem Sommersitz im Burgenland und genossen gemeinsam ihren Traumgarten, den Dorli mit Liebe und Sorgfalt angelegt hatte. Aber nur der Garten alleine und das bisschen Rasenmähen füllten Erich nicht aus. Ganz sicher vermisste er auch seine Kollegen sowie seine Firma.

Dorli gingen während der Fahrt viele Gedanken durch den Kopf. Was konnte sie dafür, dass er so unzufrieden war? Warum suchte er sich keine Beschäftigung, die ihn befriedigte, oder traf sich mit Freunden, damit ihm nicht ständig die Decke auf den Kopf fiel. Hier und da half er ihr ja im Haushalt oder im Garten. Aber das war für ihn keine wirkliche Erfüllung. Er wurde immer rastloser, unduldsamer und fuhr wegen jeder Kleinigkeit aus der Haut. Dass er kein einfacher Typ war, dass hatte sie schon immer gewusst. Aber das war ihr erst so richtig bewusst geworden, seit sie von morgens bis abends ständig beieinander waren. Früher, während sie noch beide arbeiteten, freuten sie sich auf den gemeinsamen Feierabend, und sie kamen ganz gut miteinander aus. Ihre Ehejahre waren bis auf übliche kleinere Reibereien ganz gut verlaufen. Aber seit er den ganzen Tag daheim war, häuften sich diese Reibereien und arteten wegen Lappalien oft in wüste Beschimpfungen aus. Jetzt, wo sie alles hatten und ihren Lebensabend genießen konnten, bekriegten sie sich. Aber möglich, dass sie einen gangbaren Weg fanden, wenn sie sich in aller Ruhe aussprachen.

Inzwischen war Dorli vor der Haustür angelangt und parkte ein. Momentan waren ihre Gedanken wieder im Hier und Jetzt. Sie verspürte nämlich einen ziemlichen Hunger, da sie ohne Frühstück davongefahren war. Zum Glück gab es in ihrer Nähe eine gute Hausbäckerei, in der sie sich jetzt sofort frisches Gebäck kaufen wollte. Sogleich machte sie sich auf den Weg dorthin und nahm sich knusprige Semmeln mit nach Hause. Diese wollte sie sich zu einer guten Tasse Kaffee schmecken lassen. In Vorfreude aufs Frühstück fuhr sie mit dem Aufzug in den dritten Stock ihrer Wohnung.

Kaum dass sie im Vorzimmer ihre Reisetasche hingestellt und ihre Schuhe ausgezogen hatte, ging sie sogleich in die Küche, um als Erstes die Kaffeemaschine einzuschalten. Danach hörte sie den Anrufbeantworter ab, ob sich vielleicht jemand während ihrer Abwesenheit gemeldet hatte. Es war nur eine Nachricht gespeichert, aber schon vor einigen Tagen. Ihre Freundin Inge hatte sich gemeldet. Sie hatten schon einige Zeit nichts mehr voneinander gehört. Gleich nach dem Frühstück wollte sich Dorli bei ihr melden. Möglich, dass sie Zeit hatte, um sich mit ihr zu treffen.

Der Kaffee war inzwischen fertig und sie kam endlich dazu, ihr Frühstück zu genießen. Dorli schaltete noch das Radio ein, in dem gerade klassische Musik kam, die sie so liebte. „So lässt es sich leben", dachte sie und war rundum zufrieden.

Gleich nach dem Frühstück rief Dorli bei Inge an. Diese meldete sich prompt und war erfreut über ihren Anruf und sagte: „Schön, deine Stimme zu hören. Ich hatte schon geglaubt, du meldest dich überhaupt nicht mehr." Kurz schilderte ihr Dorli, was sich zwischen Erich und ihr abgespielt hatte und dass sie deshalb nach Wien geflüchtet war. „Das trifft sich gut. Ich habe die Absicht, heute ins Museum zu gehen, und wenn du Lust hast, kannst du ja mitkommen." „Gerne", sagte Dorli. Sie vereinbarten einen Treffpunkt in der Innenstadt und entschieden sich für den Stephansplatz vor der Aida.

Da sie sich schon längere Zeit nicht mehr gesehen hatten, war die Wiedersehensfreude groß. Überschwänglich umarmten sie einander und Küsschen gab es auch. Mit Inge verband Dorli eine langjährige Freundschaft. Inge war schon seit vielen Jahren Witwe, finanziell unabhängig und konnte sich ihr Leben angenehm gestalten. Sie verbrachte viel Zeit mit Reisen und kulturellen Veranstaltungen. Im Winter, wenn Dorli und Erich in Wien wohnten, begleitete Dorli sie oft zu den Veranstaltungen. Außerdem hatte sie immer ein offenes Ohr für Dorli, wenn sie sich mit Erich wieder einmal nicht vertrug. Dorli war dafür sehr dankbar, dass sie ihr Herz bei Inge ausschütten durfte. Aber den heutigen Tag wollten sie erst einmal gemeinsam genießen und ins Museum gehen. Anschließend hatten sie die Absicht, gut essen zu gehen und als krönenden Abschluss den Tag in einer Bar bei einem Glas Sekt ausklingen zu lassen. Der Tag verlief ganz nach ihren Vorstellungen und sie trennten sich leicht angeheitert erst nach Mitternacht. Und weil es so schön war, hatten sie die Absicht, einander wiederzutreffen.

Kaum hatte Dorli die Wohnungstür hinter sich zugesperrt, läutete auch schon das Telefon. „Wer wird noch so spät anrufen?", dachte Dorli und nahm den Hörer ab. Es war Erich. Wer sonst? Die erste Frage war: „Wo warst du so lange? Ich rufe schon zum x-ten Mal an, und du hast dich nie gemeldet." Dorli erzählte ihm kurz, was sie tagsüber getrieben hatte. Sie war müde und hatte keine Lust, mit Erich lange am Telefon zu reden. Aber er ließ nicht locker, weil er unbedingt noch etwas loswerden wollte. „Na ja, ich weiß ja, dass ich hie und da ekelhaft bin, aber deswegen brauchst du ja noch lange nicht gleich davonzufahren. Wann gedenkst du eigentlich nach Hause zu kommen?" „Ich denke am Montag, denn für morgen habe ich mich noch einmal mit Inge verabredet", sagte Dorli. „Könntest du dein Programm nicht ändern? Bei uns hat sich nämlich für morgen Besuch angesagt." „Ach, darum hast du noch so spät angerufen, weil du mich brauchst", sagte sie. „Nicht nur darum. Ich wäre auch froh, wenn du wieder daheim wärst. Ich vermisse dich", sagte Erich. „Wer kommt denn eigentlich?", fragte Dorli. „Klaus und Herta mit Enkel", sagte er. „Na gut, dann werde ich Inge halt absagen und komme morgen im Laufe des Vormittags zurück", sagte sie. „Danke, und eine gute Nacht", sagte er. „Dir auch", sagte Dorli.

Am nächsten Morgen, gut ausgeschlafen und nach gutem Frühstück, machte sich Dorli in aller Ruhe wieder auf den Weg ins Burgenland. Inge hatte sie, ein wenig traurig, abgesagt. Aber Inge hatte vollstes Verständnis für ihre Situation. Im Grunde genommen freute sie sich schon auf ihren Garten und ein wenig auf Ekel Erich. Im Sommer lebte sie halt lieber auf dem Land als in der Großstadt. Aber der schöne Tag, den sie mit Inge in Wien verbracht hatte, hatte ihr gutgetan.

Während der Fahrt ins Burgenland musste Dorli an ihre und Erichs Situation denken. Er tat ihr ja leid. Aber warum war er nur so freudlos und unzufrieden in letzter Zeit? War es wirklich notwendig, nur weil er nichts mit sich anzufangen wusste, dass er ständig so griesgrämig sein musste? Sie hatten keine wirklichen Sorgen und waren beide gesund. Möglicherweise stimmt etwas nicht mit Erich. Vielleicht fehlte ihm doch etwas. Er sollte einmal einen Arzt aufsuchen und sich gründlich untersuchen lassen oder gar zu einem Psychologen gehen, der ihm vielleicht helfen konnte, seine Aggressionen in den Griff zu bekommen.

Kurz nach zehn Uhr parkte Dorli vor dem Gartentor ihres Hauses ein. Erich hatte sie schon vom Fenster aus kommen gesehen. Er ging ihr sogleich entgegen, um sie freundlich zu empfangen. Trotzdem fiel die Begrüßung nicht so herzlich aus wie sonst. Sie waren beide etwas reserviert. Gemeinsam gingen sie ins Wohnzimmer, um sich auszusprechen und um weitere Missverständnisse zu vermeiden. Nach einer längeren klärenden Aussprache erklärte sich Erich einverstanden, dass künftig um 8:00 Uhr gefrühstückt werde. Dorli sah absolut nicht ein, warum sie auf die Vorzüge ihrer Pension – ein wenig länger schlafen zu können – verzichten sollte. Schließlich war sie lange genug früh aufgestanden in den vergangenen Jahren. Obgleich es Erich nicht leicht fiel, hatte er sich endlich kompromissbereit gezeigt und Verständnis für Dorlis Standpunkt aufgebracht. Nach dem klärenden Gespräch sagte Dorli zu Erich: „Für dein Wohlbefinden solltest du dir auf alle Fälle eine Beschäftigung zulegen, die dir Freude bereitet.“

„Ich werde drüber nachdenken", meinte er. Beide fühlten sich nach ihrer langen Aussprache erleichtert und hatten den Vorsatz gefasst, in Zukunft toleranter miteinander umgehen zu wollen.

Inzwischen war es Mittag geworden und Dorli und Erich waren sich einig, dass sie mit ihrem Besuch ins Gasthaus zum Essen gehen würden. Zur Sicherheit bestellte Dorli telefonisch rasch einen Tisch in einem ländlichen Gasthof, in dem sie schon des Öfteren waren. Es war ein gut besuchtes Lokal, kein Wunder bei der guten Küche.

Der Besuch traf um die Mittagszeit ein, und sie fuhren gleich nach der Begrüßung ins besagte Wirtshaus. Hier nahm die kleine Gesellschaft den reservierten Platz unter einem schattenspendenden Kastanienbaum ein. Herta und Klaus freuten sich sehr, wieder einmal mit Dorli und Erich zum Plaudern beisammenzusitzen. Klaus war ein ehemaliger Arbeitskollege von Erich. Sie waren schon lange gute Freunde, die sich früher immer regelmäßig getroffen hatten. Aber diese Treffen waren seltener geworden, als Herta und Klaus Großeltern geworden waren und den größten Teil ihrer Freizeit mit den Enkelkindern verbrachten. Heute hatten sie den zwölfjährigen Patrik dabei, den Dorli besonders gern mochte. Oft musste sie mit Bedauern daran denken, dass ihre Ehe leider kinderlos geblieben war.

Inzwischen hatte der Kellner ihnen die Speisekarte mit einer reichhaltigen Auswahl an Speisen gebracht. Bei den vielen Köstlichkeiten, die ihnen geboten wurden, hatten sie die Qual der Wahl. Aber nach einigem Hin und Her schafften es Herta, Klaus und Dorli, sich für den Fisch aus der örtlichen Region zu entscheiden. Patrik entschied sich für seine Lieblingsspeise: Schnitzel mit Pommes und Ketchup. Nur Erich fand trotz der großen Auswahl nichts Passendes für sich. Den Fisch wollte er wegen der Gräten nicht. „Bitte, Erich, entscheide dich doch! Bei der großen Auswahl an Speisen solltest du doch eine passende für dich finden", meinte sie. „Ich habe eh keinen großen Appetit! Ich esse halt ein

Paar Frankfurter – und gut!", sagte er übertrieben patzig. „Wie du meinst", meinte Dorli.

Nach dem ausgezeichneten Essen fuhr die kleine Gesellschaft zurück ins Haus. Die Jause wollten sie in dem wunderschönen Garten in einer von Blumen umrankten Laube einnehmen. Dorli hatte Mehlspeisen aus dem Gasthaus, in dem sie gegessen hatten, für die Jause mitgenommen. Der Tisch in der Laube war schon von Erich und Dorli vor der Ankunft ihrer Gäste gedeckt worden, sodass nur noch der Kaffee fehlte.

Herta leistete Dorli beim Kaffeekochen in der Küche Gesellschaft. Die Männer hatten inzwischen in der Laube Platz genommen. Für ihre Unterhaltung hatten sie genügend Gesprächsstoff, nachdem sie einander eher selten sahen. Um bei den Erwachsenen nicht unter Langeweile zu leiden, hatte Patrik sowieso sein iPhone mit dabei. Die Gespräche der Erwachsenen interessierten ihn nämlich überhaupt nicht.

Bei Tisch richtete Erich das Wort sogar einmal an Patrik und fragte ihn: „Welche Hobbys hast du denn?" „Am liebsten spiele ich Fußball. Ich spiele in einer Jugendgruppe und mein Opa ist mein größter Fan." Worauf Herta meinte: „Manchmal übertreibt dein Opa in seinem Eifer und lässt mich deinetwegen öfter allein."

„Erich würde es ebenfalls guttun, wenn er ein Hobby hätte, das ihm Freude bereiten würde. Aber in letzter Zeit hat er das Interesse so ziemlich an allem verloren, sogar am Lesen – außer der Tageszeitung. Die einzige Abwechslung, die er momentan hat, ist, dass er einmal die Woche einen größeren Einkauf für uns tätigt und hie und da seine Bankgeschäfte über den Computer erledigt", meinte Dorli.

„Du führst mich ganz schön vor unseren Gästen vor. Soll ich gewaltsam nach einer Beschäftigung suchen, die mich dann eh nach kurzer Zeit wieder langweilt? Mir wird schon was einfallen. Möglich, dass ich wieder Tennis spielen werde. Da bewege ich mich an der frischen Luft und bleibe fit", sagte Erich. „Schwimmen wäre im Sommer sicher besser für dich. Schließlich bist du nicht im Training, und ob dir das Tennisspielen bei der Hitze mit deinem hohen Blutdruck guttun würde, bezweifle ich ", sagte Dorli.

„Du nervst wieder einmal, überlass es bitte mir, was ich zu tun gedenke. Soll ich mir von dir vorschreiben lassen, was für mich gut ist?", sagte Erich. „Ich habe es doch nur gut gemeint. Warum regst du dich deshalb gleich wieder auf. Natürlich ist es deine Sache, wofür du dich entscheidest. Es sollte mir auch völlig egal sein! Ist es aber nicht! Weil ich mir Sorgen um dich mache", sagte Dorli.

Jetzt war Erich beleidigt und nahm an den Gesprächen nicht mehr teil. Mit der Zeit wurde es peinlich. Dorli bemühte sich, über belanglose Themen zu reden, um den Gesprächsfaden nicht ganz abreißen zu lassen. Patrik bot sie an, falls er möge, im Wohnzimmer fernzusehen. Sie hatte nämlich bemerkt, dass unsere Debatten dem Buben peinlich waren. Patrik nahm das Angebot dankend an und ging mit seinem Getränk und einer Mehlspeise ins Wohnzimmer, wo er ungestört fernsehen konnte.

Um die Stimmung wieder zu beleben, hatte Dorli eine Flasche Sekt geholt und jedem ein Glas eingeschenkt. Sie stießen mit ihren Gläsern auf ihre Gesundheit und ein langes Leben an. Aber trotz des Sekts wollte keine rechte Stimmung mehr aufkommen. Die Unterhaltung plätscherte eher fad dahin.

Gott sei Dank begann sich Erich nach einer Schmollpause wieder zaghaft an den Gesprächen zu beteiligen. Er hatte endlich seinen inneren Schweinehund überwunden und nahm wieder an der Unterhaltung teil, sodass sich die Stimmung einigermaßen besserte.

Dorli entschuldigte sich für einen kurzen Augenblick, weil sie zu dem Sekt noch ein paar Brötchen reichen wollte und ging in die Küche. Damit die Gäste nicht zu lange warten mussten, fielen die Brötchen etwas rustikaler aus. Es fehlte ihr die Zeit, sie noch schön zu dekorieren. Patrik brachte sie einige ins Wohnzimmer, wo er nach wie vor gemütlich vor dem Fernseher saß. Er schien niemanden zu vermissen, aber über die Brötchen freute er sich sehr. Auf dem Weg zurück dachte Dorli: „Bin ich froh, dass Erich sich wieder beruhigt hat, es hätte auch anders ablaufen können."

Ihr schweres Tablett mit den aufgetürmten Tellern, Besteck und Servietten stellte Dorli auf einem Beistelltisch ab. Anschließend holte sie noch zwei Platten mit den belegten Brötchen, die sie ebenfalls dazustellte, sodass sich jeder nach Belieben bedienen konnte. Man ließ es sich schmecken, was Dorli in der kurzen Zeit auf den Tisch gezaubert hatte. Essen und Trinken lenkten von der getrübten Stimmung ab, sodass ihre Gespräche langsam wieder in die Gänge kamen. Hauptsächlich unterhielten sie sich über vergangene Zeiten, als sie noch jung und schön waren, sie keine Wehwehchen plagten und viel Spaß miteinander hatten. Dorli war froh, dass der Tag doch noch ein so gutes Ende nahm.

Erst am späteren Abend, als die Hitze etwas nachgelassen hatte, beendeten Klaus und Herta ihren Besuch. Sie bedankten sich für den schönen Tag und verabschiedeten sich mit den Worten, sich schon bald wieder treffen zu wollen.

Dorli und Erich wollten den Rest des Tages noch bei einem Glas Wein in der Laube ausklingen lassen. Aber die lästigen Mücken verdarben ihnen den Spaß, und sie flüchteten sich ins Haus. Ihre Räume waren durch Fliegengitter vor den Quälgeistern geschützt, und sie konnten drinnen ihren Wein in aller Ruhe genießen. Sie unterhielten sich noch über den Ablauf des vergangenen Tages und Erich gab sich Mühe, da er ein schlechtes Gewissen hatte, besonders nett zu Dorli zu sein. Sie schauten noch gemeinsam die Spätnachrichten an und danach ging jeder in sein eigenes Zimmer, weil sie verschiedene Programme anschauten.

Am nächsten Morgen gab es wie ausgemacht erst um 8:00 Uhr
Frühstück. Erich gab sich freundlich und gesprächig und er sagte zu Dorli: „Ich habe nachgedacht und bin zu dem Entschluss
gekommen, dass ich wieder Tennis spielen werde, um fit zu bleiben. Ich will auch wieder mehr unter Menschen sein und nicht
nur unzufrieden zu Hause herumhocken. Noch heute werde ich
mich im Club eintragen lassen." „Das ist eine gute Idee", sagte
Dorli. So gut gelaunt war Erich schon lange nicht mehr, was für
gute Stimmung zwischen ihnen sorgte.

Mit viel Elan ging Erich jetzt regelmäßig an drei Tagen in der
Woche Tennis spielen. Anschließend hielt er sich noch im Club-
lokal auf, um sich mit Freunden zu unterhalten und um mit ihnen Neuigkeiten auszutauschen. Das war wiederum gut für Dorli,
weil sie bei Tisch Gesprächsstoff hatten. Erich war mitteilungs-
bedürftig und erzählte Dorli von seinem Spaß am Tennisspielen
und dem neuesten Klatsch im Club. Er war wie ausgewechselt
und man merkte, dass er wieder mehr Freude am Leben hatte.

Vom Tennisspielen war er anfangs immer ziemlich geschafft und
hatte zusätzlich auch noch starken Muskelkater. Dorli bedauerte
und massierte ihn dann, was er sichtlich genoss. Anschließend
legte er sich zur Entspannung auf ein Mittagsschläfchen aufs Sofa.
Nach dem Erwachen war Erich ausgeruht und gut gelaunt und
wurde von Dorli mit einer Tasse duftendem Kaffee verwöhnt.
In der Zeit, in der Erich Tennis spielte, konnte Dorli sich in aller
Ruhe um ihren Haushalt und den Garten kümmern. Jeder hatte
seine Aufgabe und sie hockten nicht mehr ständig aufeinander.
Dadurch kehrte wieder eine gewisse Harmonie ein, die beiden
sichtlich guttat. Aber leider sollte sie nur von kurzer Dauer sein.

Eines schönen Tages, Dorli hatte den Mittagstisch schon gedeckt
und erwartete Erich zum Essen, fuhr ein fremdes Auto mit einem Mann vor. Aus dem Küchenfenster konnte sie sehen, dass
es nicht Erichs Auto war. Sofort war sie beunruhigt. Der fremde Mann stieg aus dem Auto, ging auf ihr Gartentor zu und läu-

tete. Mit zitternden Knien ging Dorli zum Tor und fragte, was
er wolle. Der fremde Mann stellte sich vor und sagte, dass er ein
Clubkollege von Erich sei und ihr leider eine traurige Nachricht
überbringen müsse. Erich sei mitten beim Spiel zusammenge-
brochen – Verdacht auf Schlaganfall und dass er schon mit der
Rettung unterwegs ins Spital sei. Dann sprach er ihr noch sein
Bedauern aus, dass es ihm so leidtäte, ihr diese traurige Botschaft
überbringen zu müssen. Er sagte ihr, in welches Spital die Rettung Erich gebracht hätte und fragte Dorli noch, ob er ihr in irgendeiner Weise behilflich sein könnte. Sie verneinte und bedankte sich für sein Angebot.

Langsam ging sie zurück ins Haus, um sich erst einmal auf einen Stuhl in der Küche zu setzen. War das jetzt ein böser Traum
oder Realität? Sie brauchte einige Zeit, um das Vernommene
zu realisieren. Aber sie musste trotzdem einen kühlen Kopf bewahren und überlegen, was als Nächstes zu tun war. Als Erstes
würde sie im Spital anrufen, um sich nach Erichs Zustand zu erkundigen. Also nahm sie das Telefonbuch zur Hand und suchte
sich die Spitalsnummer heraus. Anschließend rief sie im Spital an.
Leider kam sie nicht sofort durch und hing lange in einer War-
teschleife. Ihre Nerven lagen blank. Endlich, nach einer Ewigkeit, meldete sich eine Ärztin, die ihr kaum Zeit für Fragen ließ
und ihr kurz sagte, dass es momentan zu früh sei, um ihr auch
nur irgendetwas über den Zustand ihres Mannes sagen zu können. Es wäre auch besser für sie, momentan nicht ins Spital zu
kommen, weil Untersuchungen ihres Gatten noch nicht abgeschlossen seien. „Sobald wir die Ergebnisse haben, melden wir
uns bei Ihnen." Dorli bedankte sich für die Auskunft und legte
den Hörer auf. Auf alle Fälle war er noch am Leben, und es bestand Hoffnung, dass er durchkam.

Nach achtwöchigem Krankenhaus- und Reha-Aufenthalt wurde Erich wieder in die häusliche Obhut entlassen. Er hatte sich
halbwegs erholt und konnte auch einigermaßen gehen. Die rechte Seite war vom Schlaganfall betroffen und er zog ein Bein ein

wenig nach und das Reden fiel ihm schwer. Er musste bei jedem Wort, das er sprach, erst nachdenken. Ungeduldig wie er nun einmal war, nervte ihn dies gewaltig. Aber Dorli war sehr geduldig und versuchte ihn positiv aufzubauen, indem sie sich sehr viel Zeit für ihn nahm. Immer wieder forderte sie Erich auf, mit ihr Sprechübungen zu machen. Viele Worte musste er sogar wieder neu erlernen. Aber dem ungeduldigen Erich ging der Fortschritt viel zu langsam. Am meisten litt er darunter, dass er nicht mehr mit dem Auto fahren durfte. Der Arzt hatte es ihm untersagt. Somit war er total abhängig von Dorli.

Des Öfteren musste Dorli sich jetzt von Erich anhören: „Es wäre besser gewesen, wenn ich ‚ex‘ gegangen wäre.“ „Sei nicht so undankbar, du bist klar im Kopf und gehen kannst du auch. Gemeinsam schaffen wir das schon. Du musst eben etwas mehr Geduld haben. Mit der Zeit wird es dir wieder besser gehen, wenn du dich bemühst“, meinte Dorli. „Kannst du mir sagen, was da noch besser werden soll?“, fragte Erich. „Es tut mir weh, wenn du so sprichst. Wir meistern das gemeinsam “, sagte Dorli. „Ich sollte die Konsequenzen ziehen“, meinte er. „Red nicht so daher, so einen Blödsinn darfst du nicht einmal denken“, sagte sie. „Glaubst du, ich merke nicht, wie ich verblöde?“, sagte Erich. „Es braucht eben alles seine Zeit“, sagt sie. „Du kannst leicht reden, dir geht es ja gut“, meinte er. „Glaubst du das wirklich?“, fragte sie. „Ich leide doch mit dir! Es geht sogar so weit, dass es sich bei mir auf den Magen schlägt. Oder glaubst du, dass das alles spurlos an mir vorübergeht? Nächstes Mal, wenn du wieder zum Arzt musst, werde ich mitgehen und mir etwas gegen meine Magenschmerzen und Nerven verschreiben lassen“, sagt sie. „Willst du damit etwa sagen, dass ich schuld an deinen Magenschmerzen bin?“, fragte er. „Natürlich nicht du. Es ist die gesamte Situation und die traurigen Umstände, in denen wir uns momentan befinden“, sagte sie. „Ich sag eh, dass es besser gewesen wäre, wenn ich ‚ex‘ gegangen wäre“, wiederholte er monoton. „Es ist eben eine Umstellung in unserem Leben. Je eher wir mit der Situation umzugehen lernen, umso besser für uns. Wir müssen uns eben beide bemühen, gemeinsam werden wir es schaffen“, sagt Dorli. „Wenn du meinst“, murmelte Erich kleinlaut.

In Wien wohnten Erich und Dorli nur noch in Ausnahmefällen. Dorli konnte nicht mit Erich auf engstem Raum in der Wiener Wohnung leben. Durch seine Krankheit war seine Reizschwelle noch geringer als sonst und er rastete oft von einer Sekunde auf die andere aus. Dadurch kam es des Öfteren zu Streitereien. Sie schrien einander an und die Türen wurden zugeschlagen. Diese Reibereien waren unerträglich und auf engem Raum nicht auszuhalten. Darum waren sie lieber auf dem Lande, wo sie viel Platz hatten und einander aus dem Weg gehen konnten.

Dorli fuhr nur noch einmal die Woche nach Wien, um die Post zu holen und die Wohnung in Ordnung zu halten. Wenn es zeitlich passte, traf sie sich noch mit Inge zum Essen oder auch nur auf einen Kaffee. Sie war bestrebt, Erich nicht allzu lange alleine zu lassen. Aber sosehr sie sich auch bemühte und egal, wann immer sie heimkam, lautete Erichs erste Frage: „Wo warst du so lange?“ „Immer die gleiche Leier“, dachte Dorli und gab darauf keine Antwort, um keine unnötigen Diskussionen zu provozieren. So hatten sie einen anstrengenden freudlosen Sommer hinter sich. Aber Dorli wäre gerne noch im Spätherbst für einige Tage nach Italien ans Meer gefahren, um sich zu erholen. Die Luftveränderung und ein Tapetenwechsel würden sicher gut für sie sein und ein wenig von Erichs Gebrechen ablenken. Dorli musste jetzt nur noch Erich dazu überreden. Zu ihrer Überraschung willigte er sofort ein.

Jetzt freute sich Dorli erst einmal auf ein paar schöne Urlaubstage im sonnigen Italien. Sie würden, wie schon so oft, nach Jesolo fahren. Die Gegend war flach und eben, ideal für Erich zum Gehen. Dorli begann schon eine Woche vor ihrer Abfahrt zu packen. Sie musste schließlich für zwei packen, weil Erich dazu nicht in der Lage war. Er hatte eine Liste geschrieben, damit sie wusste, was er benötigte. Sie wollten ja keinen Badeurlaub machen und benötigten eher eine Ausrüstung zum Wandern. Um diese Jahreszeit waren kaum noch Gäste anwesend. Die ruhige Nachsaison war genau das Richtige.

Ihre Fahrt starteten sie zeitig in der Früh, damit sie keinen Zeitdruck hatten. Dorli legte immer Toilettenpausen für Erich ein, die er nötig hatte. Die Fahrt hätte ein Vergnügen sein sollen, aber das war Dorli leider nicht vergönnt. Erich nervte mit seinem ständigen besserwisserischen Nachhilfeunterricht im Autofahren. Er konnte es nicht lassen, sich immer wieder in ihren Fahrstil einzumischen. Für ihn war es eine Umstellung, nicht selber fahren zu dürfen, und er wollte Dorli unbedingt seinen Fahrstil aufzwingen.

Heil am Ziel angekommen, machte Dorli drei Kreuze nach dem lästigen Fahrunterricht. In der Pension wurden sie schon erwartet und vom Chef des Hauses willkommen geheißen. Man kannte sich gut, weil sie in dieser Pension schon öfter logiert hatten. Es wurde ihnen ein schönes, ebenerdiges Zimmer zugewiesen mit Terrasse und Blick aufs Meer. Über Erichs Verfassung wusste man hier Bescheid. Dorli hatte es bei der Reservierung erzählt und um ein ebenerdiges Zimmer gebeten.

Als Erstes öffnete Dorli die Terrassentür und warf einen Blick aufs Meer. Sie atmete tief die würzige Meeresluft ein und spürte, wie die Energie durch ihren Körper floss. „Erich, was hältst davon, wenn wir vor dem Essen noch auf einen kleinen Spaziergang ans Meer gehen, um uns ein wenig die Füße zu vertreten?" „Eine gute Idee", meinte Erich. Für alle Fälle hatte Dorli für ihn einen Spazierstock mitgenommen, um ihm das Gehen zu erleichtern. Den überreichte sie ihm nun, worauf er fuchsteufelswild reagierte: „Was soll das jetzt? Wie schaut das aus, wenn ich mit einem Spazierstock geh! Bin ich vielleicht schon ein Greis? Und überhaupt! Vergiss es!" „Ich habe es doch nur gut gemeint. Dann geh halt ohne Stock", schrie Dorli zurück.

Erich hängte sich bei Dorli ein, was ihm bei Weitem lieber war als der Spazierstock, und sie gingen die Promenade hinunter ans

Meer. Weit gehen konnte er sowieso nicht, das hätte ihn überfordert. Schon nach einer halben Stunde machten sie kehrt und gingen zurück aufs Zimmer, um sich fürs Nachtmahl ein wenig frisch zu machen und umzuziehen.

Beide freuten sich schon aufs Essen und gingen Hand in Hand in den Speisesaal. Allzu viele Tische waren um diese Jahreszeit nicht mehr besetzt. Das war der Vorteil der Nachsaison. Für sie beide eine angenehme Atmosphäre, es war nicht so laut und hektisch wie in der Hauptsaison. So mochten es die Pensionisten gerne.

Beide liebten die italienische Küche. Zu Dorlis Freude war Erich mit dem Essen sehr zufrieden, und er hatte an keiner der Speisen, die ihnen geboten wurden, etwas auszusetzen. Der erste Abend verlief sogar harmonisch, und sie waren zufrieden.

Gleich nach dem Essen gingen sie aufs Zimmer. Schließlich waren sie von der Reise müde und wollten nur noch ins Bett. Doch die Nacht sollte für Dorli zum Horror werden, weil Erich des Öfteren in der Nacht aufs Klo musste. Aber in der fremden Umgebung fehlte ihm die Orientierung, und er war auf Dorlis Hilfe angewiesen. Dreimal wurde Dorli von ihm in dieser Nacht geweckt. Jedes Mal hatte sie Schwierigkeiten wieder einzuschlafen. Dementsprechend ging es ihr am nächsten Morgen. Aber sie konnte Erich keinen Vorwurf machen, weil er ja nichts dafür konnte. Nach einer lauwarmen Dusche ging es Dorli ein wenig besser. Jetzt fehlte ihr nur noch ein starker Kaffee, um ihre Lebensgeister wieder zu wecken.

Nach dem Frühstück machten sich Dorli und Erich auf den Weg zu einem längeren Spaziergang. Dorli hatte die Absicht, mit Erich so oft es sein Zustand erlaubte zu gehen. Die ebene Umgebung hier bot sich dafür geradezu an. Dadurch, dass sie schon öfter in Jesolo im Urlaub waren, war ihnen die Umgebung vertraut. Erich hatte sich vorgenommen, die Zeit so gut es ging zu nutzen. Schließlich wollte er wieder besser gehen lernen. Trotz fehlender Geduld bemühte er sich, nicht bei dem kleinsten Widerstand aufzugeben.

Aber leider lief es nicht immer so, wie Erich es sich vorgestellt hatte und schnell fiel er in seine alten Muster zurück und wollte sofort aufgeben. Dann redete Dorli ihm wieder gut zu und sagte, dass eben alles seine Zeit brauche und sie es gemeinsam schaffen würden. „Wie du weißt, helfe ich dir gerne, aber du musst auch deinen Teil dazu beitragen, wenn du genesen willst", meinte sie.

Nach der kleinen Standpauke lächelte Erich süßsauer oder gab sich mürrisch. Er war eben nicht so recht davon überzeugt, was Dorli ihm da sagte. Trotz der geringen Geduld, die er hatte, blieb der Erfolg nicht aus. Von Tag zu Tag konnten sie ihre kleinen Ausflüge ein wenig ausdehnen. Die anfänglichen Gehschwierigkeiten verbesserten sich langsam, aber sicher. Über diese Fortschritte freute Erich sich dann schon und sie gaben ihm wieder Hoffnung auf Besserung.

Zusätzlich machte sich bei Erich leider noch ein anderes Problem bemerkbar. Anfänglich war es Dorli nicht so aufgefallen. Sprachlich hatte er sich soweit verbessert, dass man beim Reden kaum etwas bemerkte. Aber seine Vergesslichkeit nahm immer mehr zu. Um Erich nicht zu entmutigen, tat Dorli so, als ob sie es nicht bemerken würde, damit er nicht durch ein zusätzliches Handicap die Lust am Weitermachen verlor.

Erichs Vergesslichkeit war Dorli wiederholt bei einigen Begebenheiten aufgefallen. Zum Beispiel ließ er seinen Zimmerschlüssel des Öfteren im Speisesaal nach dem Essen auf dem Tisch liegen. Als sie unterwegs waren und noch auf einen Espresso in einem Café einkehrten, ließ er nach dem Zahlen seine kleine Tasche, die er über die Stuhllehne gehängt hatte, samt all seinen Papieren, Medikamenten und seiner Brieftasche hängen. Erich bemerkte es erst, als sie schon fast vor dem Hotel standen.

Im Eiltempo lief Dorli den langen Weg alleine retour ins Café und hoffte auf einen ehrlichen Finder. Sie hatten großes Glück. Der Ober hatte die Tasche entdeckt und in Gewahrsam genommen. Dorli fiel ein Stein vom Herzen, schon wegen der Scherereien, die sie sonst gehabt hätten, um neue Dokumente zu beschaffen. Selbstverständlich belohnte sie den Ober mit einem angemessenen Trinkgeld.

Durch das schnelle Gehen war Dorli völlig außer Atem. Natürlich war sie sauer auf Erich. Als sie Erich wieder erreicht hatte, sah sie ihn im Schatten auf einer Bank sitzen. Er wirkte ein wenig verloren, wie er da so saß. Als Dorli außer Atem vor ihm stand, sagte der kleinlaut: „Entschuldige bitte, es tut mir leid." Damit war ihr Zorn verraucht und sie hielt sich mit Vorwürfen zurück, weil sie wusste, dass Erich nichts dafür konnte. Sie bat ihn sehr dezent, in Zukunft besser auf seine Sachen aufzupassen. Dann setze sie sich noch einen Moment zum Verschnaufen zu ihm auf die Bank, und schon bald ging es ihr wieder besser mit der Luft.

Neun Tage hatten sie Glück mit dem Wetter. Angenehme Temperaturen, kaum windig – ideal zum Wandern. Aber am neunten Tag schlug das Wetter plötzlich um und es wurde sehr stürmisch und kühl. Aber sie waren dankbar für jeden schönen Tag und konnten akzeptieren, dass es das Ende ihres Urlaubs war. Bei dem Wetter war das Spazierengehen unmöglich und sie konnten ebenso gut nach Hause fahren.

Die Heimfahrt verlief wie die Herfahrt. Dorli erhielt während der gesamten Fahrt von Erich wieder ihren Nachhilfeunterricht, wie man besser fährt. Das Kritisieren und Belehren konnte Erich eben nicht lassen. So war die Fahrt wieder unnötig nervig für Dorli und sie war froh, als sie den Schlüssel in die Haustür stecken konnte und wieder daheim war.

Schnell lebten sie sich wieder in ihrer gewohnten Umgebung ein und zehrten längere Zeit von den schönen Tagen in Jesolo. Auf alle Fälle hatte sich Erichs Verfassung um einiges verbessert. Mit dem Sprechen hatte er keine Probleme mehr und gehen konnte er ebenfalls um vieles besser als vorher. Nur seine Demenz schritt langsam weiter voran.

Leider war Erich schon nach kurzer Zeit wieder mit seinem alten Problem konfrontiert, dass er nichts mit sich anzufangen wusste. Dorli war natürlich bewusst, dass sie zu Hause weniger Zeit als im Urlaub für ihn hatte. Sie hatte sich um viele andere Dinge zusätzlich zu kümmern: den Haushalt, den Garten, den Einkauf und die einmalige wöchentliche Fahrt nach Wien wegen der Post. Dadurch war Erich öfter alleine und sich selbst überlassen. Wenn sie dann von ihren Besorgungen nach Hause kam, empfing Erich sie ohne Begrüßung mit den Worten: „Wo warst du wieder so lange?"

Die ersten Male erzählte ihm Dorli ausführlich, wo sie überall gewesen war und was sie sonst noch alles erledigt hatte. Aber nach einiger Zeit fehlten Dorli die Nerven dafür, sich ständig rechtfertigen zu müssen. Also ignorierte sie seine Fragen und gab ihm keine Antwort. Dann war Erich beleidigt und fand mit Sicherheit einen Anlass, um mit Dorli zu streiten.

Wenn Dorli wieder überfordert war, suchte sie gerne telefonisch Trost bei Inge. Sobald Inge aus dem Gespräch heraushörte, dass es Dorli nicht gut ging, war sie stets bereit, bei ihr persönlich vorbeizuschauen, um ihr Zeit für eine Aussprache zu schenken. Wenn Inge dann kam, beschlagnahmte ausgerechnet Erich sie für sich, um sich bei ihr über Dorli zu beklagen und meinte: „Dorli hat sich in der letzten Zeit stark verändert, sie ist widerspenstig geworden und hört überhaupt nicht mehr auf mich. Ja, sie ignoriert mich sogar, und macht in letzter Zeit überhaupt, was sie will. Außerdem lässt sie mich des Öfteren sogar allein. Wozu brauche ich da eine Partnerin?"

Inge war baff über das, was Erich da von sich gab. Sie wusste auch nicht so recht, was sie darauf antworten sollte und sagte nur: „So solltest du aber nicht über Dorli reden. Du weißt doch selber, dass sie ständig überfordert ist. Du solltest auch Verständnis für sie haben und nicht ständig grantig sein, wenn sie zu wenig Zeit für dich hat. Warum legst du dir kein Hobby zu? Du brauchst eine Beschäftigung, die dich auf andere Gedanken bringt. Was hältst du zum Beispiel vom Kartenspielen?“, fragte Inge. „Nicht viel“, sagte Erich. Nur vergaß er dazuzusagen, dass er früher öfter mit seinem Nachbarn gespielt, aber immer gestritten hatte, weil er nicht verlieren konnte. Er war nämlich ein Muss-Gewinner.

„Wie schaut es mit dem Lesen aus?“, fragte Inge. „Das interessiert mich noch weniger“, sagte Erich. „Es muss doch irgendetwas geben, was dir Freude bereitet“, meinte Inge. „Ich weiß selber nicht, was ich will. Du wirst es nicht glauben, aber ich bin mir oft selber zuwider“, sagte Erich. „Ihr tut mir beide leid“, meinte Inge. „Eine der wenigen Abwechslungen, die ich habe, ist hie und da ein Konzert. Aber auch nicht allzu oft, denn auch da fühle ich mich gleich wieder überfordert und würde am liebsten mitten in der Aufführung aufstehen, um den Saal zu verlassen“, sagte er. „Erich, du solltest zum Arzt gehen. Deine Unrast muss doch eine Ursache haben“, meinte Inge. „Der Arzt würde mir nur noch ein Medikament zusätzlich verschreiben. Mir reichen die schon, die ich momentan nehmen muss – danke nein!“, protestierte er. „Am liebsten täte ich mir ja die Kugel geben, wenn ich nicht so feige wäre“, sagte Erich. „Hör auf, so einen Blödsinn zu reden“, sagte Inge. „Glaubst du, ich merke nicht, wie ich schön langsam verblöde?“, fragte er. „Nur weil du manchmal etwas vergisst? Was ist schon dabei?“, sagte Inge. „Aber bei mir häufen sich die Fälle in der letzten Zeit sehr oft. In meinen Fingerspitzen habe ich kaum noch ein Gefühl und kann mir die Knöpfe von meinem Hemd nur noch mit Müh und Not zuknöpfen. Alles, was ich gern gemacht habe, darf ich nicht mehr tun. Kein Auto fahren, nicht in die Sauna gehen, kein Tennis spielen, auch nicht mehr Ski fahren, also, was soll’s?“, fragte Erich. „Natürlich ist es schade, und ich verstehe dich gut, aber du solltest aus deiner Situation trotzdem das Beste machen, anstatt dir dein Leben zu vermiesen“, sagte Inge. „Was soll ich machen, ich bin halt ein Pessimist und geh mir selber auf die Nerven", meinte Erich. „Leider lässt du dann deinen Frust an Dorli aus, worunter sie zu leiden hat. Hie und da würdet ihr Abstand voneinander brauchen, um einander wieder besser riechen zu können. Was machst du, wenn Dorli auch krank wird? Erich, wie wäre es, wenn du ein wenig mehr Rücksicht auf sie nehmen würdest?", fragte Inge. „Du hast ja recht, ich werde darüber nachdenken", sagte Erich. „Es würde mich freuen, wenn ihr euch vertragen könntet", sagte Inge.

Immerhin hielt Erichs Versprechen, zu Dorli nett zu sein, ganze zwei Tage an. Dann wurde wieder einmal ein nichtiger Anlass zum Drama. „Wo hast du schon wieder meine Brille hingelegt? War sie dir schon wieder im Weg? Kein Wunder, wenn man in diesem Haus bei deiner ewigen Aufräumerei nichts findet", schrie Erich. „Du weißt nur wieder nicht, wo du deine Brille hingelegt hast und gibst schon wieder mir die Schuld", sagte Dorli. „Ist doch wahr, bei deiner ewigen Räumerei kann doch kein Mensch was finden. Ich weiß genau, dass ich sie auf den Tisch neben die Zeitung gelegt habe, aber jetzt liegt sie nicht mehr da", sagte Erich. „Dann hast du sie woanders hingelegt", konterte Dorli. „Ich werde doch wohl noch wissen, wo ich meine Brille hingelegt habe", schrie Erich etwas lauter. „Eben nicht, sonst müsste sie ja auf dem Tisch liegen. Du nervst allmählich wieder mit deinen ewigen Anschuldigungen. Aber ich bin bereit, dir beim Suchen behilflich zu sein, damit du endlich Ruhe gibst", schrie Dorli zurück.

Erich passte genau auf, wo Dorli suchte, damit er sie ertappen würde, falls sie mogelte und die Brille so hinlegen würde, dass auf keinen Fall sie es gewesen sein könnte, die sie verlegt hatte. Er würde es ihr schon beweisen, dass er recht hatte. Sollte sie nur suchen.

Dorli fand Erichs Brille ebenfalls nicht und er stichelte weiter: „Wie du siehst, sie ist verschwunden. Waren vielleicht die Heinzelmännchen bei uns oder gar ein Dieb?" „Musst du immer so ätzend sein, wo doch noch nichts bewiesen ist?", fragte Dorli. „Da braucht es doch keine Beweise mehr, der Fall liegt doch klar auf der Hand", erwiderte Erich. „Ich komme mir vor wie eine Angeklagte beim Verhör!", schrie Dorli und ging mit einer Wut im Bauch in den Garten, damit sie Erichs Beleidigungen nicht mehr anhören musste.

Draußen war es kalt. Aber sie brauchte frische Luft zum Durchatmen, damit sie nicht vor Wut explodierte oder am Ende noch einen Gegenstand durch die Gegend schmeißen würde, um sich Luft zu machen. Als sich Dorli beruhigt hatte, war sie plötzlich verunsichert und hielt inne, es kam ihr nämlich der Gedanke, dass Erich möglicherweise mit seiner Aussage doch recht hatte und sie die Brille unabsichtlich woanders hingelegt hatte. Wusste sie am Ende auch schon nicht mehr, was sie tat? Nein, das war ausgeschlossen!

Dorli war es inzwischen kalt geworden und sie ging zurück ins Haus. „Nur kein Wort sagen, sonst geht das Theater von vorne los", dachte Dorli, ging in die Küche und machte die Tür hinter sich zu. Sie fing an, das Mittagessen zuzubereiten. Um auf andere Gedanken zu kommen, schaltete sie das Radio ein und hörte während des Kochens Musik.

Zu Mittag setzte sich Erich freundlich an den Tisch und tat, als ob nichts gewesen wäre. Und was hatte er auf seiner Nase? Die abhandengekommene Brille. Erstaunt sah Dorli Erich an und fragte: „Wo hast du deine Brille gefunden?" „Sie war in der Bademanteltasche", sagte er. „Aha, bin ich es also doch nicht gewesen", sagte sie. „Das ist doch jetzt egal, die Hauptsache ist, dass sie wieder da ist", meinte Erich etwas irritiert. „Nett wäre, wenn du dich entschuldigen würdest", sagte Dorli. „Entschuldige", sagte Erich kleinlaut. „Danke, jetzt geht es mir besser", sagte Dorli.

Nach Erichs Mittagsschläfchen wollte Dorli mit ihm seinen üblichen Spaziergang unternehmen. Aber er schien heute nicht allzu begeistert zu sein, ließ sich aber von Dorli doch dazu überreden. Er nahm sogar den Spazierstock freiwillig, um nicht wieder zu stürzen. In der letzten Zeit war ihm nämlich des Öfteren schwindlig geworden, und er war schon einige Male gestürzt. Zum Glück hatte er sich nie etwas gebrochen. Er war Gott sei Dank mit Prellungen und einigen blauen Flecken davongekommen. Seit dieser Zeit ging Erich nie mehr ohne Stock fort – zu seiner eigenen Sicherheit. Die regelmäßigen Spaziergänge an der frischen Luft förderten zumindest seine Durchblutung ein wenig. Darum wollte Dorli diese Spaziergänge auch einhalten, da Erich die meiste Zeit saß.

Abends sagte Dorli zu Erich, dass sie am kommenden Tag nach Wien in die Wohnung fahren werde, um die Post zu holen und fragte, ob er sie begleiten möchte. „Nein danke, was mach ich in der Stadt, wo ich es doch hier so schön habe. Bleib halt nicht zu lange fort", sagte er noch. Dorli hatte wie immer, wenn sie Erich alleine ließ, vorgekocht, damit er sich sein Essen nur aufzuwärmen brauchte.

Am kommenden Tag fuhr Dorli gleich nach dem Frühstück nach Wien. Sie hatte sich mit Inge telefonisch schon am Abend vorher ausgemacht, in welchem Lokal sie einander zum Essen treffen wollten. Auf die zwei Plauderstunden einmal die Woche freute sich Dorli schon sehr. Diese kurzen, unbeschwerten zwei Stunden taten ihr ganz einfach gut. Sie sprach mit Inge über aktuelle Geschehnisse sowie Politik, Kunst und Musik …, einmal nicht nur über Krankheiten. Aber zum Abschluss ihres Beisammenseins fragte Inge automatisch: „Und wie geht es Erich?" Dann erzählte Dorli ihr kurz über seine momentane Verfassung. Seine schleichende Demenz schritt langsam, aber stetig voran, nach wie vor war er streitsüchtig und alle Versuche, ihn aufzumuntern, gelangen nur selten. Das machte sie traurig, und dass sie leider manchmal die Nerven verlor, tat ihr anschließend leid. Darum bedeutete der wöchentliche Ausflug nach Wien für sie sehr viel, weil es ihr sehr guttat, sich bei Inge auszusprechen.

Heute war Erich ausnahmsweise gut gelaunt gewesen, als sie nach Wien fuhr. Er hatte nicht wie üblich mit ihr gemeckert, dass sie ihn schon wieder alleine ließ. Deshalb wollte sie heute auch früher nach Haus fahren, um Erich zu überraschen. Er sollte keinen Anlass haben, sie zu rügen. Darum fiel die heutige Begegnung mit Inge bedauerlicherweise ein wenig kürzer aus als sonst. Beim Abschied sagte Inge: „Ruf mich an, wenn du mich brauchst.“

Wieder zu Hause angekommen, erlebte Dorli eine große Überraschung. Erich empfing sie ganz aufgeregt am Gartentor, und das sogar mit einem Kuss. „Was ist los? Was ist geschehen? Wieso bist du so aufgekratzt?“, fragte Dorli. „Als ich noch vor dem Essen im Garten war, um mir die Füße zu vertreten, stand vor mir plötzlich ein süßer kleiner Kater und schmiegte sich ganz fest an meine Beine. Stell dir vor, der Kater hat mich gefunden, mich ausgesucht – nur mich. Einen Namen habe ich ihm auch schon gegeben: „Ich nenne ihn Felix!“ Erich war wie ausgewechselt und Dorli freute sich mit ihm. Sie hoffte auch, dass Erich mit dem Kater eine Aufgabe hatte, indem er Verantwortung für ihn übernahm. Er machte sich wichtig, indem er das Tier mit Fressen versorgen wollte und fragte Dorli gleich: „Hast du zufällig Milch für Felix im Kühlschrank?“ Gott sei Dank hatte sie Milch, die sie Erich für den Kater gab, um ihn zu verwöhnen.

Der süße kleine Kater gefiel Dorli ebenfalls und sie schloss ihn in ihr Herz. In weiterer Folge wurde er die wichtigste Person im Haus und sollte der häufigste Anlass zum Streit werden. Aber zu diesem Zeitpunkt wusste sie zum Glück noch nicht, was auf sie zukommen würde.

Am Abend, als sie bei Tisch saßen, fiel Erich ein, dass Dorlis Schwester angerufen hatte und teilte ihr dies nebenbei mit. „Gleich nach dem Nachtmahl werde ich sie zurückrufen“, sagte sie. „Frag sie doch, ob sie uns nicht wieder einmal besuchen will?“, meinte Erich. „Das glaube ich kaum, nach dem, was du bei ihrem letzten Besuch zu ihr gesagt hast, falls du dich noch erinnerst", sagte Dorli. „Nein, aber du kannst es mir ja sagen", meinte er. „Was machst du schon wieder hier? Willst du uns wieder deine alten Geschichten erzählen, die ich schon hundertmal von dir gehört habe. Sie langweilen mich. Logisch, dass sie danach beleidigt war und gesagt hat: Das war das letzte Mal, dass ich mich von dir habe beleidigen lassen. In Zukunft meide ich deine Gesellschaft", erinnerte ihn Dorli.

„Sie braucht nicht gleich so beleidigt zu sein. Sie kennt mich doch", sagte Erich. „Das solltest du ihr lieber selber sagen, ich spiele keine Vermittlerin", sagte Dorli. „Dann eben nicht – gell, Felix – ich hab ja dich", und Erich streichelte seinen Kater zärtlich und sagte zu ihm; „Wir brauchen die anderen nicht, wer nicht will, der hat schon. Außerdem kommen die Besucher ja sowieso nur noch deinetwegen. Aber das macht mir nichts aus, ich hab ja jetzt meinen Felix und das genügt mir. Er ist genau zur rechten Zeit in mein Leben getreten und darüber bin ich froh. Ohne Felix würde ich sowieso nicht mehr leben wollen. Wir brauchen einander, das spürt er, genau wie ich." Worauf Dorli meinte: „Aber versorgen darf ich euch schon, oder werde ich dafür auch nicht mehr gebraucht? Wenn dein Kater Hunger hat, meldet er sich nämlich ausschließlich bei mir", sagte Dorli. „Eine Dose Katzenfutter zu öffnen, kann ja wohl nicht so schwer sein, oder?", fragte Erich provokant. „Gut, wenn ihr mich nicht braucht, dann fahre ich gleich morgen nach Wien und werde mir ein paar schöne erholsame Tage machen. Gute Nacht!", sagte Dorli und ging beleidigt in ihr Zimmer.

Spät in der Nacht wurde Dorli munter und erschrak, als sie etwas auf ihrer Hand spürte. „Du brauchst nicht zu erschrecken, ich bin es nur", sagte Erich. Er hatte sich auf Dorlis Bettkante gesetzt und hielt ihre Hand. „Ich habe dir etwas zu sagen. Wir sind jetzt schon über vierzig Jahre verheiratet, und morgen haben wir unseren Hochzeitstag. Können wir uns wieder vertragen?" Dorli gähnte erst einmal. Sie war noch nicht voll da, um den Sinn seiner Worte richtig zu erfassen. Schlaftrunken richtete sie sich auf, um Erich besser zu verstehen. Aber bevor sie noch antworten konnte, umarmte er sie und gab ihr einen Kuss auf die Wange. „Bitte, lass es uns noch einmal miteinander versuchen", bat er. Dorli liefen vor Rührung Tränen über die Wangen, so lieb war Erich schon lange nicht mehr zu ihr gewesen und willigte dankbar in seinen Vorschlag ein.

Beim Frühstück am folgenden Morgen sah Dorli einen Reiseprospekt auf ihrem Platz auf dem Tisch vor sich liegen. Erich hatte ihn dort hingelegt und meinte so nebenbei: „Ich dachte mir, ein paar Tage Urlaub könnten dir sicher guttun. Frag doch Inge, ob sie Lust hätte, dich zu begleiten. Ich möchte dir die Reise gerne als kleines Geschenk zu unserem Hochzeitstag machen."

Dorli war so baff, dass sie kaum glauben konnte, was Erich ihr für ein Angebot machte. Sie bedankte sich für seine Großzügigkeit und war hocherfreut. Kaum dass sie fertig gefrühstückt hatten, rief Dorli auch schon bei Inge an, um ihr von Erichs Reiseangebot zu erzählen. „Hättest du eventuell Lust mich zu begleiten?" Inge sagte prompt zu. Schon beim nächsten Treffen besprachen sie, wohin ihre Reise gehen sollte.

Wie meistens bei Erich, sollte die gute Stimmung schon bald wieder kippen und das auch wieder nur wegen einer Lappalie. Es klingt unglaublich, ist aber wahr. Eines Morgens schrie Erich zur Klotür heraus: „Wie oft habe ich dir schon gesagt, wie herum du die Klopapierrolle aufhängen sollst, aber nicht einmal dazu bist du imstande, dir das zu merken. Ich hasse es, wenn die Rolle verkehrtherum hängt." „ Häng dir deine Rolle in Zukunft selber auf und schrei nicht so mit mir. Dein Ton gefällt mir absolut nicht", schrie Dorli zurück. Er meckerte weiter vor sich hin. Dorli machte die Zimmertür von innen zu, sie wollte sich sein weiteres Blabla nicht mehr anhören. Aber Erich riss die Tür wieder auf und sagte: „Mach nicht die Tür zu, wenn ich dir etwas erklären will." „Das kenn ich doch schon, das ist doch nicht das erste Mal, dass du mich mit dem Nonsens nervst. Als ob eine Klorolle in meinem Leben das Wichtigste wäre", sagte Dorli. „Für mich

schon!“, meinte Erich. „Es ist ja wohl an der Zeit, dass du dir das
merkst.“ „Damit du endlich Ruhe gibst, werde ich eine zweite
Halterung kaufen, dass jeder seine eigene Rolle hat und sie aufhängen kann, wie er will. Schließlich soll unser Haussegen nicht
von einer Klorolle abhängen“, sagte Dorli. „Du willst also Geld
ausgeben für Dinge, die wir haben und nicht zweifach brauchen.
So reichlich haben wir es auch wieder nicht. Ich sollte wieder
mehr kontrollieren, wofür du unser Geld ausgibst. Seit meiner
Krankheit habe ich mich nicht mehr allzu oft um unsere Finanzen gekümmert und alles dir überlassen“, sagte er. „In der obers-
ten Schreibtischlade rechts liegen die Rechnungen von unseren
Ausgaben und wenn du Langeweile hast, nimm sie dir zur Hand
und rechne sie zusammen, dann weißt du, wo das Geld geblieben
ist. Aber sollte es dein Wunsch sein, die Konten zu trennen, habe
ich nichts dagegen. Es ist mir völlig egal, ob wir die Rechnungen
halbieren oder gemeinsam zahlen. Mach, was du willst! Aber was
ich nicht verstehen kann ist, dass du es immer schaffst, einen Streit
wegen Nichtigkeiten vom Zaun zu brechen. So langsam beginne
ich die Nerven zu verlieren, und meine Magenschmerzen haben
sich auch wieder gemeldet“, sagte Dorli.

„Dann gib dir halt mehr Mühe und merk dir endlich, was
ich dir sage“, meinte Erich. Dorli drehte sich um und ging in die
Küche, um diese sinnlose Diskussion zu beenden.

Aber Erich rief hinter ihr her: „Wo ist eigentlich mein Felix?
Ich habe ihn heute Morgen noch nicht gesehen!“ „Er ist schon
sehr früh rausgegangen und ist noch nicht zurückgekommen.
Der Kerl hat mich schon um sechs Uhr aus dem Bett geholt, damit ich ihn rauslasse. Ich bin ohnehin sauer auf ihn, dass er mich
schon so früh geweckt hat. So langsam wird es zur Gewohnheit,
dass mich der Kater in aller Früh aus dem Bett schmeißt. Außerdem ist es doch dein Kater. Soll er doch zu dir kommen, wenn
er etwas will“, sagte Dorli.

Absichtlich überhörte Erich den letzten Satz und ging rufend in
den Garten: „Felix, wo bist du denn, mein Burli? Felix, komm
doch zum Herrchen! Schatziburli!“ Aber kein Felix weit und

breit. Erich rief endlos weiter nach seinem Kater. Er hatte Angst, dass seinem Felix etwas passiert sein könnte – und Erich litt. Er war es gewohnt, dass ihn Felix in der Früh begrüßte oder friedlich in seinem Lieblingssessel schlief. Energisch ging Erich ins Haus zurück, holte sich seinen Spazierstock und machte sich auf die Suche nach seinem Felix.

Nach einer knappen Stunde kam er völlig aufgelöst wieder nach Hause und jammerte, dass er keine Spur von Felix gefunden habe. „Solange war er noch nie fort", sagte Erich. „Beruhige dich doch. Möglich, dass er auf Brautschau ist und momentan keinen Wert auf uns legt", sagte Dorli. „Ich lass den Kerl kastrieren, damit er Ruhe gibt!", schrie Erich. „Wie du denkst", meinte Dorli lakonisch.

Nach einigen sorgenvollen Tagen ließ sich Felix ganz plötzlich wieder blicken und ging als Erstes zu seinem Futternapf, um zu fressen. Er tat, als ob er nie fort gewesen wäre. Sogleich schrie Erich mit Dorli: „Felix ist wieder da! Siehst du nicht, dass er hungrig ist! Gib ihm gefälligst was zu fressen!" „Kannst du vielleicht in einem anderen Ton mit mir reden? Wenn du geschwinder bist als ich, warum fütterst du ihn nicht selbst? Ich werde doch wegen des Katers keinen Purzelbaum schlagen!", erwiderte Dorli. „Siehst du nicht, wie er ausschaut?", schrie Erich weiter. „Wenn er sich tagelang mit Katzenmädchen herumtreiben kann, wird er auch ein paar Minuten aufs Fressen warten können. Er wird schon nicht gleich verhungern", meinte Dorli. „Red nicht lang herum und sieh zu, dass der arme Kater endlich sein Fressen bekommt", schrie Erich weiter.

Langsam, aber sicher wurde es Dorli zu viel und sie war nahe daran, die Nerven zu verlieren. Am liebsten hätte sie Erich die Katzenfutterdose an den Kopf geworfen. Aber noch lieber wäre sie davongelaufen. Natürlich war Dorli genau so froh wie Erich, dass Felix wieder daheim war. Darum bemühte sie sich auch ruhig zu bleiben, obwohl es ihr schwerfiel.

Erich konnte es kaum erwarten, bis der Kater fertig gefressen hatte, um ihn endlich auf seinen Schoß zu nehmen. Aber Felix schien davon nicht sehr begeistert zu sein. Er wollte nach dem Fressen nur noch seine Ruhe haben. Aber darauf nahm Erich keine Rücksicht, er hob ihn hoch und setzte sich mit Felix in einen Sessel, um ihn liebevoll zu streicheln. Erich war so glücklich, sein Schatziburli endlich wieder bei sich zu haben und sprach übertrieben laut, aber zärtlich zu ihm: „Ich bin so froh, dass du wieder da bist, ohne dich wollte ich gar nicht mehr leben."

So war der Winter eher langsam, mühselig und freudlos für Dorli und Erich vergangen. Dabei hatten sie sich doch so viel für die Pension vorgenommen. Aber durch Erichs Schlaganfall war alles anders gekommen. Sie konnten nur noch wenig unternehmen und mussten die meiste Zeit zu Hause verbringen, anstatt im Winter auf einem Schiff eine Kreuzfahrt zu machen, die sie sich vorgenommen hatten.

Gott sei Dank meldete sich nach dem langen Winter seit einigen Tagen der Frühling an. Das Wetter wurde erträglicher und Dorli konnte mit Erich wieder Spaziergänge unternehmen. Erichs Verfassung hatte sich über den langen Winter vom vielen Herumsitzen in der Wohnung natürlich nicht gebessert. Durch die Bewegungsarmut und das viele Sitzen hatten sich seine Muskeln zurückgebildet. Ohne Stock konnte er jetzt überhaupt nicht mehr gehen, und seine Demenz schritt langsam, aber stetig voran. Zusätzlich war ihm oft schwindlig, sodass er leider wieder einige Male gestürzt war und deshalb das Haus ungern alleine verließ. Aber Dorli musste Erich zwischendurch immer wieder für einige Zeit alleine lassen, wenn sie Besorgungen zu tätigen hatte.

Bei Schönwetter konnte Erich zumindest einige Runden im Garten gehen, um ein wenig Bewegung zu bekommen. Nur konnte es passieren, dass er sich selber aussperrte. Bei Sonnenschein machte es weniger aus. Aber wenn es gerade regnete, musste Erich im

Geräteschuppen warten, bis Dorli nach Hause kam. Natürlich gab es dann wie immer Ärger. Sie war angeblich schuld, weil sie wieder einmal zu lange fortgeblieben war. Er fühlte sich allein gelassen und total unschuldig an seiner Situation, dementsprechend wurde Dorli von Erich empfangen.

An einem Wochenende erwarteten sie zur Abwechslung wieder einmal Besuch. Klaus und Herta hatten sich angemeldet. Auch Dorlis Schwester Lisa hatte sich mit viel Überredungskunst dazu bewegen lassen zu kommen. Gemeinsam wollten sie wieder in das gute Gasthaus zum Mittagessen und anschließend bei Dorli auf eine Jause gehen. Sie wollten einen schönen Pfingstsonntag miteinander verbringen.

Gut gelaunt fuhr die kleine Gesellschaft, in das nicht weit entfernte Gasthaus. In fröhlicher Runde saßen sie bei Tisch und ließen sich das Essen schmecken. Man hatte auch genügend Gesprächsstoff, weil man sich einige Monate nicht mehr gesehen hatte. Mitten in die beste Unterhaltung hinein sagte Erich plötzlich: „Ich muss aufs Klo." Worauf Dorli sagte: „Dann geh doch aufs Klo. Du weißt ja, wo es sich befindet, wir sind nicht zum ersten Mal hier." „Nein, hier kann ich nicht aufs Klo gehen, führ mich nach Hause – aber sofort", sagte Erich. Wie angewurzelt saßen die übrigen Gäste und wussten nicht, was sie dazu sagen sollten. Aber um einen Aufstand zu vermeiden oder das Risiko einzugehen, dass Erich in die Hose machte, stand Dorli auf und nahm ihn wie ein kleines ungezogenes Kind bei der Hand und verließ mit ihm das Lokal. „Wir sind bald wieder da!", sagte Dorli noch im Gehen!

Aber es kam anders. Dorli kam nämlich alleine ins Gasthaus zurück. Dadurch war die Stimmung ein wenig getrübt und Dorli wurde von ihren Gästen bedauert, was ihr peinlich war. Aber sie konnte es nun mal nicht ändern und bat ihre Gäste um Verständnis. Dorlis Essen war inzwischen kalt geworden, sie verzichtete darauf und bat ihre Gäste, mit ihr nach Hause zu fahren.

Als die Gesellschaft das Wohnzimmer betrat, sahen sie Erich mit Felix auf dem Schoß im Sessel sitzen und beide schliefen. Ein friedlicher Anblick. Von den Geräuschen, die die Ankömmlinge machten, wurde Erich munter und machte einen äußerst grantigen Eindruck. Er hielt sich aber Gott sei Dank mit boshaften Bemerkungen zurück.

Leider kam bei der Jause keine rechte Stimmung mehr auf. Die Unterhaltung zog sich gequält über den ganzen Nachmittag hin. Die Gäste wurden das Gefühl nicht los, dass sie Erich lästig waren. Aber Dorli zuliebe harrten sie bis zum Abend aus. Keiner von ihnen war traurig, als sich der Aufbruch näherte. Kaum dass alle vor dem Tor zum Abschied versammelt waren, konnte es Erich nicht lassen, zum Schluss doch noch eine Gemeinheit von sich zu geben. „Wie steht dein Auto da?“, sagte er zu Klaus. „Wie ein Anfänger! Wo hast du einparken gelernt?“ Dorli ermahnte ihn: „Bitte, Erich, beherrsche dich und behalte deine Unverschämtheiten für dich!“ „Lass nur, Dorli“, meinte Klaus, mich wird der Erich nicht so bald wiedersehen. „Wir hören halt telefonisch voneinander.“ Rasch stiegen alle ins Auto und fuhren erleichtert fort.

Zurück im Haus meinte Dorli: „Erich, wenn du deine Freunde weiterhin so behandelst wie den Klaus, sind wir bald alleine.“ „Ist mir auch egal, ich hab ja meinen Felix!“, meinte er.

Langsam näherte sich der Termin für Dorlis Urlaub, den Erich ihr zum Hochzeitstag geschenkt hatte. Je näher der Termin rückte, desto unruhiger wurde Erich. Für die Zeit, in der sie fort sein würde, hatte Dorli ihm den Vorschlag gemacht, in ein Bad mit therapeutischen Anwendungen zu fahren, die ihm sicher guttäten.

„Kommt nicht infrage!“, schrie er. „Wo bleibt dann Felix? Glaubst du, ich lasse ihn alleine?“ „Für eine Woche kann er doch in einer Katzenpension untergebracht werden“, sagte Dorli. „Auf keinen Fall! Sieh zu, dass du jemanden besorgst, der bei uns im

Haus bleibt. Ansonsten musst du halt zu Hause bleiben und damit basta!“, sagte Erich wütend. „Was soll das jetzt? Die Reise ist doch schon bezahlt?“, sagte Dorli. „Ist mir egal. Der Felix ist mir wichtiger als deine Reise.“ „Es war doch dein Vorschlag. Was soll dieses Affentheater jetzt? Die Reise ist doch ein Geschenk von dir“, erinnerte ihn Dorli. „Trotzdem will ich den Felix nicht weggeben und will nichts mehr davon hören. Der Kater bleibt bei mir – aus, basta!“ sagte er. „Wenn du weiter so ekelhaft bist, freut mich das Fortfahren nicht mehr“, meinte Dorli. „Dann fahr halt nicht – und bleib daheim“, sagte Erich und ging hinaus in den Garten.

Als Erich draußen war, rief Dorli sofort bei Inge an, um ihr von dem Gespräch zu erzählen. „Am liebsten würde ich nicht mehr fortfahren“, sagte Dorli. „Sei nur nicht so dumm und verzichte. Das könnte Erich so passen. Ein paar Tage Urlaub tun dir sicher gut. Du kannst während der Urlaubstage Energie tanken, die du sicher noch bitter nötig haben wirst. Setze alles daran, dass du jemanden findest, der bereit ist, Erich und Felix für eine Woche zu versorgen, damit du fort kannst“, sagte Inge. „Inge, ich danke dir ganz herzlich für deinen Rat und werde alles daransetzen, jemanden zu finden, der sich in der einen Woche um Erich und Felix kümmern wird“, sagte Dorli.

Nach dem Telefonat fühlte Dorli sich sichtlich erleichtert und überlegte, wer für diese Aufgabe infrage käme. Wer würde es eine Woche mit Erich aushalten? Erich würde natürlich nicht jeden x-Beliebigen akzeptieren, das war schon klar. Beim Nachdenken fiel ihr ein, dass er noch Kontakt zu einer ehemaligen Schulfreundin hatte – Lotte. Genau diese Lotte wollte Dorli fragen, ob sie eventuell bereit wäre, die Aufgabe zu übernehmen. Aber vorher musste sie mit Erich sprechen.

Sogleich ging Dorli zu Erich in den Garten, um ihm den Vorschlag mit Lotte zu unterbreiten. Erich fand die Idee gar nicht übel. Lotte war eine liebenswerte Frau, mit der man es sicher eine Woche aushalten konnte, und er erklärte sich mit diesem Vorschlag einverstanden.

Noch am gleichen Abend nahm Dorli telefonischen Kontakt zu Lotte auf. Lotte fühlte sich geehrt über das Vertrauen, das man ihr entgegenbrachte und war sehr erfreut über den Vorschlag. Gleichzeitig war es eine Abwechslung für sie, einige Tage im schönen Burgenland zu verbringen. Verpflichtungen hatte sie keine, da sie Witwe war und sagte deshalb gerne zu. Dorli bedankte sich für ihr Entgegenkommen. Jetzt stand ihrer Reise nichts mehr im Weg. Mit Lotte hatten sie eine gute Wahl getroffen. Sogar Erich schien zufrieden zu sein. Dorli konnte jetzt mit Inge ihren Urlaub genießen, ohne ein schlechtes Gewissen haben zu müssen.

Ihre gemeinsame Reise führte sie in die Toskana auf die Spuren Puccinis. „Kultur pur." Diese Woche wollten Inge und Dorli genießen. In Lucca, Puccinis Geburtsstadt, begannen sie ihre Besichtigungstour. Als Erstes besuchten sie sein Geburtshaus, und anschließend machten sie einen ausgiebigen Bummel durch die bezaubernde Altstadt. Überall spürten sie einen Hauch von Puccini und fanden sogar ein Café, wo er angeblich seinen Mocca getrunken haben soll. Hier genossen Inge und Dorli ebenfalls einen Mocca und die Atmosphäre. An einem anderen Tag hielten sie sich in Torre del Lago auf, wo Puccini seinen feudalen Sommersitz gehabt hatte, und machten dort eine Bootsfahrt auf dem See, begleitet von der himmlischen Musik aus Tosca. Sie waren in ihrem Element. Traurig waren sie nur, dass diese unwiederbringlich schönen Tage leider allzu schnell vergangen waren und sie wieder in die Realität des Alltags zurückkehren mussten.

Frisch gestärkt von dieser wunderbaren Auszeit traten sie die Heimreise an. Je näher Dorli ihrem Zuhause kam, desto nervöser wurde sie. Sie hoffte, dass Erich mit Lotte eine ebenso schöne Zeit gehabt hatte wie Inge und sie und es ihnen gut ging.

Das Wiedersehen mit Erich war liebevoll, mit großer Umarmung und vielen Busserln. Fürs Erste hatten sie jetzt einmal viel Gesprächsstoff, um einander ihre erlebten Neuigkeiten zu erzählen, und der Abend verlief harmonisch. Lotte war, bevor Dorli heimkam, nach Hause gefahren, um Dorlis Bett frei zu machen, damit sie nicht auf dem Sofa schlafen musste.

Dorli war jetzt wieder mit Erich allein in ihrer gewohnten Umgebung. Erich hatte sich mit Lotte Gott sei Dank gut vertragen. Nur an den letzten zwei Tagen sei Lotte ihm schon auf die Nerven gegangen, weil sie ihm immer wieder dieselben Geschichten erzählt hatte. Lotte war eben auch nicht mehr die Jüngste und schon vergesslich. Aber gekocht hatte sie gut und ihr Essen hatte ihm geschmeckt. „Es war fast so gut wie deines", meinte Erich. „Aber auf Dauer würde ich es nicht mit ihr aushalten. Ich bin froh, dass du wieder da bist."

Auch Felix hatte sich wieder bei Dorli eingeschmeichelt und umgarnte sie, um ihr seine Liebe zu zeigen. Dafür wurde er auch mit Leckerbissen belohnt.

Am Abend war Dorli unruhig. Sie fand lange keinen Schlaf, wusste aber nicht, weshalb. Was war mit ihr los? Nach Stunden des Grübelns war sie endlich eingeschlafen. Aber schon kurz darauf wurde sie wieder von Felix geweckt und aus dem Schlaf gerissen. Er stand vor ihrem Bett und miaute, weil er rauswollte. Der Kerl gab keine Ruhe, bevor sie schlaftrunken aufstand und ihn rausließ. Sie war wie gerädert und schaute auf die Uhr. Es war knapp nach fünf Uhr. Schnell kroch sie wieder unter die warme Decke und versuchte noch einmal einzuschlafen. Kaum war es ihr gelungen, stand Erich vor ihrem Bett und fragte: „Stehst du heute überhaupt nicht auf?" Dorli erzählte Erich, dass Felix sie aus dem Schlaf gerissen hatte, weil er rauswollte. Danach hatte sie nicht gleich wieder einschlafen können und darum sei sie immer noch müde. „Wir müssen Felix eine Katzentür in der hinteren Verandatür einschneiden lassen, damit er kommen und gehen kann, wann immer er will und er dich nicht mehr stört", sagte Erich. „Danke. Erich, das ist eine sehr gute Idee", sagte Dorli.

Nur, bis die Katzentür ausgeschnitten war, weckte Felix sie nach wie vor regelmäßig vor fünf Uhr. Er hatte es sich ganz einfach zur Gewohnheit gemacht. und Dorli war an keinem Morgen ausgeschlafen. Das wirkte sich auf ihre Gemütsverfassung aus. Aber Erich war der Meinung, dass sie sich wegen der paar Tage, bis Felix seinen eigenen Eingang hatte, nichts anzutun brauchte. Sie könne ja früher ins Bett gehen, dann würde ihr der Schlaf auch nicht fehlen.

Warum sollte schon wieder sie ihre Gewohnheiten ändern? Und das wegen Erichs Katze. Das wollte Dorli auf gar keinen Fall akzeptieren und sagte zu Erich: „Du kannst doch genauso gut aufstehen und Felix rauslassen. Schließlich ist es ja dein Kater. Meine Lebensqualität leidet darunter, wenn ich nie ausgeschlafen bin. Ich komme in der Früh überhaupt nicht mehr in die Gänge und fühle mich wie gerädert. Schließlich bin ich keine zwanzig mehr."

„Beruhige dich erst einmal und lass uns in aller Ruhe frühstücken. Danach geht es dir sicher besser", sagte Erich. „Natürlich verkrafte ich solche Nächte nicht auf die Dauer. Es geht auch darum, dass Felix mich erzieht und ich nach seiner Pfeife tanze, und das will ich absolut nicht", sagte Dorli. „Jetzt übertreibst du aber wirklich", meinte Erich. „Wie würdest du es dann nennen?", fragte sie. „Es sind die natürlichen Bedürfnisse einer Katze", antwortete Erich. „Wo bleiben meine natürlichen Bedürfnisse als Mensch?" Ihre Erholung von der einen Urlaubswoche war von den ewigen Spannungen wieder dahin. Auf die Dauer halte ich das nicht durch", sagte Dorli. „Dann ändere halt deinen Rhythmus", sagte Erich. „Warum ich und nicht Felix? Soll er doch über Nacht draußen bleiben und in der Früh ins Haus kommen", sagte Dorli. „Bist du total verrückt geworden?", schrie Erich. „Kannst du bitte anders mit mir reden und sachlich bleiben?", fragte sie. „Wenn du aber auch so einen Blödsinn daherredest, brauchst du dich nicht zu wundern", sagte er. „Ist Felix jetzt schon wichtiger als ich?", fragte sie. „Nicht unbedingt, aber ich brauche euch beide. Er bedeutet mir halt sehr viel. Schließlich hat er mich doch gefunden. Das war eine schicksalhafte Begegnung, und ich liebe ihn", erklärte er.

Dorli sah ein, dass kein Argument half. Sie hoffte nur, dass die Katzentür bald eingesetzt werde und sie wieder schlafen durfte, so lange sie wollte. Felix war halt verdorben. Er hatte sich noch eine weitere ungute Macke zugelegt. Nichts fraß er ein zweites Mal. Dorli musste immer etwas Neues in seine Schüssel geben, sonst drehte er sich um und ging. Sie wollte ihm das nicht durchgehen lassen, aber Erich erlaubte es ihm.

„Auf die Dauer kommt das ganz schön teuer. Bei mir wolltest du wissen, wofür ich das Geld ausgebe und dachtest sogar an eine Trennung unserer Konten. Aber für dein Schatziburli ist dir nichts zu teuer", sagte Dorli. Was sie da sagte, überhörte Erich absichtlich.

Über so viel Ungerechtigkeit war Dorli gekränkt. Sie fühlte sich Felix gegenüber zurückgesetzt, den sie aber andrerseits auch wieder sehr lieb hatte. Er konnte ja nichts dafür. Ein Tier lebt nach seinem Instinkt und holt von jedem das Beste für sich heraus. Er war ein schlauer Kerl. Aus seiner Sicht gesehen hatte er recht. Es war nur schade, dass Erich selten mit ihr einer Meinung war.

Erich war nach dem unerfreulichen Gespräch mit Dorli in den Garten hinausgegangen. Möglicherweise hatte er sich zu abrupt bewegt, sodass ihm momentan schwindlig wurde und er stürzte. Nach diesem Sturz musste Erich für einige Tage ins Spital zur Kontrolle, um herauszufinden, woher der Schwindel gekommen war. Die Untersuchung hatte ergeben, dass Erich einen weiteren kleinen Schlaganfall erlitten hatte und der möglicherweise die Ursache des Schwindels gewesen war.

Nach diesem Schlaganfall war Erich natürlich noch deprimierter und verunsicherter, sodass er ab jetzt eine ständige Gehhilfe benötigte, um überhaupt noch alleine gehen zu können. Also wurde diese für seine eigene Sicherheit angeschafft. Schließlich wollte Erich seine eigene Mobilität noch nicht ganz aufgeben. Leider machte die Abhängigkeit von der Gehilfe ihn noch unleidlicher. Man konnte ihm überhaupt nichts mehr recht machen, und mit übertriebenen Spitzfindigkeiten traktierte er Dorli.

Einmal fragte er: „Dorli, wo bist du?“ „Im Bad“, rief sie: „Kannst du nicht sagen im Badezimmer“, damit ich weiß, wo du bist?“, fragte er. „Wo ist da der Unterschied oder das Problem?“, wollte sie wissen. „Du könntest ja zum Beispiel in der Wanne sitzen“, sagte er. „Der Raum bleibt aber der gleiche“, meinte Dorli. „Sag in Zukunft Badezimmer, damit ich mich auskenne“, sagte Erich. „Schon gut, ich werde in Zukunft halt Badezimmer sagen, wenn es dir lieber ist“, sagte Dorli.

Nach längerer Zeit kam Inge wieder einmal zu Besuch. Es war ein Sonntag. Inge kam nicht allein. Herta und Klaus hatten sich doch wieder überreden lassen und waren Dorli zuliebe mitgekommen. Zum Essen fuhren sie wie immer in das nahe gelegene gute Gasthaus. Erich zog wieder die gleiche Show ab wie beim letzten Gasthausbesuch. Mitten während des Essens wollte er wieder aufs Klo.

„Ich begleite dich nur, wenn du hier im Haus aufs Klo gehst“, sagte Dorli. „Dann eben nicht! Dann gehe ich halt alleine nach Hause“, sagte Erich. Er nahm seine Gehhilfe und verließ das Lokal. Alle erschraken, aber niemand sagte ein Wort. Sie schauten einander nur stumm an, bis Inge sagte: „Warum macht er das nur? Könnte es sein, dass wir ihm zu wenig Aufmerksamkeit geschenkt haben?“ Nur so ein Gedanke von mir. „Wahrscheinlich hast du recht, es wäre nicht auszuschließen. Man weiß ja nicht, was in seinem Kopf vorgeht“, sagte Dorli.

Natürlich war Dorli hinter Erich hergegangen und hatte ihn nach Hause geführt und war anschließend wieder zu ihren Gästen gefahren. Wieder war die Stimmung, wie beim letzten Mal, durch die Unterbrechung getrübt.

Als die kleine Gesellschaft dann vom Essen nach Hause kam, erlebten sie die nächste Überraschung. Erich stand hinten im Garten und empfing sie in der Unterhose. Er war sehr schlecht gelaunt und sagte, dass er derweil in der Sauna gewesen sei und es nicht geschafft hatte sich anzuziehen. Er wurde von allen angeschaut und hatte wieder die volle Aufmerksamkeit auf sich gelenkt. Dorli sagte aber: „Erich, warum tust du das? Du weißt doch genau, dass der Arzt dir verboten hat, in die Sauna zu gehen – und dazu noch alleine.“

Um Erich aufzuheitern, versuchte es Inge auf die lustige Art und wollte einen Scherz machen: „Du bist noch ein fescher Adonis für dein Alter.“ Dieser Scherz ließ Erich schmunzeln, kam gut an und er sagte: „Danke für dein wohlgemeintes Kompliment, Inge, es tut gut.“ Dorli half ihm schnell in die Kleider, damit er nicht weiterhin so lächerlich dastand.

Anschließend bat Dorli ihre Gäste auf eine Jause – dieses Mal mit hausgemachter Bäckerei. Alle waren extrem bemüht, Erich zuvorkommend zu behandeln, damit er nicht wieder das Gefühl von zu wenig Beachtung haben sollte. So langsam beteiligte er sich an den Gesprächen und wurde wieder zugänglicher. Natürlich tat er allen leid. Aber Erich war schon immer ein dominanter Mensch, der es gewohnt war, im Mittelpunkt zu stehen. Darum fiel es ihm auch so schwer, zurückstecken zu müssen. Er machte seinem Unmut dadurch Luft, indem er negativ auffiel oder boshaft war.

Erichs Zustand sollte sich in der nächsten Zeit weiterhin verschlechtern, weil er einen weiteren Schlaganfall erlitt. Es ist unglaublich, aber umso schlechter es ihm ging, umso boshafter wurde er. Am Abend konnte es vorkommen, dass er die Tür von seinem Zimmer aufriss und schrie: „Dreh den Fernseher ab! Bei dem Lärm kann ich nicht schlafen!" Ein anderes Mal weckte er Dorli in aller Früh mit lauter Musik: „Es ist an der Zeit aufzustehen, raus aus dem Bett! Ich will mein Frühstück!"

In einem Anfall von Wut schrie Dorli zurück: „Ich halte es nicht mehr aus! Ich lasse mich scheiden und ziehe aus. Wir haben Platz genug. Einer kann die Wohnung in Wien haben und einer das Haus hier. Du darfst wählen!" „Fahr halt nach Wien! Ich bleibe mit Felix im Haus! Wir nehmen uns eine Haushaltshilfe und kommen schon klar, gell, Felix?", schrie Erich.

Dorli packte wieder einmal eine größere Reisetasche und fuhr, ohne noch ein Wort mit Erich zu reden, mit einer Wut im Bauch nach Wien. Sie war so wütend, dass sie sich kaum aufs Autofahren konzentrieren konnte. Sie sagte sich immer wieder: „Bleib ruhig, pass auf und konzentriere dich auf die Straße."

Je länger sie fuhr, desto ruhiger wurde sie. In der Wohnung angekommen, legte Dorli sich erst einmal aufs Sofa, schloss für einen Augenblick die Augen und atmete tief durch, um sich zu entspannen. Aber ihre Gedanken wollten nicht zur Ruhe kommen und drehten sich im Kreis. Sie konnte nicht verstehen, dass Erich sich ihr gegenüber so negativ entwickelt hatte und ständig provozierte. Sie hatte immer wieder versucht, auszuweichen oder nachzugeben. Aber auch das hatte nichts genützt. Immer öfter lagen ihre Nerven blank, und sie musste zu Beruhigungsmitteln greifen, um nicht ständig auszurasten. Aber auf keinen Fall wollte sie von Medikamenten abhängig werden. Dorli wusste sich keinen Rat mehr, wie es weitergehen sollte. Eine Scheidung kam natürlich nicht infrage in Erichs Verfassung. Das hieße, ihn im Stich zu lassen, und das konnte sie mit ihrem Gewissen nicht vereinbaren. Aber wenn sie ihn einige Tage schmoren ließe, das könnte auf keinen Fall schaden.

Um sich abzulenken und auf andere Gedanken zu kommen, putzte Dorli die ganze Wohnung, was schon überfällig war. Sie traf sich auch mit Inge und schüttete ihr Herz mal wieder bei ihr aus, und danach war ihr leichter. Auf Erichs Anruf hatte Dorli nicht lange warten müssen. Er meldete sich schneller, als ihr lieb war. Schon am zweiten Tag rief er an und bat sie, nach Hause zu kommen. Felix und er würden sie schon sehnlich erwarten. Was blieb Dorli anderes übrig, als sich wieder auf den Weg ins Burgenland zu machen.

Erich empfing Dorli freundlich, als ob nie etwas vorgefallen wäre. Um des lieben Friedens willen wollte Dorli auch nicht nachtragend sein und war ebenfalls freundlich zu ihm.

Außer, dass im Haus Chaos herrschte, war alles beim Alten. Dorli räumte auf, ohne zu murren, und es folgten wieder ein paar harmonische Tage. Felix hatte inzwischen seinen eigenen Eingang bekommen und konnte kommen und gehen, wann er wollte, und Dorli konnte wieder ausschlafen. Einmal in der Nacht musste sie trotzdem immer aufstehen, wenn Felix fressen wollte. Das hatte sie ihm leider nicht mehr abgewöhnen können. Diese Unart musste sie dulden, weil er sonst keine Ruhe gab und sie nicht schlafen ließ.

Dorli genoss die friedlichen Tage mit Erich. Sie war dankbar für jeden Tag ohne Zwist. Aber alles sollte sich wieder ändern, als Dorli Erich zum Einkaufen mitnahm. Mit seiner Gehhilfe begleitete er sie in den Supermarkt und ging neben ihr her. „Warum nimmst du nicht die größere Packung? Dieses Futter will der Felix nicht!", sagte Erich. Er hatte an allem, was Dorli in ihren Einkaufswagen legte, etwas auszusetzen und nervte gewaltig. Um kein Aufsehen zu erregen, sagte Dorli geduldig und schön brav: „Jaja!" Aber am liebsten wäre sie explodiert oder hätte ihm gerne etwas in den Mund gestopft, damit er endlich seine Ratschläge für sich behielt. Immer nur Rücksicht zu nehmen, das nervte und kostete Substanz. Aber das war noch nicht alles. Er setzte seinen Unterricht bei der Heimfahrt fort. „Fahr weiter rechts. Kannst du nicht in der Spur bleiben? Fahr langsamer und lass den Hinteren vorbeifahren."

Als es Dorli endgültig zu viel wurde, fuhr sie bei der nächstbesten Gelegenheit, die sich bot, rechts ran und fragte Erich, ob er nicht aussteigen möchte. „Du machst mich so nervös, dass ich für eine sichere Fahrt nicht mehr garantieren kann. Willst du, dass wir im Graben landen?" Dorli war so geladen, dass sie vor Wut am liebsten ins Lenkrad gebissen hätte. Aber nein, sie unterdrückte wieder einmal ihren Zorn und nahm Rücksicht wie immer. Nach einer kleinen Atempause fragte sie: „Können wir jetzt ohne deine Einmischung heimfahren?" Erich murmelte was von Weiber vor sich hin und sagte dann lässig: „Meinetwegen."

Zu Hause suchte Erich sofort nach seinem Felix, um sich bei ihm auszujammern, aber so, dass Dorli mithören konnte.

„Mein Schatziburli, wenn ich dich nicht hätte, was tät ich nur? Du bist mein ganzer Trost und ich hab dich so lieb. Wenigstens einer, der mich versteht." „Aber nur, weil er nicht zurückreden kann", hörte Erich Dorli aus der Küche. „Du verstehst halt nicht, was ich brauche", sagte er. „Gut, dass dich der Felix versteht, aber ich bin keine Katze, die sich von dir dressieren lässt", sagte sie. „Keine schlechte Idee, dann würden wir uns vielleicht besser vertragen", meinte Erich. Mit solchen Streitereien plätscherten die Tage dahin, und Erichs Zustand verschlechterte sich weiterhin. Deshalb beantragten sie einen Parkausweis für Menschen mit Behinderung, damit sie mit dem Auto parken konnten, wo es sich ergab. Seit Neuestem musste Erich öfter geschwind aufs Klo. Dann blieb Dorli keine Zeit, um lange einen Parkplatz zu suchen – sonst konnte es schon zu spät sein. Dieser Ausweis wurde Erich aufgrund seiner Verfassung bewilligt.

Trotz Erichs schlechter Verfassung änderte sich nichts an seiner Boshaftigkeit. Dorli musste wieder ihre übliche Fahrt nach Wien wegen der Post antreten. „Bleib nicht zu lange fort", sagte Erich. „Ich gehe nur mit Inge Mittagessen und werde schon bald wieder zurück sein", sagte Dorli. „Das kenn ich schon. Mit eurer Tratscherei wirst du sicher erst spät heimkommen", sagte Erich. „Jetzt mach aber mal einen Punkt und red nicht so daher. Bis jetzt bin ich immer schnell heimgekommen, außer es ist etwas dazwischengekommen“, sagte Dorli und ging zum Auto, um loszufahren. Aber Erich schrie hinter ihr her, dass sie einen Moment warten möge, weil er noch etwas aus dem Auto zu holen hätte. Dorli verstand nicht so recht, was er eigentlich meinte und sah nur, dass er kaum gehen konnte und zum Auto hinstolperte. Dann riss er die Beifahrertür auf und nahm, ohne ein Wort zu sagen, den Ausweis von der Frontscheibe und humpelte zurück ins Haus.

Dorli holte erst einmal tief Luft, um zu verstehen, was da gerade abgelaufen war. War das ein Film oder Realität? Das konnte doch nicht wahr sein, dass er so gemein und boshaft war, nur um ihr eins auszuwischen. Er nahm doch nicht etwa an, dass sie jetzt wegen des Ausweises zu ihm betteln kommen würde. Da hatte er sich aber getäuscht. Dorli fuhr halt ohne Ausweis los. Aber eine gewisse innere Wut konnte sie kaum unterdrücken. Denn diese Gemeinheit hatte sie schon sehr getroffen, sodass sie vor dem nächstbesten Café anhielt, um zur Beruhigung eine kurze Pause einzulegen. Sie ging hinein, bestellte einen Cappuccino und nahm ihr Handy zur Hand, um Inge zu sagen, dass sie sich etwas verspäten könnte. Diese Pause hatte sie nämlich bitter nötig, um konzentriert fahren zu können. Schließlich wollte sie keinen Unfall riskieren.

Nach der Pause ging es ihr etwas besser und sie fuhr zügig nach Wien und war froh, als sie vor ihrer Haustür aus ihrem Auto aussteigen konnte. Rasch erledigte sie ihre Post und steckte alles in eine Plastiktasche, weil sie keine Lust mehr hatte, irgendetwas zu sortieren. Danach machte sie sich schnell auf den Weg in das Lokal, wo sie mit Inge verabredet war.

Inge erwartete sie schon. Nach einer liebevollen Begrüßung nahm sie neben ihr Platz und fing gleich weinend an zu erzählen. Sie war so aufgeregt, dass sie nicht wusste, wo sie anfangen sollte: „Es ist doch nicht zu fassen, wie gut Erichs Unterbewusstsein funktionierte. Sonst ist seine Vergesslichkeit stark fortgeschritten, aber wenn es darum geht, mir eins auszuwischen, funktioniert es bestens. Ich frage mich wieso?" „Da darfst du ganz einfach keine Logik erwarten", meinte Inge. Er wollte, dass du zurückkommst, um ihn zu bitten, dass er dir den Ausweis wiedergibt und er ihn dir möglicherweise gnädig überlassen hätte. Das ist ein Machtspiel, und du hast nicht mitgespielt. Möglicherweise macht er sich sogar Gedanken während deiner Abwesenheit, positive oder negative. Du wirst es erfahren, wenn du nach Hause kommst", sagte Inge. „Leider hat er außer dem Felix an nichts mehr eine Freude in seinem eingeschränkten Leben. Er ist auch so destruktiv und langweilt sich natürlich. Neulich hat ihm die Musik im Radio nicht gefallen, die ich mir angehört habe. Erich schrie sogleich: Dreh das Gedudel endlich ab! Mach doch die Tür zu, wenn du die Musik nicht hören willst, habe ich darauf gesagt. Da hat er sich aufgeführt wie Rumpelstilzchen und mit mir herumgeschrien und gemeint, was ich mir eigentlich einbilde und ob er hier in diesem Haus überhaupt nichts mehr zu sagen hätte? Dann schrie er: Fahr los und kauf mir eine Pistole, damit ich mich erschießen kann! Soll man da nicht wahnsinnig werden? Aber da ist noch eine andere Geschichte, die ich dir erzählen möchte. Stell dir vor, ebenfalls nach einem Streit, schreit er mit mir und sagt: Du fährst jetzt sofort mit mir nach Wien zu meinem Anwalt. Ich will mein Testament ändern. Du bekommst von mir nichts. Ich enterbe dich. Meine Haushälfte vermache ich nämlich dem Tierschutzhaus! Daraufhin habe ich ihn gefragt, ob er überhaupt einen Termin bei seinem Anwalt hat? Ich brauche keinen Termin. Ich kann jederzeit kommen, weil wir gute Freunde sind, sagte er." „Bist du gefahren?", fragte Inge. „Natürlich, sonst hätte er keine Ruhe gegeben", sagte Dorli. „Was ist dabei herausgekommen?", wollte Inge wissen. „Ich weiß es nicht. Ich war bei dem Gespräch nicht dabei. Aber es ist mir egal, was er mit seinem Anteil macht. Ich mag nicht auch noch ums Erbe streiten. Soll er doch machen, was er will. Ich habe mir unsere Pension auch einmal ganz anders vorgestellt. Wir sind inzwischen alt geworden, aber kein bisschen weiser. Das macht mich oft traurig", sagte Dorli.

Beim Anwaltsbesuch hatte Erich sich so aufgeregt, dass er anschließend während der Heimfahrt erneut einen Schlaganfall erlitt, von dem er sich nicht mehr erholte, zum Pflegefall wurde und ein halbes Jahr später verstarb.

Egon und Andrea

Egon war erst seit zwei Jahren in Pension. Er hatte als General-
vertreter einer größeren Firma lange Zeit im Außendienst gearbeitet. Hie und da war er noch gerne unterwegs zwecks Kunden-
betreuung. Er glaubte, dass es ohne ihn nicht ging. Da er ständig
unterwegs war, hatte er es noch nicht geschafft, sich umzustellen
und plötzlich nichts mehr zu tun zu haben. Ihm fiel ganz einfach die Decke auf den Kopf, wenn er nicht gebraucht wurde.

Andrea, seine Frau, war immer nur Hausfrau gewesen und hatte sich ausschließlich um die Familie und den Haushalt gekümmert. Gemeinsam hatten sie drei Kinder, von denen Inge und
Philip schon lange aus dem Haus waren. Nur Gregor, ein Nach-
kömmling, wohnte noch bei ihnen zu Hause. Er war der Liebling
der Mutter. Wenn Egon unterwegs war, hatte sie noch jemanden, den sie verwöhnen konnte. Aber in letzter Zeit kam Gregor nicht mehr regelmäßig pünktlich von der Schule nach Hause. Immer öfter wartete Andrea mit dem Essen auf ihren Sohn,
worüber sie mit der Zeit ungehalten wurde. Leider beging sie
den Fehler und machte Gregor Vorwürfe. Wenn er dann endlich
nach Hause kam, empfing sie ihn mit den Worten: „Wie lange
willst du mich noch mit dem Essen warten lassen? Was glaubst
du, wer du bist, dass du dir das erlaubst? Ich stelle mich hin und
koche für dich, und du lässt mich warten. So geht das nicht, Herr
Baron. Nicht mit mir!"

Gregor war völlig perplex. So kannte er seine Mutter nicht. Aber
er schrie zurück: „Wie redest du mit mir? Glaubst du, ich bleibe
ewig der kleine Gregor, der an deinem Rockzipfel hängt? Ich
bin alt genug und muss nicht um Erlaubnis fragen, ob ich mich
nach der Schule noch mit Freunden treffen darf. In Zukunft

koch halt nicht mehr für mich. Du solltest dich mit dem Gedanken vertraut machen, dass ich erwachsen bin und deine Einmischung nicht mehr angebracht ist." „Aber anrufen hättest du können", sagte Andrea etwas leiser. „Hab ich halt nicht dran gedacht", erwiderte Gregor. „Wahrscheinlich sind auch Mädchen in der Runde", mutmaßte seine Mutter. „Wenn schon, das tut wohl nichts zur Sache", meinte er. „Aber das Hirn setzt dann aus, und darum hast du nicht ans Anrufen gedacht", sagte Andrea. „Ich merke, du bist sehr verwöhnt, weil ich bis jetzt immer pünktlich zu Hause war. Darum ist es an der Zeit, dass du dich daran gewöhnst, mich nicht mehr wie ein kleines Kind zu behandeln. Ich bin erwachsen, das solltest du respektieren", sagte Gregor. „Alles schön und gut, aber deswegen kannst du trotzdem anrufen, damit ich weiß, was los ist und mir keine unnötigen Sorgen machen muss", sagte seine Mutter.

Andrea war schon seit einiger Zeit trübsinnig. Sie war zu oft alleine. Egon war viel unterwegs, und Gregor war auf dem besten Weg, sich abzunabeln. Einsam blieb sie im Haus zurück. Großartige Hobbys hatte sie nicht. Mit der Familie, dem Haus und Garten war sie immer ziemlich ausgelastet gewesen. Alte Freundschaften waren auch eher auf der Strecke geblieben. Der einzige, ständige Kontakt bestand zu Egons Bruder und dessen Frau. Sie hatten ein besonders gutes Verhältnis zueinander und unternahmen öfters etwas gemeinsam. In letzter Zeit hatte sich auch mit ihnen nicht viel getan. Die Vereinsamung hatte bei Andrea Folgen, die sie nicht mehr unter Kontrolle bekam. Weil sie ihre Schwägerin nicht ständig mit ihren Anrufen belästigen wollte, um ihr die Ohren vollzujammern, wenn sie depressiv war, suchte sie Trost im Alkohol.

Wenn sie sich einsam fühlte, trank sie des Öfteren schon am Vormittag bei der Hausarbeit ein Glas Wermut, und danach ging es ihr sogleich viel besser. Was sollte nur aus ihr werden, wenn ihr jüngster Sohn sie auch noch verließ? Diese Gedanken lösten bei ihr einen erhöhten Alkoholkonsum aus. Dadurch geriet sie sehr schnell in eine Abhängigkeit. Anfangs gelang es ihr noch gut, ihre Sucht zu vertuschen. Aber sie kam aus dem Teufelskreis nicht mehr raus, sosehr sie sich auch bemühte.

Als Egon einmal unerwartet früher nach Hause kam als sonst, fragte er sie nach dem Begrüßungskuss: „Hast du etwas getrunken?" „Wie kommst du darauf, ich trinke doch nie tagsüber." „Hauch mich doch bitte einmal an", meinte er scherzhaft, worauf Andrea aggressiv reagierte: „Was bildest du dir nur ein? Willst du mich etwa kontrollieren?", fragte sie. Egon verstand nicht, warum Andrea so aggressiv wurde. Steckte vielleicht mehr dahinter? Er hatte auch das Gefühl, dass sie log. Er war sich nämlich ganz sicher, dass Andrea nach Alkohol gerochen hatte. Aber warum log sie? Hatte sie etwas zu verbergen? Schließlich war Andrea sehr oft alleine und da konnte es wohl möglich gewesen sein, dass sie sich hie und da mit einem Glas Wein getröstet hatte. Egon fragte auch nicht weiter nach und tat, als ob der Fall für ihn erledigt sei. Aber er würde Andrea auf alle Fälle im Auge behalten und heimlich beobachten.

Egon hatte ein schlechtes Gewissen, weil er zu selten daheim war. In Zukunft würde er kürzertreten, was ihm selbst sicher auch guttun würde, und Andrea wäre nicht mehr so einsam. Um seiner Frau eine Freude zu bereiten, fragte er: „Was hältst du davon, wenn wir mit Helene und Franz wieder einmal schön ausgehen würden? Ich denke dabei ans Badener Casino", sagte Egon. „Das würde mich sehr freuen", meinte Andrea.

Noch am gleichen Abend rief Egon seinen Bruder an, ob er und Helene Lust hätten, am Samstagabend mit ihnen gemeinsam einen Abend im Casino zu verbringen. Franz war erfreut über diesen Vorschlag und erklärte sich einverstanden. Daraufhin vereinbarte Andrea für Samstagvormittag einen Termin beim Friseur und genoss es, endlich wieder einmal einen Anlass zu haben, um sich schön zu machen.

Als Andrea am Samstagvormittag beim Friseur war, nutzte Egon die Zeit, um sich ungestört die Alkoholbestände in ihrer Hausbar anzuschauen. Der Gedanke, dass etwas mit Andrea nicht stimmte, hatte ihn nicht mehr losgelassen. Egon wollte Gewissheit haben. Bei seiner Suchaktion fiel ihm nichts Ungewöhnliches auf. Ob von den wenigen Flaschen in der Bar etwas fehlte, war nicht festzustellen. Trotzdem wurde Egon das Gefühl nicht los, dass mit Andrea etwas nicht stimmte.

Gut gelaunt mit einer schönen Abendfrisur kam Andrea vom Friseur zurück und ließ sich von Egon bewundern. Charmant wie er war, machte er ihr ein Kompliment, und sie lebte förmlich auf und freute sich schon auf den Abend.

Pünktlich, wie ausgemacht, erschienen Franz und Helene am Abend mit dem Auto, um Andrea und Egon abzuholen. Sie fuhren nur mit einem Auto, und Franz war der Chauffeur. Egon war froh, wenn er nicht fahren musste, da er in seinem Beruf ständig mit dem Auto unterwegs war. Sie fuhren in Richtung Baden ins Casino. Alle waren gut drauf und wollten einen schönen Abend miteinander verbringen.

Mit einem ausgiebigen Abendessen begannen sie. Als Aperitif bestellten sie Sekt und stießen auf ihre Gesundheit an. Zum Essen hatten sie sich ein Dreigänge-Menü bestellt mit den dazu passenden Getränken. Während des Essens bemerkte Egon sehr wohl eine leichte Veränderung bei seiner Frau. Schon nach dem dritten Getränk nahm sie eine leicht aggressive Haltung ein. So kannte Egon seine Frau gar nicht. Sollte ihm entgangen sein, dass Andrea schon länger heimlich trank?

Nach dem ausgiebigen Abendessen gingen sie in den Spielsalon, um ihr Glück beim Roulette herauszufordern. Egon hatte Andrea mit einer größeren Menge Chips versorgt, damit sie ausgiebig spielen konnte. Sie sollte einen schönen Abend verbringen. Früher waren sie öfter ins Casino gegangen und Andrea hatte es immer sehr genossen. Leider hatte er sie in der letzten Zeit wirklich vernachlässigt. Das wollte er ändern, indem er jetzt mehr zu

Hause sein wollte. Bei dem Gedanken fühlte er sich gut und sah seine Frau liebevoll an.

Aber es sollte leider anders kommen, als Egon es sich wünschte. Andrea hatte schon nach kurzer Zeit ihr Spielkapital verloren und tröstete sich mit Sekt. Ihr Gang war dadurch schon ein wenig unsicher, und Egon flüsterte ihr leise ins Ohr: „Andrea, reiß dich bitte zusammen und trink nicht so viel." „Willst du damit etwa sagen, dass ich betrunken bin?", fragte sie. „Bitte nicht so laut, die Leute schauen uns schon an", sagte Egon. „Mir doch egal, sollen sie doch schauen", erwiderte Andrea. Um ein Aufsehen zu vermeiden, nahm Egon Andrea bei der Hand: „Lass uns schauen, wo Helene und Franz sind. Vielleicht haben sie schon etwas gewonnen."

Als sie Franz entdeckten, sahen sie, dass er eine Menge Jetons vor sich auf dem Tisch liegen hatte. Es sah ganz nach einem Gewinn aus. Franz strahlte übers ganze Gesicht. Er hatte tatsächlich zweitausendachthundert Euro gewonnen. Helene hatte ihr Spielkapital noch nicht restlos verspielt, wollte aber trotzdem aufhören. Sie hatte das Gefühl, dass heute nicht ihr Glückstag war.

Franz hatte sich ebenfalls entschlossen aufzuhören und mit dem Gewinn nach Hause zu gehen. Aber er wollte noch auf einen Umtrunk einladen, um auf seinen Gewinn anzustoßen, worauf Egon sagte: „Für heute haben wir genug getrunken." „Wieso sprichst du für alle? Der Abend ist doch noch nicht zu Ende und auf den Gewinn wollen wir doch gerne mit ihm anstoßen", sagte Andrea. Franz klopfte seinem Bruder auf die Schulter und meinte: „Sei kein Spielverderber und komm auf einen Abschiedstrunk mit an die Bar. Widerwillig willigte Egon ein. Sein Bruder hätte nämlich nicht verstanden, warum er anders als sonst reagierte.

Leider verlor Andrea immer mehr an Haltung und begann leicht zu lallen. Helene und Franz schien es nicht aufzufallen. Aber Egon bemerkte es, da er sie ständig beobachtete. Anstandshalber stellte Franz die Frage, ob noch jemand einen Wunsch hätte, als er auf seinem Fuß einen leichten Druck verspürte. Es war Egon, der ihm ganz vorsichtig zu verstehen geben wollte, Schluss zu machen. Franz hatte den Wink offensichtlich verstanden, wusste aber nicht warum. Also formulierte er die Frage anders: „Was haltet ihr davon, wenn wir uns nach dem schönen Abend auf den Heimweg machen?" „Eine gute Idee", sagte Egon. Helene schloss sich der Mehrheit an. Nur Andrea maulte und war unzufrieden: „Wie spät ist es denn eigentlich?" „Kurz vor vierundzwanzig Uhr", sagte Egon. „Na und, wir müssen doch nicht zeitig aufstehen. „Warum sollen wir den schönen Abend schon beenden?", fragte Andrea. „Weil wir müde sind und noch die lange Fahrt nach Hause vor uns haben", sagte Franz. „Dumme Ausreden", sagte Andrea etwas zu laut. „Mein Schatz, reiß dich bitte zusammen", flüsterte Egon. „Auf einen Drink können wir doch wohl noch bleiben, oder?", fragte Andrea. „Nein, Andrea, für heute haben wir genug und es ist besser, wenn wir jetzt gehen", sagte Egon. „Spielverderber, dann gehen wir halt", murmelte Andrea.

Egon nahm mit Andrea hinten im Auto Platz, weil er sie beruhigen wollte. Helene war die Fahrerin, sie hatte nur den einen Aperitif vor dem Essen getrunken. Während der Fahrt nahm Egon Andrea in den Arm, und in kürzester Zeit war sie eingeschlafen. Egon war froh, dass sie sich beruhigt hatte und keinen Ärger mehr machte. Es gab kaum Verkehr auf der Straße um diese Zeit, sodass sie rasch in Wien waren. Schon bald stand Helene vor Andreas und Egons Haustür. Aber beim Aussteigen gab es ein kleines Problem, weil Andrea so fest schlief. Egon musste sie erst wachrütteln, um sie aus dem Auto herauszubekommen. Aber es gelang ihm nicht und er bat seinen Bruder um Unterstützung, seine Frau aus dem Auto zu ziehen. Mit vereinten Kräften gelang es ihnen. Gemeinsam brachten sie Andrea ins Haus, wo sie sie im Wohnzimmer aufs Sofa legten. Beim Verabschieden sagte Egon seinem Bruder, dass er sich gerne in den nächsten Tagen mit ihm treffen würde, um mit ihm zu reden.

Als Egon ins Zimmer zurückkehrte, hörte er sie laut schnarchen. Sie schlief tief und fest. Aber trotzdem zog er Andrea noch das Abendkleid und die Schuhe aus, deckte sie mit einer Decke zu und ging ebenfalls zu Bett. Alles Weitere wollte er morgen besprechen.

Spät am Vormittag wachte Andrea auf, sie hatte einen ziemlich schweren Kopf und wusste momentan nicht genau, wo sie sich befand und wie sie hier auf dem Sofa gelandet war. Ihr erster Weg war ins Bad, um sich unter der Dusche zu erfrischen. Danach hatte sie einen starken Kaffee nötig, der ihr auf die Beine helfen sollte.

Aber als Andrea in die Küche kam, sah sie Egon schon mit einer Zeitung in der Hand gemütlich am Tisch frühstücken. Sie wünschte Egon einen guten Morgen und gab ihm ein Busserl auf die Wange, setzte sich zu ihm an den Tisch und goss sich eine Tasse Kaffee ein, den sie genussvoll trank. Er belebte ihre Sinne, und es ging ihr gleich um einiges besser. Egon war schon lange vor Andrea wach gewesen und hatte sich sein Frühstück selber gemacht, weil er sie ausschlafen lassen wollte. Aber er hatte sich fest vorgenommen, nach dem Frühstück mit ihr über ihr Problem zu reden.

Egon wusste nicht so recht, wie er beginnen sollte. Aber nachdem Andrea gefrühstückt hatte und sich besser fühlte, sagte er zu ihr: „Andrea, ich möchte gerne mit dir reden. Ich nehme an, du weißt warum?" „Ich weiß nicht, worüber du mit mir zu reden gedenkst! Oder meinst du vielleicht wegen gestern Abend? Nur weil ich ein Glas zu viel getrunken habe, bin ich doch noch lange keine Alkoholikerin! Sicher trinke ich hie und da ein Glas Wein, wenn ich mich einsam fühle. Du weißt selbst, dass ich in der letzten Zeit sehr viel alleine war und dass ich jetzt auch noch den Streit mit Gregor hatte. Wahrscheinlich wird auch er in absehbarer Zeit ausziehen. Aber nachdem du jetzt mehr zu Hause bleibst, wie du gesagt hast, muss ich mich nicht mehr trösten",

sagte Andrea. „Wenn das so ist, wie du sagst, dann brauche ich
mir keine Sorgen mehr um dich zu machen. Den heutigen Sonntag werden wir uns besonders schön machen. Wir werden essen
gehen und du brauchst zu Mittag nicht zu kochen, was meinst
du zu diesem Vorschlag?“, fragte Egon Andrea. „Für diesen Vorschlag bin ich dir sehr dankbar, ich bin nämlich noch von gestern ein wenig übernächtigt und froh, wenn ich mich nicht ums
Mittagessen zu kümmern brauche. Ich benötige nur noch einen
Moment, um mich umzuziehen, und wir können schon losgehen“, sagte Andrea.

Das Wetter war schön, und sie nutzten die Gelegenheit noch vor
dem Essen für einen ausgiebigen Spaziergang. Andrea hängte sich
bei Egon ein und schmiegte sich an ihn. Es war ein gutes Gefühl, einen starken Mann an seiner Seite zu haben. So wohl hatte Andrea sich schon lange nicht mehr gefühlt, und sie genoss
den Augenblick an Egons Seite.

Unterwegs kehrten sie in ein am Weg liegendes Gasthaus ein,
genau wie sie es sich vorgestellt hatten. Einfach, aber mit guter
Hausmannskost. Zum Mittagessen begnügte sich Andrea heute
mit einem Mineralwasser. Es schmeckte ihr zwar nicht, aber sie
wollte vorbildlich sein und Egon beweisen, dass sie ohne Alkohol auskam. Egon trank zum Schweinsbraten natürlich ein Bier,
was Andrea auch lieber gewesen wäre. Nach dem Essen fragte
Egon: „Wollen wir Helene und Franz noch auf einen Sprung besuchen und mit ihnen Kaffee trinken, oder möchtest du lieber zu
Hause Kaffee trinken?“ „Heute würde ich lieber mit dir alleine bleiben und es uns zu Hause gemütlich machen“, meinte sie.

Zu Hause angekommen, ging Andrea direkt in die Küche, nicht
nur um die Kaffeemaschine einzuschalten, sondern um aus ihrer Essigflasche im Vorratsschrank, in die sie ihren Wermut gefüllt hatte, einen kräftigen Schluck zu nehmen. Tat das guuuut.
Und gleich ging es ihr besser. Danach nahm sie geschwind etwas Kaffeepulver in den Mund und kaute es kräftig durch, da-

mit sie nicht nach Alkohol roch. Egon bemerkte auch nichts, als sie den Kaffee servierte. Aber die Angst saß Andrea im Nacken, und natürlich hatte sie ein schlechtes Gewissen.

„Was hältst du davon, wenn wir eine Partie Rommé spielen?". fragte Egon. Er wusste, dass Andrea gerne Rommé spielte und wollte ihr eine Abwechslung bieten. Andrea nahm Egons Angebot gerne an. Aber bevor sie zu spielen begannen, verschwand Andrea schnell noch auf einen Sprung in die Küche, um sich mit einem weiteren Schluck zu stärken. Während des Spielens wiederholte Andrea den Gang in die Küche mit einer banalen Ausrede noch zweimal und nahm aus ihrer getarnten Flasche jedes Mal einen Schluck. Die Folgen ließen auch nicht lange auf sich warten. Schon bald fiel Egon eine Veränderung in ihrem Verhalten auf. Andrea reagierte aggressiv und ärgerte sich über jede Karte, die sie zog, die nicht zu den ihren passte.

Spätestens jetzt war Egon klar, warum Andrea so oft in die Küche gegangen war. Mit Sicherheit hatte sie dort heimlich getrunken, und er sprach sie direkt darauf an, indem er sagte: „Andrea, du spielst ein falsches Spiel mit mir." „Wieso? Ich weiß nicht, was du meinst", sagte sie. „Du weißt es ganz genau", sagte Egon. „Lass mich mit deinen Anschuldigungen in Ruh! Du gehst mir auf die Nerven. Was willst du mir schon wieder unterstellen?", fragte Andrea ein wenig provokant. „Ich glaube, du erfasst den Ernst der Lage nicht. Du weißt wahrscheinlich nicht, in was du da hineinschlitterst", sagte Egon. „Du kannst mich mal!", schrie Andrea und wischte mit dem Handrücken die Karten vom Tisch. „Beruhige dich bitte, und lass uns in aller Ruhe reden", meinte Egon. „Ich wüsste nicht, worüber wir reden sollten. Ich kenne deine Reden schon in- und auswendig und will das Blabla nicht mehr hören. Behalte es für dich", schrie Andrea wütend. „Ich meine es doch nur gut mit dir und versuche dir zu helfen", sagte Egon. „Ich will aber keine Hilfe! Ich will, dass du mich mit deinen Ratschlägen in Ruhe lässt! Ich brauche keine Ratschläge von dir!", schrie Andrea. „Aber so kannst du doch nicht weitermachen, Andrea“, sagte Egon ruhig. „Ich habe alles im Griff, und du brauchst dir um mich keine Sorgen zu machen“, sagte Andrea. „Aber ich mache mir sehr wohl Sorgen. Hast du schon einmal an eine Beratung bei einem Therapeuten gedacht?“, fragte Egon zaghaft. „Wie kommst du denn auf die Idee? Glaubst du, ich lasse mich auf einen Entzug schicken? Nicht mit mir!“, sagte sie, verließ wütend das Wohnzimmer und schlug die Tür hinter sich zu.

Demonstrativ ging Andrea in die Küche, riss die Tür vom Vorratsschrank auf, nahm ihre getarnte Essigflasche mit Wermut zur Hand, um einen gehörigen Schluck daraus zu nehmen. Gerade als sie zum Trinken ansetzen wollte, spürte sie von hinten eine Hand, die ihr die Flasche entriss. Egon war ihr gefolgt und hatte jetzt mitbekommen, wo sie ihr geheimes Versteck hatte.

„Also in eine Essigflasche füllst du den Wermut, darauf wäre ich nie gekommen“, meinte Egon. „Das geht dich gar nichts an! Gib mir sofort meine Flasche zurück!“, schrie Andrea. „Nein, für heute hast du schon mehr als genug“, meinte Egon.

„Wie kannst du wissen wann ich genug habe? Das werde ich doch wohl am besten selber wissen! Also gib die Flasche her! Sonst kaufe ich mir eben eine andere“, schrie Andrea wütend.

„Wo willst du um diese Zeit am Sonntag Wermut kaufen?“, fragte Egon süffisant.

„In einer Tankstelle bekomme ich jederzeit alles, was ich an Alkohol wünsche“, erklärte Andrea und ging zur Tür und wollte sich auf den Weg machen. Aber Egon folgte ihr und hielt sie an der Schulter zurück. „Lass das!“, schrie sie und gab ihm einen Stoß, sodass er einen Schritt zurückstolperte. Er hielt sich beim Fallen gerade noch an Andreas Jackenärmel fest, der aber riss, sodass beide zu Boden fielen. Da lagen sie nun und schauten einander verdutzt an, und der Bann war gebrochen. Beide mussten aus ganzem Herzen lachen. Zum Glück hatten sie sich nicht verletzt. Egon half Andrea beim Aufstehen, sie umarmten einander und waren erleichtert über den Ausgang ihrer angespannten Situation.

Egon riet Andrea, sich jetzt erst einmal ins Bett zu legen und richtig auszuschlafen. Andrea ließ sich überzeugen und von ihm bereitwillig ins Schlafzimmer begleiten. Sogleich kuschelte sie sich unter die Bettdecke. Egon hielt beruhigend ihre Hand und sie schlief rasch ein. Er war erleichtert und schlich leise aus dem Schlafzimmer. Kaum hatte er sich hingesetzt, um über Andrea und sich nachzudenken, hörte er ein Geräusch im Vorzimmer. Er sprang auf, um nachzusehen, ob Andrea sich rausschleichen wollte. Aber zu seiner großen Erleichterung war es sein Sohn Gregor. Ihm fiel ein Stein vom Herzen und erleichtert begrüßte er freudig seinen Sohn. Gregor war verwundert, dass sein Vater alleine war. „Wo ist denn die Mama?" „Es geht ihr nicht gut, und sie hat sich schon früher niedergelegt", sagte Egon. „Ich hoffe doch, dass es nichts Ernstes ist?", fragte Gregor. „Wahrscheinlich doch. Wusstest du, dass die Mama heimlich trinkt? Ich meine richtig viel trinkt? Man kann sagen, dass sie Alkoholikerin ist. Sie benutzt nämlich Verstecke für ihren Alkohol und trinkt heimlich. Wahrscheinlich schon über eine längere Zeit, ohne dass es einer von uns bemerkt hat", sagte sein Vater. „Mama hat sich halt gut verstellt und uns alle getäuscht. Sie ist eine gute Schauspielerin. Aber auf die Dauer lässt es sich eben doch nicht verbergen. Außerdem war sie in letzter Zeit schon ein wenig verändert. Sie hat sich wegen jeder Kleinigkeit geärgert, war aufbrausend und aggressiv", meinte Gregor. „Ich zerbreche mir den Kopf, wie es so weit kommen konnte. Wie kann ich ihr nur helfen? Das Beste für sie wäre, wenn sie eine Entziehungskur machen würde. Aber davon will sie nichts wissen. Ich glaube, dass sie den Ernst ihrer Lage nicht wirklich erkennt. Solange sie ihr Problem nicht selber erkennt, ist jeder Rat umsonst", sagte Egon. „Wir sollten uns etwas einfallen lassen, dass sie sich von einem Entzug überzeugen lässt", sagte Gregor. „Ich fürchte mich auch vor jeder Einladung oder Feier. Schon bei einer geringen Menge Alkohol hat sich Mama nicht mehr unter Kontrolle. Sie verträgt nicht allzu viel, ist schnell beschwipst und wird dann eben aggressiv – wie du sagst. Leider steht uns demnächst der sechzigste Geburtstag meines Bruders ins Haus. Am liebsten würde ich absagen. Aber dann wäre Franz beleidigt, was ich auch verstehe. Jetzt bin ich ebenfalls müde und kann nicht klar denken. Darum gehe ich auch zu Bett. Also gute Nacht, Gregor“, sagte Egon und ging schlafen.

Der Geburtstag von Franz rückte langsam näher und Egon hatte noch immer keine Lösung gefunden, wie er Andrea während der Feier vom Trinken abhalten konnte. Obwohl sie sich in den letzten Tagen mit dem Trinken sehr zurückgehalten hatte, traute Egon dem Frieden nicht. Sie hatte zwar fest versprochen, sich das Trinken vollkommen abzugewöhnen, aber würde es ihr ohne fremde Hilfe gelingen? Das war eben die große Frage.

Der gute Wille war auf alle Fälle schon einmal da. Egon hatte auch keine weiteren Wermutflaschen beim Durchsuchen des Hauses gefunden. Aber kannte er alle ihre Verstecke? Wirklich sicher war er sich nicht.

So war es dann leider auch. Andreas Versprechen war keinen Pfifferling wert gewesen. Es war wieder nur von kurzer Dauer. An einem Tag, als Egon auf Kundenbesuch und sie alleine zu Hause war, kaufte sie heimlich wieder einen Wermut auf Vorrat und versteckte ihn im Haus. Untertags nahm sie immer wieder heimlich ein Schlückchen aus der Flasche, um ihren Spiegel nicht absacken zu lassen.

Am Abend, als Egon von seiner Tour heimgekommen war, merkte er ihr nicht sofort an, dass sie wieder getrunken hatte. Dadurch, dass ihr Spiegel passte, war sie ruhig. und ausgeglichen und die Täuschung war ihr gelungen. Egon bemerkte auch in den folgenden Tagen nichts. Aber irgendwann fielen ihm bei ihr verzögerte Reaktionen auf. Egon war inzwischen sensibel für Andreas Reaktionen geworden und wusste sofort, dass sie wieder trank.

Als er sie zur Rede stellte, kam von ihrer Seite wieder der gleiche Spruch: „Verschon mich mit deinem Blabla! Du nervst! Lass mich in Ruh! Kannst du nicht verstehen, dass ich für mich selbst entscheiden kann und deine gutgemeinten Ratschläge mich nicht interessieren. Ich bin alt genug und weiß selber, was gut für mich ist. Also erübrigt sich das Thema." „Was würdest du aber dazu sagen, dass ich nicht ständig mit einer betrunkenen Frau zusammen leben will? Ich kann ebenso gut wieder öfter auf Geschäftsreisen gehen, wenn dir das lieber ist", sagte Egon. „Aha, du willst mich alleine lassen. Wahrscheinlich hast du schon irgendwo eine Freundin, die auf dich wartet. Das könnte dir so passen, einfach abzuhauen! Nicht mit mir!", schrie Andrea. Und wieder ging sie demonstrativ in die Küche und nahm einen kräftigen Schluck aus der Flasche, die sie jetzt im Abfallkübel versteckt hatte.

Egon ging Andrea nach. Er wollte schauen, was sie anstellen würde und sah durch die halb offene Küchentür, wie sie aus der Flasche trank. Er war entsetzt bei diesem Anblick. Egon war sich sicher, dass dies nicht die einzige Flasche war, die Andrea im Abfallkübel versteckt hatte. Sicher hatte sie während seiner Abwesenheit für alle Fälle vorgesorgt und an verschiedenen Stellen einen Vorrat deponiert. Ihm war klar, dass sie ihre Flaschen an neuen Plätzen versteckt hatte, damit er sie nicht kontrollieren konnte.

Egon konnte nicht verstehen, warum Andrea so wenig Bereitschaft zeigte, sich von ihrer Sucht zu befreien. Aber ihm war klar, dass er auf Dauer nicht so leben wollte. Er hatte nicht die Absicht, den Rest seines Lebens mit einer Trinkerin zu verbringen. Darum war er auch an einer schnellen Lösung interessiert. Außerdem liebte Egon seine Frau und wollte seinen Lebensabend mit ihr gemeinsam verbringen. Es ging ihnen gut, sie hatten ein schönes Haus und keine finanziellen Sorgen.

Aber momentan war Andrea völlig unzugänglich, und man konnte mit ihr kaum ein vernünftiges Wort reden, was Egon auf die

Palme brachte. Schließlich konnte er sie ja nicht mit Gewalt zu
einem Therapeuten schleppen. In seiner Verzweiflung wandte er sich an seinen Bruder und besuchte Franz in dessen Haus.
Franz hatte schon so etwas Ähnliches geahnt. Er hatte im Casino sehr wohl mitbekommen, dass Andrea an dem Abend etwas
über den Durst getrunken hatte. Allerdings ahnte er nicht, dass
sie bereits Alkoholikerin war. Trotzdem wollte Franz keine Ab-
sage zu seinem Geburtstagsfest akzeptieren und sagte zu Egon:
„Behalte Andrea bei der Feier im Auge und lass sie nicht alleine.
Ich wäre traurig, wenn ihr nicht kommen würdet.“ „Aber ich
fürchte mich schon heute vor diesem Tag“, sagte Egon.

Endlich war der große Tag gekommen, an dem die Geburts-
tagsfeier stattfinden sollte. Andrea freute sich sehr auf diese Abwechslung. Über ihr Alkoholproblem machte sie sich keine Gedanken. Andrea dachte eher darüber nach, was sie auf der Feier
anziehen sollte und dass sich eine Gelegenheit für sie ergab, aus
dem Alltagstrott herauszukommen. Diese Abwechslung würde
ihr sicher guttun. Sie hatte ihr Wort gegeben, an diesem besonderen Tag gänzlich auf Alkohol zu verzichten, um ihrem Schwager keine Schande zu bereiten. Andrea freute sich, bei diesem
Fest viele Verwandte und Bekannte wiederzusehen, die sie schon
länger nicht mehr gesehen hatte. Besonders freute sie sich auf ihren ältesten Sohn Philip mit Lebensgefährtin, die ebenfalls geladen waren. Andrea hatte Philip schon längere Zeit nicht mehr
gesehen, weil er nicht mehr in Wien wohnte. Ihre Tochter Inge
konnte zu ihrem Leidwesen leider nicht kommen, sie war für
ihre Firma dienstlich im Ausland unterwegs.

Endlich war es so weit und Egon fuhr mit Andrea und Gregor
mit dem Taxi zum Haus seines Bruders. Franz und Helene be-
wohnten ein mittelgroßes Einfamilienhaus mit einem wunderschönen großen Garten. Darum konnten sie die Feier auch im
Freien gestalten. Für diesen besonderen Anlass hatten sie sich
eine Catering Firma geleistet. Franz und Helene wollten sich an
diesem Tag ausschließlich ihren Gästen widmen.

Die eintrudelnden Gäste wurden von den Gastgebern am weit geöffneten Gartentor herzlich empfangen und begrüßt. Die Wiedersehensfreude unter den Verwandten und Freunden wurde mit Umarmungen, Küssen und Komplimenten deutlich zum Ausdruck gebracht. Andrea suchte natürlich unter den vielen Gästen als Erstes nach ihrem Sohn, den sie auch schnell fand. Freudig gingen sie aufeinander zu und umarmten einander innig. Auch Philips Freundin wurde von Andrea umarmt und geküsst. Andrea nahm ihren Sohn in Beschlag und wollte wissen, wie es ihm geht, was er treibt und wann er endlich heiraten würde. Philip kannte seine Mutter und gab ihr geduldig auf alle Fragen eine zufriedenstellende Antwort. Mitten in ihrer Unterhaltung wurden inzwischen die obligaten Begrüßungscocktails gereicht, um die Stimmung unter den Gästen aufzulockern. Andrea hatte sich fest unter Kontrolle und nahm nur ein Glas Orangensaft. Sie wollte ihr gegebenes Versprechen auf alle Fälle halten und verzichtete auf den dargebotenen Begrüßungssekt. Leider fiel die Unterhaltung mit ihrem Sohn sehr kurz aus, weil auch andere Verwandte sie begrüßten und in kurze Gespräche verwickelten. Während des Plauderns mit den Verwandten kam ein beflissener Ober immer wieder mit einem Tablett voller Getränke an ihnen vorbei. Irgendwann griff Andrea gedankenlos zu und plötzlich hatte sie ein Glas Sekt in der Hand. Sie erschrak. Das wollte sie doch gar nicht, ging es ihr durch den Kopf. „Das Glas mit Sekt stelle ich sofort zurück und tausche es gegen Orangensaft ein“, befahl sie sich. Aber plötzlich hielt Andrea für einen kurzen Moment inne, und eine leise Stimme sagte ihr: „Wegen einem Glas Sekt brauchst du dir wirklich nichts anzutun.“ Es war zwar kein Wermut, aber allemal besser als der grausliche Orangensaft. Es war ein wunderbares Gefühl, ein Glas Sekt in der Hand zu halten. Sie wollte auch nur winzige Schlückchen nehmen, damit sie lange mit dem einen Glas auskam. Ein Glas Sekt, was macht das schon? Schließlich würde sie ja nicht von einem Glas betrunken sein, oder? Andrea schaute sich um, wen sie noch nicht begrüßt hatte und sah zu ihrem Schrecken Egon lächelnd auf sie zukommen. Oh Gott! Wohin mit dem Sektglas auf die Schnelle? Andrea reagierte rasch. Sie hielt das Glas hinter sich und leerte es in die Wiese, wobei ihr ein Teil des Sektes hinten in ihre Schuhe tropfte. Andrea lächelte ihren Mann liebevoll an und tat, als ob nichts gewesen wäre. Aber sie war neugierig, was Egon von ihr wollte. Er erzählte ihr, dass er sich gerade gut mit Philip und Irma unterhalten habe und nahm Andrea bei der Hand, drückte sie fest und meinte: „Was haben wir doch für wunderbare Kinder. Wie schade, dass Inge nicht dabei sein kann." „Mein Schatz, wie recht du hast", seufzte Andrea und dachte dabei: „Wie werde ich nur das Sektglas los, ohne dass Egon etwas bemerkt?"

Andrea hatte Glück im Unglück. Wie gerufen kam gerade der Ober wieder mit einem vollen Tablett vorüber und sie sagte zu Egon: „Schau, wer da kommt" und zeigte mit dem Zeigefinger in die entgegengesetzte Richtung des Obers. Egons Blick folgte ihrem Finger, sodass er nicht sah, wie sie ihr Glas geschwind unbemerkt aufs Tablett des Obers stellte. „Wen meinst du?", fragte Egon. Zufällig sah Andrea ihren Schwager und rief: „Hallo Franz! Wie geht es dir an deinem Ehrentag im Kreise der Familie und all deinen Freunden?" „Großartig! Umgeben von der Familie und lieben Freunden, was könnte ich mir mehr wünschen? Helene hat für mich alles so traumhaft arrangiert, und ich genieße meinen Geburtstag voller Dankbarkeit, denn sechzig wird man nicht alle Tage", sagte Franz. Andrea war erleichtert, sich mit dieser Noteinlage aus der Verlegenheit gerettet zu haben.

So langsam wurden die Herrschaften zu Tisch gebeten und die erste längere Ansprache auf den Jubilar gehalten. Danach folgte das obligate Happy Birthday und es wurde ein Toast auf das Geburtstagskind ausgerufen. Sogleich hatte Andrea das nächste Problem. Stößt sie mit Alkoholischem an, oder bleibt sie brav bei den grauslichen Säften? Ach was, warum sollte sie verzichten. Der kleine Schluck beim Zuprosten würde doch wirklich keine Rolle spielen. Sie musste das Glas ja nicht austrinken. Andrea schaute zur Sicherheit zu Egon, der ihr gegenübersaß, ob er gerade zu ihr schaute. Aber zum Glück blickte er wie alle Gäste in Richtung Geburtstagskind, und Andrea nahm ebenfalls wie alle anderen einen ordentlichen Schluck aus ihrem Glas. Tat das gut. Aber wirklich wohl fühlte sie sich nicht dabei, weil sie ihr Wort gebrochen hatte.

„Mach dir keine unnötigen Gedanken, so ein kleiner Schluck, was bedeutet der schon? Keiner weiß es. Also, wozu sich den Kopf zerbrechen“, dachte sie bei sich. Falls Egon zu ihr schauen sollte, hatte sie ihr Sektglas so gestellt, dass es aussah, als ob es zum Nachbarn gehörte. An ihrem Platz stand brav ein Glas Mineralwasser …

Aber von dem Sekt war Andrea sofort auf den Geschmack gekommen und trank in kleinen Mengen weiter. Ihr guter Vorsatz war längst vergessen, und man merkte auch einen leichten Verfall an ihrem Gesichtsausdruck. Ansonsten war sie lustig und fühlte sich wohl. Während des Essens unterhielt sie sich gut mit ihren Tischnachbarn, war fröhlich und lachte viel. Andreas auffällig lockeres Lachen kam Egon gleich verdächtig vor. Er ahnte Schlimmes: Andrea hatte wieder getrunken. An ihrem Platz standen aber stets nur Saft- oder Mineralwassergläser. Darum hoffte Egon, dass er sich geirrt hatte.

Nach dem vielen Essen und Trinken brauchte Andrea frische Luft und ging in den Garten. Hier traf sie zufällig auf ihren Sohn Philip, dem ihr leicht beschwingter Gang auffiel und der im Spaß zu ihr sagte: „Mama, du hast ja einen Schwips.“ „Aber nur einen ganz kleinen“, sagte sie. „Das macht doch nichts. Wichtig ist, dass es dir gut geht und du dich wohlfühlst“, meinte Philip. „Ich fühle mich sogar sehr wohl im Kreise der Familie. Es ist schon längere Zeit her, dass fast alle Familienmitglieder so zahlreich beieinander waren. Wir treffen einander viel zu selten, eben nur bei fröhlichen oder traurigen Anlässen“, sagte Andrea.

„Mama, das klingt fast sentimental. Was sagt man dazu?“, meinte Philip. „Ja, das bin ich“, sagte Andrea und eine Träne lief ihr über die Wange. „Komm her, mein Großer, und lass dich umarmen. Schließlich haben wir uns schon einige Zeit nicht gesehen. So, und jetzt ist es aus mit der Sentimentalität und wir mischen uns wieder unter die Gäste, damit man uns nicht vermisst", sagte Andrea.

Andrea hielt Ausschau nach Egon. Die Musik spielte so schöne einschmeichelnde Evergreens, dass sie Sehnsucht verspürte, mit ihrem Egon zu tanzen wie in vergangenen Zeiten. Sie entdeckte ihn im Gespräch mit seinem Bruder, ging auf sie zu und sagte: „Darf ich stören und dir Egon entführen? Ich würde nämlich gerne mit ihm tanzen." „Natürlich, Schatz", sagte Egon und entschuldigte sich bei Franz. Er nahm Andrea bei der Hand und ging mit ihr auf die Tanzfläche. Aber schon vom ersten Tanz war Andrea außer Atem und Egon sagte zu ihr: „Ich glaube es wäre gut, wenn du dich erst einmal hinsetzt und ich dir ein Glas Wasser hole", sagte Egon.

Natürlich war Egons Verdacht bestätigt und er hatte bemerkt, dass Andrea nicht mehr ganz nüchtern war. Aber um kein Aufsehen zu erregen, tat er, als ob er nichts bemerkt hätte und brachte ihr ein Glas Mineralwasser. In ihrer rührseligen Stimmung wäre ihr ein Schluck Wermut lieber gewesen. Ihr graute nämlich vor dem Mineralwasser. Aber tapfer nahm sie einen Schluck und tat, als ob es ihr guttäte. Eine innere Stimme sagte ihr nämlich: Denk an dein Versprechen.

„Eigentlich kann ich doch machen, was ich will. Wer will mir vorschreiben, was ich tun darf?", kämpfte Andrea mit ihrem inneren Schweinehund, der ihr recht gab. Wieder sagte die Stimme: „Warum trinkst du nicht, wenn es dir schmeckt? Wer kann es dir verbieten? Du musst Egon nur loswerden."

„Schatz, ich geh aufs Klo und bin gleich wieder da", sagte Andrea. „Geht es dir nicht gut? Soll ich dich begleiten?". fragte Egon besorgt. „Nicht nötig, es geht schon", sagte Andrea. Sie wollte den Gang zur Toilette nutzen, um möglichst unauffällig an etwas Trinkbares zu gelangen. Also hielt sie erst einmal Ausschau, wo sich das Objekt ihrer Begierde befand. Ausgerechnet jetzt, da sie schon dringend einen Schluck brauchte, lief ihr keiner der beiden Ober über den Weg. Verdammt, wo waren sie nur? Das konnte doch nicht wahr sein, dass alle beide verschwunden waren. Wo sollte sie in ihrer Verfassung zu suchen beginnen, sie hatte schon dringend etwas zu ihrer Beruhigung nötig. Zu allem Übel lief ihr ausgerechnet jetzt ihre Schwägerin über den Weg: „Hallo Andrea, wir haben ja noch kein Wort miteinander gesprochen, da ist es an der Zeit, dass wir miteinander plaudern." Andrea zwang sich zu einem Lächeln: „Ja, das stimmt. Setzen wir uns auf eine der Bänke, wo wir ungestört sind." „Wie ich sehe, hast du nichts zu trinken. Ich werde einen der Ober bitten, dass er vorbeikommt und dir etwas Trinkbares bringt", sagte Helene. „Danke, das ist ganz lieb von dir", sagte Andrea und war froh, dass sich ihr unverhofft eine Chance bot, endlich an etwas Alkoholisches zu gelangen. Ihr Alkoholspiegel war abgesunken und Andrea war schon leicht gereizt, und es fiel ihr schwer, Haltung zu bewahren. Sie war froh, als ihre Schwägerin endlich mit einem Ober daherkam. Sie gab sich Mühe, Ruhe zu bewahren und nahm vom dargebotenen Tablett ein Glas Sekt Orange, damit man denken konnte, dass sie nur puren Orangensaft trank. Nach dem ersten Schluck ging es Andrea gleich besser und ihre gereizte Stimmung war wie weggeblasen. Sie unterhielt sich locker mit Helene und machte ihr sogar ein Kompliment: „Wirklich großartig, wie du alles arrangiert hast. Es hätte in keinem Lokal schöner sein können."

Helene bedankte sich für das nette Kompliment und Andrea hoffte im Innersten, dass Helene endlich gehen würde, damit sie sich nach dem verdünnten Sekt noch ein weiteres Glas holen konnte. Sie hörte auch nur noch mit halbem Ohr hin, was Helene zu ihr sagte, nickte immer brav mit dem Kopf, oder antwortete halbherzig nur mit: „ja – ja – ja." Die Erlösung kam aber erst, als Helene gebraucht wurde und gehen musste.

„Endlich“, dachte Andrea. „Endlich allein! Jetzt kann ich mich in aller Ruhe um ein Getränk kümmern. Gott sei Dank!“ Schnell schaute sie sich nach dem Ober um. Dieses Mal hatte sie mehr Glück, er befand sich ganz in ihrer Nähe. Sogleich ging sie auf ihn zu und sah zu ihrer Überraschung, dass er auch Martini auf seinem Tablett hatte, der ihrem Wermut ähnlich war, und Andrea bediente sich sogleich. Dann stellte sie sich ein wenig abseits vom Geschehen, um nicht mit dem Glas in der Hand von Egon gesehen zu werden.

Unter einem Birnbaum stand eine einladende Bank, genau das, was Andrea suchte. Sie nahm Platz und machte es sich bequem. Sie atmete tief durch und nahm genussvoll einen größeren Schluck und spürte, wie sich ihr Körper vollkommen entspannte. Ein angenehmes Wohlempfinden nahm von ihr Besitz. Jetzt war die Welt für Andrea wieder in Ordnung. Es dauerte auch nicht lange, und schon war ihr Glas wieder leer. Aber zum Glück mangelte es nicht an Nachschub und sie war der Meinung, ein zweites Glas könnte sie sich noch gönnen und machte sich auf den Weg, um sich noch einen Martini zu holen.

Wieder zurück auf der Bank, genoss Andrea ihren zweiten Martini und danach auch noch einen dritten. „Danach muss aber Schluss sein“, dachte sie. Nach dem dritten Martini war sie schon sichtlich beschwipst. Sie lehnte sich gemütlich an die Rückenlehne der Bank, lauschte andächtig der Musik, nickte zufrieden ein, versank ins Land der Träume und begann lautstark zu schnarchen.

In dieser peinlichen Lage entdeckte Gregor seine Mutter. Es war ihm sehr unangenehm, seine Mutter mit offenem Mund laut schnarchend zu sehen. Aber er reagierte sehr schnell, suchte seinen Vater unter den vielen Gästen, damit er ihm half, sich unauffällig um die Mama zu kümmern. Er fand seinen Vater in einer kleinen Herrenrunde, ging zu ihm und flüsterte ihm diskret ins Ohr, was mit der Mama passiert war.

Sofort unterbrach Egon sein angeregtes Gespräch, welches er gerade mit seinen Freunden führte, und folgte Gregor zur Bank, auf der Andrea laut schnarchend saß. Egon setzte sich neben sie und versuchte sie zu wecken. Sie öffnete einmal kurz die Augen, schloss sie aber gleich wieder, und ihr Kopf kippte nach vorn auf ihre Brust.

„Gregor, wir müssen die Mama so unauffällig wie möglich ins Haus bringen", sagte sein Vater. Gesagt getan. Sie nahmen die Mutter in die Mitte, gingen mit ihr etwas abseits entlang des Gartenzaunes und brachten sie, ohne dass es jemand mitbekam, ins Haus. Egon und Gregor hatten die Mutter den ganzen Weg fast nur getragen, da sie unfähig war, zu gehen. Zwischendurch nörgelte sie und murmelte unverständliches Zeug vor sich hin. Im Haus schaute sich Egon nach einem geeigneten Platz um, wo er sie hinlegen konnte.

Helene kam im rechten Augenblick zu ihnen geeilt. Sie hatte mitbekommen, dass etwas geschehen war und eventuell ihre Hilfe benötigt wurde. Egon war erleichtert, dass seine Schwägerin ihm ihre Hilfe anbot. Er erzählte Helene in kurzen Worten die peinliche Situation. Etwas Ähnliches hatte sie schon geahnt und bot Egon das Gästezimmer an, um Andrea dort aufs Bett zu legen.

Als Egon und Gregor die Mama ins Bett gelegt hatten, sagte Egon zu seinem Sohn: „Geh wieder zurück zu deinen Freunden und unterhalte dich weiter, um die Mama werde ich mich kümmern, und danke für deine Hilfe."

Jetzt machte Egon sich Vorwürfe, weil er Andrea nicht besser beaufsichtigt hatte. Er war der Meinung, dass er nicht ganz schuldlos war, dass Andrea in so kurzer Zeit zu schnell und zu viel getrunken hatte. Ob er es völlig verhindern hätte können, das blieb dahingestellt. Um an Alkohol zu gelangen, gab es hier zu viele Gelegenheiten. Aber er hätte zumindest verhindern können, dass sie unkontrolliert zu viel trank.

Helene meinte: „Andrea können wir jetzt ohne Weiteres alleine lassen, damit sie ungestört ihren Rausch ausschlafen kann." „Aber was ist, wenn sie munter wird und nicht weiß, wo sie sich befindet und einen Aufstand macht?", fragte Egon. „Dazu schläft sie viel zu fest, wir können sie unbesorgt alleine lassen und werden abwechselnd nach ihr schauen", sagte Helene.

Aber Egon wollte nicht bis zum Schluss der Feier bleiben. Zum Feiern war ihm nicht mehr zumute. Gleich nach dem Nachtmahl bat Egon seinen Bruder und seine Schwägerin um Verständnis, dass er mit Andrea nach Hause fahren würde. Den Gästen, die Andrea beim Nachtmahl vermisst hatten, hatte er erzählt, dass sie Migräne habe und deshalb in einem abgedunkelten Raum liegt. Dann bat Egon seinen Bruder, Philip nichts über seine Mutter zu erzählen, der nicht wusste, wie schlimm es um sie stand. „Ich werde es ihm bei Gelegenheit lieber selber sagen. Bis dahin bleibt es bei Migräne."

Aber Helene war da anderer Meinung. Sie fand, dass es besser wäre, Philip die Wahrheit zu sagen. „Nicht heute um diese Zeit. Er muss doch noch mit dem Auto fahren, und ich will nicht, dass er beunruhigt ist. Ich habe die Absicht, mit meinen Kindern in aller Ruhe über die Sucht ihrer Mutter zu reden, aber zu einem anderen Zeitpunkt. Jetzt werde ich mich noch von den übrigen Gästen verabschieden und Gregor bitten, dass er mir wieder behilflich ist, Andrea ins Auto zu befördern. Und du, Franz, ruf mir derweil bitte ein Taxi", sagte Egon.

Egon verabschiedete sich kurz von den Verwandten und Bekannten. Anschließend versuchte er Andrea zu wecken, damit Gregor und er sie ins wartende Taxi bringen konnten. Andrea auf die Beine zu bekommen, war nicht ganz einfach. Weil sie nicht zu sich kam, versuchte Egon es mit Streicheln auf der Wange, aber die Reaktion war gleich Null. Andrea schlug nach seiner Hand wie nach einer lästigen Fliege und schlief weiter. „Das wird nichts, Papa. Zuerst müssen wir die Mama hochheben und wie schon vorhin, unter die Arme nehmen und zum Auto tragen", sagte Gregor. Mit vereinten Kräften hoben sie die Mama vom Bett hoch, wobei diese sich stark wehrte, zusätzlich um sich schlug und laut zu schimpfen begann: „Warum lasst ihr mich nicht in Ruh? Was macht ihr mit mir, und wo bin ich überhaupt? Wohin wollt ihr mit mir?" „Die Feier ist zu Ende und wir wollen nach Hause, mein Schatz", sagte Egon „Wieso lieg ich dann im Bett?", fragte Andrea. „Ganz einfach, weil du eingeschlafen bist. Jetzt sei so lieb und komm mit, das Taxi wartet schon auf uns", sagte Egon. „Aber ich muss mich doch noch verabschieden", meinte Andrea. „Komm jetzt bitte mit. Helene und Franz erwarten dich schon vor der Haustür", sagte Egon. Er wollte unter allen Umständen vermeiden, dass Andrea in dem Zustand noch einmal zu den Gästen ging und bat sie noch einmal eindringlich: „Bitte, Schatz, komm endlich! Wie lange soll das Taxi da draußen noch auf uns warten?" „Na gut, dann gehen wir halt", sagte Andrea, hängte sich bei ihren beiden Männern ein und ging mit ihnen in Richtung Taxi, wo Helene und Franz sie schon zur Verabschiedung erwarteten. Andrea bedankte sich noch bei ihnen für den schönen Tag und vor lauter Rührseligkeit liefen ihr sogar ein paar Tränen über die Wangen. Dann riss sie sich zusammen und stieg endlich freiwillig ins Taxi. Gregor nahm vorne neben dem Chauffeur Platz und Egon setzte sich neben Andrea nach hinten. Sie lehnte sich bei ihm an und schlief an seiner Schulter weiter.

Ab jetzt stand für Egon fest, dass er kein Mitleid mehr zeigen wollte. Ihm war klar, dass Andrea ohne professionelle Hilfe nicht mehr aus dem Teufelskreis herauskam. Diese verdammte Sauferei beeinträchtigte ihr Leben, wenn es überhaupt noch eines war. Erich liebte seine Frau und wollte sie in ihrem Dilemma auf keinen Fall im Stich lassen. Aber die ganze Situation widerte ihn an. Es musste doch einen Ausweg geben. Vielleicht sollte er mit ihr zu einer Kur fahren, die nicht den Beigeschmack einer Entziehungskur hatte, vor der sie panische Angst hatte. Schon bei der bloßen Erwähnung drehte Andrea vollkommen durch. Am nächsten Tag, wenn sie ausgeschlafen war, wollte er Andrea den Vorschlag eines Kuraufenthaltes unterbreiten. Er freute sich über seinen genialen Einfall. Es war zumindest einen Versuch wert.

Am kommenden Morgen beim Frühstück, welches Egon zubereitet hatte, saß Andrea noch mit einem faden Gesicht am Frühstückstisch und schwieg vor sich hin. Sie hatte Egon gegenüber Schuldgefühle. Endlich, nach dem ersten Schluck Kaffee, sagte sie ein wenig verlegen: „Ich möchte mich für mein gestriges Benehmen entschuldigen und dir für deine Geduld danken.“ „Der Dank ist angenommen. Bei der Gelegenheit möchte ich dir gerne einen Vorschlag unterbreiten. Was würdest du davon halten, wenn wir gemeinsam zur Kur fahren würden?“, fragte Egon. „Großartig! Wann gedenkst du den Vorschlag in die Tat umzusetzen?“, wollte Andrea neugierig wissen. „Schon möglichst bald. Ich werde mir Informationen einholen, wie und wo wir schnellstmöglich eine Kur bewilligt bekommen.

Innerhalb von zwei Tagen bekam Egon einen Rückruf von einem Kurhotel im Burgenland, dass sie jederzeit willkommen seien. Es passte ihnen gut, da die Anfahrt nicht allzu weit war. Egon war froh, dass sie so geschwind ein Zimmer erhalten hatten und Andrea nicht viel Zeit zum Nachdenken hatte, um es sich eventuell noch anders zu überlegen. Andrea zeigte auch wieder ihren guten Willen, trocken zu bleiben. Nach der Feier bei Franz hatte Andrea keinen Tropfen Alkohol mehr angerührt. Aber schon am dritten Tag ging es ihr elendig. Sie hatte starke Entzugserscheinungen, Wadenkrämpfe und Schüttelfrost.

Egon wollte unbedingt, dass Andrea es dieses Mal schaffen sollte, von ihrer Sucht wegzukommen. Er unterstützte sie, wo er nur konnte und übernahm auch das Packen für ihren dreiwöchigen gemeinsamen Kuraufenthalt. Schließlich versprach er sich einiges von der Kur mit therapeutischer Unterstützung. Außerdem erhoffte er sich wieder eine Verbesserung ihrer Beziehung, die in der letzten Zeit unter dem ständigen Alkoholeinfluss sehr gelitten hatte. Auch das Zwischenmenschliche war auf der Strecke geblieben. Vielleicht war es noch nicht zu spät und allemal einen Versuch wert.

Natürlich war Egon bewusst, dass mit Sicherheit anstrengende Tage auf ihn zukommen würden. Aber die Schwierigkeiten wollte er gerne in Kauf nehmen, wenn Andrea dadurch geholfen werden konnte. Andrea zeigte sich auf alle Fälle kooperativ. Es war ihr sogar bitterernst, aus dem Teufelskreis herauszukommen und sie wollte die ihr von Egon gebotene Chance eines Kuraufenthaltes auf jeden Fall nutzen.

In der letzten Zeit hatte Andreas Gesamtzustand vom vielen Alkohol sehr gelitten. Sie hatte tiefe Ringe unter den Augen und war ein wenig aufgedunsen im Gesicht, was sie älter aussehen ließ. Doch an Egons Seite wollte sie gut aussehen und überdeckte diesen Makel mit einem kräftigeren Make-up. Der Wunsch nach Veränderung war ganz einfach da und sie bemühte sich sehr, es in die Tat umzusetzen. Voller Optimismus trat sie mit Egon die Reise ins Kurhotel an.

Die kurze Anfahrt ließ sie schon am Vormittag ihren Aufenthaltsort erreichen. Zu Mittag saßen sie schon mit netten Leuten zum Essen bei Tisch. Man stellte einander vor, und im Laufe der Unterhaltung erzählten sich die Gäste ihre Geschichten, weshalb sie hier waren. Alle hofften, hier ihre Probleme mit professioneller Hilfe lösen oder heilen zu können. Jeder auf seine Weise. Natürlich erzählte Andrea nicht ihr wahres Problem und nahm es nach wie vor, auch selber, nicht wirklich ernst. Sie erzählte allen, dass sie Kreislaufbeschwerden hätte.

Nach dem Essen freuten sich Andrea und Egon schon auf ein Mittagsschläfchen. Andrea hatte ihre erste therapeutische Sitzung erst am kommenden Tag. Aber sie hatten die Absicht, eventuell nach dem Mittagsschlaf ein wenig schwimmen zu gehen. Fröhlich gingen sie Hand in Hand auf ihr Zimmer. Egon drückte Andreas Hand und sie drückte zurück. Na, dachte Egon, vielleicht tut sich was, lass dich überraschen.

Nach einem Schäferstündchen fiel der Mittagsschlaf etwas länger aus. Da würden ihnen einige Runden schwimmen noch vor dem Nachtmahl guttun. Außerdem wollte Egon Andrea mit Aktivitäten ablenken, damit sie den Entzug leichter ertragen konnte.

Während des Nachtmahls fragten ihre Tischnachbarn, ob sie nach dem Essen noch auf einen kleinen Umtrunk in ein in der Nähe liegendes Lokal mitgehen möchten. „Wir gehen meistens nach dem Nachtmahl noch gemeinsam in dieses Lokal", sagte eine der Damen. Andrea war natürlich gleich Feuer und Flamme und sagte zu. Egon erschrak, zeigte es aber nicht. Genau das war es, was er vermeiden wollte, um Andrea nicht in Versuchung zu führen.

Weil Egon seine Frau vor den anderen nicht bloßstellen wollte, sagte er: „Also gut, gehen wir halt mit." Eigentlich hätte er ablehnen wollen, aber durch Andreas voreilige Zusage konnte er nicht mehr Nein sagen. Aber sein Gefühl sagte ihm, dass es ein Fehler war. Viel lieber hätte Egon mit Andrea noch einen Abendspaziergang an der frischen Luft gemacht, da ein Abend in lustiger Gesellschaft eine Herausforderung für Andrea war.

Das Lokal, in das sie sich begaben, war ziemlich voll. Hauptsächlich verkehrten dort die Kurgäste. Als alle gemütlich beieinandersaßen, kam der Augenblick, in dem die Kellnerin die übliche Frage stellte: „Was darf ich den Herrschaften zu trinken bringen?" Rasch beugte sich Andrea an Egons Ohr und flüsterte: „Ich nehme mir für den ganzen Abend einen schwachen Gespritzten und verspreche dir, dass es nur bei dem einen bleibt." Was blieb Egon übrig, als Ja zu sagen, um die gute Stimmung nicht zu zerstören. Der Abend verlief unterhaltsam und lustig. Aber letzten Endes handelten alle Gespräche hauptsächlich über Krankheiten.

Unter anderem war eine Frau in ihrer Gruppe, die erzählte, dass sie schon dreizehn Operationen hinter sich hatte und ihr Arzt sie für ihre Tapferkeit gelobt hatte. Worauf ein etwas unsensibler Herr meinte: „Auf so ein Lob könnte ich glatt verzichten." „Nett sind Sie aber nicht", erwiderte die angesprochene Frau bissig. „Hab ich auch nicht behauptet", antwortete besagter Herr. „Aber, aber, meine Herrschaften, wir wollen doch nicht wetteifern, wer die meisten Krankheiten von uns hat", meinte eine andere Dame aus der Runde. „Im Grunde genommen haben wir doch alle Probleme, deswegen sind wir ja schließlich hier. Der eine hat den Wunsch sich etwas von der Seele zu reden und der andere frisst es in sich hinein. Was da besser ist, ist doch Ansichtssache und a bisserl Toleranz wäre schon angesagt", meinte Egon. Freudig bedankte sich die Dame, die die dreizehn Operationen hinter sich hatte, für seine Schützenhilfe: „Das haben Sie aber schön gesagt. Danke!"

Ansonsten verlief der Abend recht harmonisch, und Andrea hatte Wort gehalten und nur den einen Spritzer getrunken. Egon war zwar erleichtert, aber er hatte Andreas starke Nervosität den ganzen Abend neben sich gespürt. Auch in der Nacht war sie sehr unruhig und fand keine Entspannung. Sie wälzte sich ständig hin und her, sodass Egon wach wurde. Zusätzlich hatte er ihr leises Wimmern und Stöhnen gehört, was ihn nicht schlafen ließ. Behutsam legte er ihr dann die Hand auf den Kopf und streichelte sie ganz sanft, was auf Andrea beruhigend wirkte. Kurzfristig schliefen beide wieder ein. Diese Prozedur wiederholte sich einige Male und ließ sie keinen Schlaf finden.

Am Morgen waren beide nach dieser Nacht unausgeschlafen und grantig. Sie kamen nicht so recht in die Gänge und es kostete sie große Überwindung, noch vor dem Frühstück schwimmen zu gehen. Aber das erfrischende Bad belebte ihre Sinne, und sie fühlten sich gleich bedeutend wohler. Einem ausgiebigen Frühstück stand jetzt nichts mehr im Weg.

Um Andrea ständig in Bewegung zu halten, machte Egon mit ihr nach ihrer Therapiestunde ausgiebige Spaziergänge. Er bemühte sich, dass sie nicht zu schnell die Lust am Vorsatz, ohne Alkohol auszukommen, verlor. Beschäftigung ist immer noch die beste Therapie. Aber leider war sie nicht so euphorisch, wie Egon es sich gewünscht hätte. Sie tat sich in allem schwer, zeigte aber ihren guten Willen und ging mit Egon kleine Strecken. Er war äußerst geduldig mit ihr und meinte, wenn sie etwas in ihrem Leben ändern wollte, sollte sie auch bereit sein, ihren Beitrag zu leisten.

Andrea wusste genau, dass alles, was Egon sagte, stimmte. Sie war sich selbst zuwider, weil ihre Bereitschaft, eifrig mitzumachen, leider immer nur halbherzig war. Außerdem gingen ihr die Fortschritte nach einer Therapiestunde viel zu langsam voran und eine merkliche Besserung ihrer Verfassung war leider immer noch nicht eingetreten.

Auch die sommerliche Hitze machte Andrea beim Spazierengehen zu schaffen. Es war eben alles mühsam und beschwerlich für sie. Aber dafür entschädigte sie die wunderschöne Umgebung der Parkanlage, in der sich genügend Bänke zum Verweilen befanden. Sie konnte zur Erbauung ihrer kranken Seele dem Gezwitscher der Vögel lauschen oder auch nur Löcher in die Luft starren. Egon gab sich immer wieder jede erdenkliche Mühe, um sie von ihrer Sucht abzulenken. Auch er konnte hier seine Seele baumeln lassen, um Energie zu tanken. Spontan hängte sich Andrea bei Egon ein und sagte: „Danke, Schatz, für all die Mühe, die du dir mit mir antust."

Der Rest des Tages verlief wie der vorhergehende. Nur beim Nachtmahl merkte man Andrea eine gewisse Nervosität an. Sicher dachte sie beim Essen schon an den späteren Heurigenbesuch. Aber dieses Mal kam Egon Andrea zuvor und sagte: „Schatz, heute Abend bleiben wir auf unserem Zimmer, weil ich mir unbedingt den Western mit John Wayne ansehen will." „Wir sind doch nicht zum Fernsehen zur Kur gefahren, das können wir auch zu Hause", meinte Andrea indigniert. „Aber ich will den Film unbedingt sehen und morgen können wir wieder zum Heurigen mitgehen. Heute nicht", sagte Egon sehr bestimmt. Andrea war sauer und folgte Egon wortlos aufs Zimmer.

Kaum hatten sie die Zimmertür hinter sich geschlossen, fing Andrea an zu schreien: „Was soll der Blödsinn, dass du unbedingt einen Western ansehen willst?" „Andrea, es ist besser für dich, wenn du nicht täglich in Versuchung geführt wirst", sagte Egon. „Aha, du machst dir Sorgen, dass ich etwas trinken würde. Habe ich gestern etwa nicht Wort gehalten?", fragte Andrea provokant, „Reg dich bitte nicht auf. Es bringt doch nichts. Auch wenn du noch so wenig trinkst, du bist immer gefährdet. Lass uns den Abend friedlich verbringen und dankbar sein, dass du auch diesen Tag so gut über die Runden gebracht hast", sagte Egon. „Na gut, dann schauen wir halt den Western an", sagte Andrea gereizt.

Auch in dieser Nacht sollten sie keine Ruhe finden. Andrea hatte kalte Schweißausbrüche, Schüttelfrost und ein Kribbeln am ganzen Körper, als ob sie von tausend Nadeln gestochen würde. Sie war nur noch ein Häufchen Elend und hatte nur den einen Wunsch, von diesem Zustand erlöst zu werden, um endlich schlafen zu können. Aber um sich entspannen zu können, würde sie unbedingt etwas zum Trinken benötigen. Sie nahm sich vor, am kommenden Tag auf alle Fälle heimlich eine Flasche zu kaufen. Sie schaffte es ganz einfach nicht ohne Alkohol – und damit basta.

Wie konnte sie nur momentan aus diesem Zustand herauskommen? In ihrer Verzweiflung weckte sie Egon und bat ihn, ihr zu helfen. Sie konnte den Schüttelfrost nicht länger ertragen. „So hilf mir doch bitte! Ich drehe sonst noch durch", schrie Andrea verzweifelt. „Bitte, Andrea, schrei nicht so laut, sonst hören die Nachbarn mit", sagte Egon leise. „Das ist mir völlig egal", schrie Andrea weiter. „Schatz, geh unter die Dusche, das entspannt. Danach werde ich dich fest abreiben und du wirst einschlafen", sagte Egon.

In dieser Nacht musste Andrea dreimal unter die Dusche, um sich Erleichterung zu verschaffen. An Schlaf war kaum zu denken. In der Früh war sie unausgeschlafen und grantig. Sie wollte im Bett bleiben und sagte zu Egon: „Geh bitte alleine frühstücken, ich fühle mich wie gerädert und möchte auch nicht, dass mich jemand in meinem jämmerlichen Zustand zu Gesicht bekommt." Das verstand Egon und ging allein.

Egon hatte für Andrea das Frühstück aufs Zimmer bringen lassen. Als er wieder ins Zimmer kam, schlief sie fest, und ihr Frühstück stand unangerührt auf dem Tisch. Egon ließ sie bis zu ihrer Therapiestunde schlafen, dann weckte er sie. Aber sie war immer noch nicht imstande, sich aufzurappeln und aufzustehen. Deshalb sagte sie zu Egon, dass die therapeutische Behandlung für sie nichts brächte und sie damit aufhören wollte. Ich weiß, dass du es gut gemeint hast, aber ich spüre nicht die geringste Besserung und möchte dich bitten, mit mir nach zu Hause fahren. Ich quäle mich nur, ohne dass es mir etwas bringt. Denk nur an die letzte Nacht." Es stimmte Erich sehr traurig, dass sein gutgemeinter Plan nicht aufgegangen war. Also willigte er ein, die Kur abzubrechen.

Kaum, dass sie zu Hause angekommen waren, ging Andrea sofort, während Egon noch mit dem Hereintragen der Koffer beschäftigt war, geradewegs in die Küche an den Schrank, in dem sie die Putzmittel aufbewahrte, holte ihre getarnte Flasche mit Wermut hervor und nahm einige kräftige Schlucke daraus. Danach war sie sogleich ein anderer Mensch. Sie wurde ganz ruhig, und das tat unendlich gut. Dann nahm sie wie üblich eine Kaffeebohne, um den Alkoholgeruch zu übertünchen.

Während Egon noch immer mit dem Ausräumen des Autos beschäftigt war, richtete Andrea inzwischen eine Kleinigkeit zu essen her. Bei Tisch lobte Egon sie, dass sie es trotz des misslungenen Kuraufenthaltes immerhin geschafft hatte, zwei ganze Tage trocken zu bleiben und es gut für sie wäre, mit professioneller Hilfe so weiterzumachen. „Mit anderen Worten meinst du, dass ich in eine Klinik gehen soll. Meine Ansicht über das Thema kennst du, und trotzdem machst du mir schon wieder den Vorschlag. Du machst mich nur wütend“, sagte Andrea. Das Gespräch endete wie immer in einem heftigen Streit, den Andrea demonstrativ mit einem ordentlichen Schluck aus ihrer Flasche krönte.

„Also, du trinkst wieder weiter, wie ich sehe! Aber erwarte jetzt kein Verständnis mehr von meiner Seite! Man kann dich keinen Augenblick alleine lassen, und schon hängst du wieder an der Flasche. Dann kann ich auch ebenso gut wieder auf Kundentour fahren“, schrie Egon angefressen. „Wie du meinst, dann fahr halt“, meinte Andrea.

Egon wusste sich keinen Rat mehr und musste den Zustand seiner Frau so hinnehmen. Er war wieder mehr unterwegs, um nicht zu Hause sein zu müssen. Gregor war ebenfalls seit der Auseinandersetzung mit seiner Mutter selten zu Hause und Andrea war die meiste Zeit alleine und tröstete sich mit ihrem Wermut.

Für Egon war es eine große Herausforderung, machtlos zuzusehen, wie Andrea sich langsam, aber sicher ruinierte. Er brachte es aber nicht übers Herz, sich von ihr zu trennen und sie ihrem Schicksal zu überlassen. So verliefen die Wochen und Monate und plötzlich stand Weihnachten vor der Tür.

Am Heiligen Abend war es Tradition, dass alle drei Kinder zu Hause bei den Eltern feierten und so sollte es, wenn möglich, auch dieses Mal sein. Über den Zustand ihrer Mutter hatte Egon die Kinder aufgeklärt. Sie hatten schon von früher gewusst, dass die Mama gerne ein Glas über den Durst trank. Aber dass ihre Mutter Alkoholikerin war, damit hatten sie nicht gerechnet.

Andrea freute sich schon sehr auf den Besuch ihrer Kinder und gab wie immer ihr Bestes, das Fest möglichst schön zu gestalten. Sie hatte Mohnstrudel und Kekse gebacken und für den Heiligen Abend einen Karpfen gekauft. Es war das traditionelle Essen, das die Familie gerne aß. Außerdem war sie eine gute Köchin, und ihre Kinder freuten sich schon auf Mamas Köstlichkeiten.

Da keines ihrer Kinder verheiratet war, kamen sie ohne Partner, da auch diese den Heiligen Abend im Kreise ihrer Familien verbrachten. Egon war darüber sogar froh, denn es war besser, wenn niemand das Alkoholproblem seiner Frau mitbekam.

Während der Anwesenheit ihrer Kinder hielt Andrea sich mit dem Trinken sehr zurück. Sie schämte sich nämlich vor ihren Kindern. Darum litt sie sehr unter ihrem Besuch, weil sie keine gutgemeinten Ratschläge wollte. Damit sie endlich von ihnen in Ruhe gelassen wurde, versprach sie den Kindern sogar, über eine Entziehungskur nachzudenken. Nachdem sie die Feiertage halbwegs über die Runden gebracht hatten, war Andrea beim Abschied ihrer Kinder sehr traurig, besonders bei den beiden Älteren, die in anderen Orten wohnten. Aber zum Glück blieb ihr Gregor, der doch noch des Öfteren nach Hause kam, weil er in der Nähe wohnte.

Nach den Weihnachtsfeiertagen stand Egon noch der Silvesterabend bevor, vor dem er sich schon fürchtete. Aber er wollte den Abend nicht gerne mit ihr alleine verbringen und rief deshalb bei seinem Bruder an. Egon fragte Franz, ob er und Helene nicht den Jahreswechsel mit Andrea und ihm verbringen könnten. „Ich habe mir gedacht, dass ihr bereit seid, mich zu unterstützen. Ich möchte ja nicht jammern, aber ich fühle mich überfordert. Verstehst du mich, Franz?“, fragte Egon traurig. „Natürlich verstehe ich dich. Wir werden kommen und uns gemeinsam einen schönen Silvesterabend mit einem köstlichen Buffet machen“, meinte Franz.

So ganz ohne Alkohol würde der Abend nicht ablaufen. Schließlich war ja Silvester. Aber Egon wollte versuchen, mit so wenig Alkohol als möglich auszukommen. Natürlich war ihm bewusst,

dass er damit kaum etwas verhindern konnte. Auch wusste Egon
nie genau, was Andrea heimlich untertags konsumierte.

Aber unter solchen Voraussetzungen sollte natürlich keine großartige Stimmung aufkommen. Es lag eine gewisse Spannung in
der Luft und Egon schaltete zur Auflockerung den Fernseher ein.
Zu Silvester wurden meistens lustige Filme gespielt, wie „Din-
ner for one." Diesen Film liebten alle. Nur war dieser Film nicht
unbedingt die ideale Unterhaltung für eine Alkoholikerin. Andrea fühlte sich auch sogleich zum Anstoßen animiert. Sie bat
Egon nach dem faden Bier zum Essen doch endlich ein Glas Wein
einzuschenken. Ohne zu widersprechen, schenkte er gleich für
alle ein Glas Wein zum Anstoßen ein. Wenn sich auch die Stimmung sonst nicht hob, so konnten sie doch wenigstens über die
Gags von Butler James und der schrulligen Miss Sophie lachen.

Gedankenlos leerte Andrea viel zu schnell ihr Glas und bat Egon
sehr lieb: „Schatz, könntest du mir nachschenken?" „Bitte, Andrea, trink nicht zu schnell, der Abend ist noch lang", meinte
Egon. „Soll das heißen, wenn ich noch etwas trinken will, muss
ich wegen jedes Tropfens erst um Erlaubnis bitten?", fragte Andrea bissig. „Nein, natürlich nicht, aber wenn möglich trink etwas
langsamer", sagte Egon. „Also was ist? Schenkst du mir ein oder
nicht?", fragte sie noch einmal nach. „Ja, natürlich schenke ich dir
nach", sagte Egon und missmutig goss er Andrea Wein ins Glas.

Franz und Helene schauten einander an, hielten sich aber aus der
Debatte raus. Was in der angespannten Situation auch besser war.
Keiner sagte mehr ein Wort und es war mucksmäuschenstill im
Raum. Was nun? Egon gab sich Mühe, locker zu bleiben und
fragte Helene und Franz, ob er ihnen ebenfalls noch Wein nachschenken dürfe? Sie verstanden und nickten als Zeichen ihrer Zustimmung. „Na, dann prost", lallte Andrea und erhob ihr Glas
zum Anstoßen. Gemeinsam stießen sie mit einem gezwungenen
Lächeln an. Danach wandten sich alle wieder dem Film zu, der
von der Spannung, die im Raum lag, ablenkte. Leider hatte An-

drea zu schnell getrunken und sie hatte den Punkt erreicht, an dem sie wegen jeder Kleinigkeit ausrastete. Sie war inzwischen betrunken und sprach auch verzögert. Egon begann zu schwitzen. Seine Sorge war nicht unbegründet. Darum überlegte er jedes Wort, das er mit ihr sprach, um sie unter keinen Umständen unnötig zu provozieren.

Im Fernseher spielten sie inzwischen die Fledermaus. Auch in diesem Film wurde gesungen und getrunken, sodass Andrea sich weiterhin animiert fühlte und zu Egon lallte: „Bitte Schatz, schenk mir nach." Egon, aus seinen Gedanken gerissen, erschrak und sagte leichtsinnigerweise: „Schon wieder?" „Was meinst du mit schon wieder? Feiern wir Silvester, den Abschied vom alten Jahr, oder nicht? Also schreib mir nicht schon wieder vor, wie viel ich trinken darf", sagte Andrea lallend. „Ich bitte dich doch nur, nicht so schnell zu trinken, das ist alles", sagte Egon. „Dann eben nicht", schrie Andrea. Ich kann mir auch selber einschenken. Sie wollte nach der Flasche greifen, die Egon ihr aber nicht gab. Leider hatte er die Geduld verloren und sagte mit Nachdruck: „Jetzt reicht es aber, verdammt noch mal! Halte dich gefälligst zurück!" „Ich brauche deine Flasche nicht! Zum Glück habe ich meine eigene", schrie Andrea, stand vom Sessel auf und lief aus dem Zimmer. Egon lief hinter ihr her und sagte in etwas ruhigerem Ton: „Bitte, Andrea, beruhige dich. Er sah, wie Andrea verzweifelt nach etwas im Kleiderschrank des Vorzimmers suchte, aber in ihrer Wut nicht schnell genug fand. Egon versuchte, sie vom Schrank wegzureißen. Aber sie schlug wild um sich, befreite sich aus seinem Griff und rannte in ihrem Zorn ins Schlafzimmer, wo sie eine Kommodenlade herausriss, eine Schatulle mit Schmuck aufs Bett entleerte und in die Hände nahm, was sie in ihrer Hektik erwischte. Damit lief sie ins Badezimmer, öffnete den Klodeckel und warf den Schmuck, den sie in Händen hielt, hinein. Gerade, als sie die Spülung betätigen wollte, spürte sie, wie ihre Hand weggerissen wurde und sie gerade noch am Abdrücken hinderte. Andrea drehte sich um und lief aus dem Bad. Egon rief seinen Bruder um Hilfe, er sollte sie abfangen, während er den Schmuck aus dem Klo fischte. Sogleich vernahm er einen Aufschrei seines Bruders. Egon lief in die Küche und konnte nicht glauben, was er da sah.

Andrea stand dort mit einem großen Küchenmesser in der Hand und fuchtelte vor Franz herum und schrie: „Bleib mir vom Leib oder ich steche zu!" „Andrea, leg das Messer weg!", sagte Egon ruhig. „Komm und hol es dir, wenn du willst", schrie Andrea verzweifelt. „So sei doch vernünftig, Andrea, es bringt doch nichts", sagte Egon beruhigend. „Wie ihr wollt, dann seid ihr mich endlich los!" Andrea schnitt sich quer über den Arm die Pulsader auf, und das Blut spritzte nur so durch die Gegend. „Um Gottes Willen, was machst du nur?", schrie Egon entsetzt. „Franz, ruf schnell die Rettung, ich binde Andrea derweil den Arm ab." Egon zitterte am ganzen Körper. „Wo find ich ein Geschirrtuch? Andrea, sag wo?", schrie Egon vor Aufregung. „Im Schrank oberhalb der Spüle rechts", sagte Andrea kleinlaut. In der Hektik riss Egon einige Tücher aus dem Kasten, der Rest fiel zu Boden, und geschwind drückte Egon mit einem der Tücher das stark blutende Handgelenk ab. Sogleich ließ der Blutstrom nach. Aber das Tuch war sofort blutgetränkt, und Egon band mit viel Druck noch ein zweites darüber. Dann sah er Andrea entsetzt an und fragte: „Warum, Andrea, warum?" „Weil ich mich schon selbst nicht mehr leiden kann und endlich ein Ende machen wollte", sagte sie kleinlaut. Egon nahm sie in die Arme und drückte sie ganz fest an sich. Inzwischen war die Rettung gekommen und Andrea wurde dahin gebracht, wo sie nie hinwollte – in eine Klinik.

Hanni und Berni

Endlich hatte es Hanni auch geschafft, sich in ihren wohlverdienten Ruhestand zu begeben. Ihr Gatte Bernhard, genannt Berni, war schon seit vier Jahren in Pension und zu Hause. Endlich würde er tagsüber nicht mehr alleine sein und freute sich schon auf die Gesellschaft seiner Frau. Das Alleinsein war ein Problem für ihn. Aus lauter Langeweile saß er allzu oft vor dem Fernseher, aß und naschte dabei. Aus diesem Grund hatte er ständig an Gewicht zugenommen und war mit sich selber unzufrieden. Die Hauptursache war ganz einfach, dass er nicht ausgelastet war und zu wenig Bewegung hatte. Die Folgen des Übergewichts waren, dass er starke Schmerzen in der rechten Hüfte bekommen hatte. Nun würde sich alles ändern, wenn seine Frau bei ihm daheim war und er endlich vom Naschen und Fernsehen abgehalten würde.

Sie hatten sich für ihre Pension eine gemeinsame Aufgabe gestellt. Es war ein größeres Projekt, das sie sich vorgenommen hatten, da sie noch in einem Alter waren, in dem sie sich dieser Aufgabe ohne Weiteres gewachsen fühlten. Im Laufe ihres gemeinsamen Arbeitslebens hatten sie sich eine schöne Summe Geld erspart, weil sie eher ein bescheidenes Leben geführt hatten. Sie hatten sich wenig Luxus geleistet, wie kleine Reisen im eigenen Land und immer nur gebrauchte Autos. Es ging nicht darum, dass sie es sich nicht leisten konnten, sondern weil sie keine Freude an diesen Dingen hatten. Das Geld, was ihnen dadurch geblieben war, konnten sie jetzt gut für ihr Projekt gebrauchen. Sie besaßen nämlich ein nicht allzu großes, aber renovierungsbedürftiges, schönes altes Haus mit einem großen Garten, das sie zu sanieren gedachten. Es befand sich ein wenig außerhalb von Wien. In diesem Haus hatten sie früher nur an den Wochenenden, als die Kinder noch klein waren, gewohnt. Während all dieser Jahre wurde an dem Haus immer nur das Notwendigste repariert. Lediglich in den Garten wurde investiert, der ein Paradies war. Er war Hannis große Leidenschaft. Schließlich war sie in einer Gärtnerei aufgewachsen und verstand etwas von Gartengestaltung. In ihrer Pension würde es also für sie keine Rolle spielen, wenn sie außerhalb von Wien wohnen würden. Darum wollten sie ihre Stadtwohnung aufgeben und für immer aufs Land ziehen, sobald das Haus renoviert und hergestellt war. Beide freuten sich schon sehr darauf.

Berni war Elektriker von Beruf und konnte diesen Vorteil gleich nutzen für das Verlegen der Stromleitungen im eigenen Haus. Das würde ihnen einiges an Geld ersparen. Ihr Sohn Peter war Installateur, und er hatte ihnen versprochen, mitzuhelfen, was seine Eltern freute. Sie hatten ihm daraufhin sogar den Vorschlag gemacht, für sich und seine Frau Brigitte die Mansarde als Sommerwohnung auszubauen. „Da muss ich erst mit Brigitte reden, ob sie einverstanden ist", sagte Peter.

Brigitte und seine Mutter verstanden sich nämlich nicht besonders gut. Ob sie dieses Risiko eingehen würde, mit ihr im gleichen Haus zu wohnen, war fraglich. Seine Mutter war eine Superhausfrau, und mit ihr konnte sich nicht so schnell jemand messen. Sie glaubte auch noch, alles besser zu können und kritisierte gern und voreilig. Obendrein hatte sie auch eine sehr undiplomatische Art, dies kundzutun. Also waren Reibereien vorprogrammiert. Durch diese ungute Art der Mutter war auch ihr Freundeskreis sehr begrenzt. Das Verhältnis zu ihrer Tochter Claudia und dem Schwiegersohn Karl war auch nicht viel besser. Aber aus Rücksicht auf die Enkelkinder besuchten sie die Großeltern halt hier und da. Es waren eher Anstandsbesuche. Die Liebe zu den Enkelkindern hielt sich bei Hanni in Grenzen. Den liebevolleren Bezug hatten die Kinder zum Großvater. Claudia war auch eifersüchtig auf ihren jüngeren Bruder. Er war der Liebling der Mutter. Peter war um acht Jahre jünger als sie und wurde ständig bevorzugt, was Claudia sehr wehtat. Nun wurde ihm auch noch das Angebot gemacht, sich die Mansarde auszubauen. Welches Angebot bekam sie?

Hanni war kein allzu gefühlsbetonter Mensch. Sie hatte schon in frühester Jugend viel arbeiten müssen, und von Liebe oder Gefühlen war in ihrer Familie keine Rede gewesen. Was sie nicht bekommen hatte, konnte sie nicht weitergeben. Im Innersten war sie ein herzensguter Mensch, konnte es aber nicht zeigen.

Hanni und Berni waren sich noch nicht ganz einig wegen der Sanierung des Hauses. Sie wollte gerne eine totale Sanierung, was er völlig übertrieben fand, weil es ihr Budget bei Weitem überschreiten würde, trotz ihres Sparguthabens. Sie: „Wenn wir uns schon entschlossen haben, dann bitte keine halben Sachen." Er: „Woher nimmst du das zusätzliche Geld?" „Wir können doch einen Kredit aufnehmen", meinte Hanni. „ Und womit zahlst du ihn zurück? Unsere Pension reicht dafür nicht aus." „Ich gehe halt zwei- bis dreimal in der Woche in der Gärtnerei aushelfen." „Dann bist du ja die meiste Zeit wieder fort." „Während des Umbaus hast du genügend Beschäftigung und wirst mich kaum vermissen", sagte Hanni. „Du hast schon wieder alles beschlossen, ohne mit mir darüber zu reden", sagte er. „Schau, wir brauchen doch eine Aufgabe in der Pension, die uns ausfüllt. So können wir gleich das eine mit dem anderen verbinden, und den Nutzen haben wir auch", meinte sie. „Ich lass mir das Ganze noch einmal durch den Kopf gehen und werde noch eine Nacht darüber schlafen. Bei so viel Geld sollte man nichts überstürzen. Wir wollen uns auf keinen Fall übernehmen", sagte Berni. „Warum bist du immer so ängstlich? Für uns brauchen wir doch nicht mehr viel Geld, und wenn wir die Wohnung dann aufgeben, sparen wir auch noch zusätzlich die Miete." „Du bist mit deinen Gedanken schon sehr weit voraus. Bis wir einziehen können, wird es noch einige Zeit dauern. Du solltest auch damit rechnen, dass einer von uns krank werden könnte. Wie du weißt, habe ich oft Schmerzen in meiner Hüfte", sagte er. „Wie wäre es, wenn du ein wenig abnehmen würdest? Du bist nämlich ganz schön übergewichtig", sagte Hanni. „Was soll der Blödsinn jetzt? Das hat doch nichts mit den Finanzen zu tun. Momentan bin ich doch nicht in der Verfassung, nur mal eben so nebenbei zehn Kilo abzunehmen. Dafür brauche ich schon längere Zeit, und mit der Belastung, die auf uns zukommt, wäre ich mit Sicherheit heillos überfordert ", sagte er. „Ich habe mir unser Projekt nicht als Belastung vorgestellt, sondern als eine Beschäftigung, an der wir in weiterer Folge Freude und Nutzen haben. Wir schaffen uns unser kleines Paradies für unseren Lebensabend. Was ist daran schlecht?" „Nichts ist schlecht daran, ich will nur nicht, dass wir uns übernehmen und dann keinen schönen Lebensabend haben. Aber wenn dir so viel daran liegt, dann werden wir das Ganze in die Tat umsetzen. Hilfe haben wir wahrscheinlich mehr als genug. Peter hat schon mit seinen Freunden gesprochen, ob sie bereit wären, uns zu helfen. Einige von ihnen haben sogar schon zugesagt, dass sie uns an den Wochenenden helfen würden. Aber mach dich bitte darauf gefasst, dass dann auch auf dich einiges zukommen wird. Du musst die vielen Leute mit Essen und Trinken versorgen, und unter der Woche arbeitest du in der Gärtnerei. Das wird sicher kein Honiglecken für dich", sagte er. „Einige Zeit werde ich es schon durchhalten können. Die Zeit wird schnell vergehen und das Ende ist absehbar. Ich freue mich schon jetzt auf diese wunderbare Aufgabe", sagte Hanni.

Sie begannen ihr Projekt gleich mit Frühlingsbeginn in die Tat umzusetzen. Am Anfang verlief alles ganz nach Plan. Sie bekamen den gewünschten Kredit. Bernis Aufgabe war, das Material zu organisieren und die Leute für ihre jeweilige Arbeit einzuteilen. Hanni kümmerte sich ums leibliche Wohl.

Mit den vielen fleißigen Arbeitskräften konnte man die Arbeit förmlich wachsen sehen. Peter hatte als Erstes mit der Verlegung der Heizungsrohre für die Zentralheizung begonnen. Berni verlegte parallel neue elektrische Leitungen. Dies war die größte Schmutzarbeit mit Schutt und Staub. Darum erledigten sie diese Arbeiten auch als Erstes.

Aber schon nach den ersten zwei Wochen der ungewohnt schweren Arbeit stellten sich bei Berni verstärkte Hüftschmerzen ein. Er war keine schweren Arbeiten mehr gewöhnt, und das ungewohnt lange Stehen auf der Leiter belastete ihn sehr. Von diesen Schmerzen geplagt, schlief er des Nachts kaum noch und seine Frau natürlich auch nicht, weil er umhergeisterte. Für Hanni war es eine Tortur, wenn sie nicht ausgeschlafen war und am folgenden Tag arbeiten gehen musste. Wenn sie nachmittags geschafft von der Arbeit heimkam, erwartete Berni sie schon sehnsüchtig, um ihr sein Leid über seine Beschwerden zu klagen. Leider hielt sich ihr Verständnis hierfür in Grenzen, weil sie selber froh war, wenn sie sich hinsetzen konnte. Um Hanni aufzumuntern, brühte Berni ihr einen Kaffee, und sie saßen beieinander, um sich gegenseitig zu trösten. Berni gestand ihr, dass er leider nicht mehr in der Lage war, diese Arbeit durchzuführen, weil die Schmerzen inzwischen unerträglich geworden waren. Er traute sich nicht mehr, alleine auf die Leiter zu steigen, da er das Risiko eines Sturzes nicht eingehen wollte, wenn er unter der Woche alleine auf der Baustelle war. Hanni fand das auch vernünftig und meinte, dass er unbedingt zum Arzt gehen sollte. „Was soll ich beim Arzt? Er hat mir schon beim letzten Besuch eine Operation empfohlen, die ich momentan nicht in Erwägung ziehen will. Ich kann dich doch jetzt nicht mit der ganzen Arbeit alleine lassen. Ich will auf alle Fälle noch einige Zeit durchhalten", sagte er. „Dann müssen wir aber getrennt schlafen, weil ich mit zu wenig Schlaf auch nicht mehr lange durchhalte. Wir können doch nicht schon nach so kurzer Zeit aufgeben", meinte Hanni. „Das Beste wäre, ich bliebe über Nacht im Haus und fahre nur am Abend zum Essen zu dir in die Wohnung. Danach fahre ich wieder retour, und du gibst mir für den folgenden Tag Brote mit", sagte er. „Das würdest du für mich tun, dass finde ich lieb von dir", sagte Hanni. „Ich schlafe halt im Kabinett, das zwar ein wenig vollgerümpelt ist, aber für die kurze Zeit wird es ausreichen. Gleich morgen, wenn du nicht arbeiten musst, fahren wir gemeinsam hinaus, und du kannst mir das Bett im Kabinett überziehen. Duschen kann ich am Abend in der Wohnung, be-

vor ich retour fahre, und du hast deine Nachtruhe, die du unbedingt brauchst", sagte er.

In der kommenden Nacht geisterte Berni wieder mit seinen
Schmerzen umher und beide konnten nicht schlafen. Hanni zog
sich die Decke über den Kopf und weinte leise vor sich hin. Gegen Morgen schlief sie endlich ein. Berni hatte das Schlafzimmer
verlassen und die Tür leise hinter sich geschlossen, damit Hanni ausschlafen konnte. Munter wurde sie erst gegen Mittag. Sie
war unglücklich, weil sie sich für den Tag sehr viel vorgenommen hatte. Nun war der halbe Tag vorüber und noch nichts getan. Das einzig Gute daran war, sie war ausgeschlafen.

Nach einem schnellen Frühstück fuhren sie hektisch los. Auf
dem Weg ins Haus erledigten sie gleich ihre Einkäufe und hatten danach die Absicht, noch ein wenig im Haus weiterzuarbeiten. Berni wollte Hanni überreden, dass sie ihm die Leiter hielt,
damit er oben noch einige Meter der Mauer zum Kabelverlegen
aufstemmen konnte. „Wenn ich bei dir stehe, geht überhaupt
nichts weiter. Der halbe Tag ist eh schon futsch, und jetzt soll ich
dir auch noch die Leiter halten und in die Luft schauen. Ich hätte noch ganz viel Gartenarbeit zu erledigen", sagte sie. „Unten
kann ich auch alleine arbeiten. Aber wenn du nun schon einmal
da bist, habe ich die Möglichkeit, oben weiterzuarbeiten. Weil
ich unsicher auf der Leiter stehe, brauche ich dich, damit du sie
mir hältst. Was willst du zuerst, den Strom im Haus oder einen
schönen Garten? Den kannst du auch später noch bearbeiten,
wenn wir hier drinnen fertig sind", sagte Berni. „Natürlich den
Strom. Aber so komme ich total ins Hintertreffen. In der Wohnung komme ich auch schon zu nichts mehr, und im Garten geht
auch nichts weiter", meinte Hanni. „Du hast dir eben alles nach
Plan vorgestellt und es läuft anders. In der Realität musst du halt
mit Pannen rechnen, und außerdem stehen wir nicht unter Zeitdruck. Unzufrieden stand Hanni neben der Leiter und hielt sie.
Nebenbei machte sie Berni Handreichungen, damit er sich das
Rauf- und Runtersteigen von der Leiter ersparte.

Aber nach kurzer Zeit musste Berni wieder aufgeben. Er hatte unerträgliche Schmerzen in seiner Hüfte. Er war zornig auf sich selbst und sagte: „So kann es nicht weitergehen mit mir. Für den Rest der elektrischen Arbeiten müssen wir wahrscheinlich eine Firma kommen lassen. Ich schaffe es ganz einfach nicht mehr, mit diesen Schmerzen weiterzuarbeiten." „Es wird das Beste sein, wenn du eine Firma damit beauftragst. Unser Budget wird zwar etwas mehr belastet, aber was sein muss, muss sein. Schließlich hat dein Wohlbefinden Vorrang. Wir können ja Peter fragen, ob er einen Elektriker kennt. Dann brauchen wir nämlich keine Firma und es kommt uns bedeutend billiger", sagte Hanni. „Ich versuche halt, noch ein wenig unten zu arbeiten und du nutze halt die Zeit noch für ein wenig Gartenarbeit, bis wir nach Hause fahren. Der Tag ist sowieso schon im Eimer", meinte er.

Am nächsten Wochenende waren wieder alle Helfer zur Stelle. Sie waren schon sehr früh am Samstagmorgen da. Hanni wurde erst am späteren Vormittag von ihrem Mann auf die Baustelle geholt, weil sie das Essen zu Hause vorgekocht hatte. Zwischendurch hatte sie auch noch eine Maschine Wäsche gewaschen und nebenbei ein wenig Hausarbeit verrichtet. Allmählich spürte sie eine gewisse Überforderung, die sie sich aber nicht eingestehen wollte. Momentan war sie schon froh, dass sie ausschlafen konnte, weil Berni nicht zu Hause schlief. Dadurch ging es ihr ein wenig besser.

Die Arbeiter auf der Baustelle wurden von ihr immer sehr gut zu Mittag in einer Gartenlaube bewirtet. Um aufzudecken und das Essen auf den Tisch zu bringen, hatte Hanni einen ziemlich langen Weg zu gehen, weil die Laube vom Haus ein schönes Stück entfernt war. Die gleiche Schlepperei hatte sie beim Abservieren ein zweites Mal, und das spürte sie ganz schön im Rücken, der ihr dann entsprechend wehtat. Aber vor Berni verbarg sie ihre Schmerzen, so gut sie konnte – aus Angst vor Vorwürfen, dass sie sich doch zu viel zugemutet hatte. Sie wollte auf keinen Fall Schwäche zeigen und biss die Zähne zusammen. Schließlich hatte sie es ja so gewollt.

Zum Glück ging der Bau zu ihrer Zufriedenheit voran. Mit dem Rest der Stromverlegung hatten sie doch eine Firma beauftragen müssen. Berni konnte fast nirgends mehr mithelfen. Seine Aufgabe bestand nur noch aus kleinen Handreichungen und der Materialbeschaffung. Er hinkte schon so sehr, dass er ohne Stock nicht mehr gehen konnte. Es war abzusehen, dass dieser Zustand nicht mehr von langer Dauer sein konnte. Und so kam es dann auch.

Berni bekam sogar ziemlich schnell einen Termin für eine Hüftoperation, die aber das ganze Baukonzept völlig veränderte. Mutter und Sohn, von guten Ratschlägen des Vaters versorgt, übernahmen derweil die Bauaufsicht und gaben ihr Bestes. Für Hanni war die Situation echt dramatisch. Sie hatte nämlich keinen Führerschein und ihr fehlte der Chauffeur an allen Ecken und Enden. Zwischen der vielen Arbeit musste sie nun auch noch die Zeit für Spitalbesuche einplanen, zumindest jeden zweiten Tag. Allzu oft konnte sie sich die Taxifahrten nicht leisten, es ging zu sehr ins Geld. Also überwand sie ihren Stolz und bat ihre Tochter, wenn auch ungern, sie zum Vater ins Spital zu fahren. Trotz des schlechten Verhältnisses zur Mutter war Claudia bereit, ihr zu helfen. Sie übernahm auch in weiterer Folge andere anfallende Autofahrten, die sonst der Vater gemacht hatte.

An den Wochenenden half sie der Mutter sogar beim Kochen und fuhr dann das Essen mit ihr auf die Baustelle. Auch Brigitte bot in der Situation, in der sich ihre Schwiegermutter momentan befand, ihre Hilfe an. Hanni war dankbar für jede Hilfe und bemühte sich, mit Tochter und Schwiegertochter so nett wie möglich umzugehen. Brigitte machte sogar den Vorschlag, dass sie sich die Fahrerei mit Claudia teilen könnte, damit diese nicht auch noch überfordert wurde. Aber unter der Woche konnten beide immer erst nach ihrer Arbeit kommen.

Die Operation von Bernis Hüfte war Gott sei Dank gut verlaufen. Endlich war er schmerzfrei und fühlte sich wie neu geboren.

Nach dem Spitalaufenthalt empfahl ihm der Arzt eine Reha. Aber wegen der vielen Arbeit am Haus wollte er auf keinen Fall fort, auch wenn er nichts anderes als gute Ratschläge erteilen konnte. Hanni wollte unbedingt, dass er fuhr, weil er für sie zu Hause nur eine zusätzliche Belastung war, da sie sich vermehrt um ihn kümmern musste. Außerdem hatte er im Spital auch schon einige Kilo abgenommen, und Hanni war der Meinung, dass er in der Reha damit fortsetzen sollte. Arbeiten oder Autofahren durfte er sowieso noch nicht, und vom Herumsitzen würde er nur wieder zunehmen. Darum bat ihn Hanni, auf alle Fälle in die Reha zu gehen. Auch seine Kinder und die Arbeiter redeten auf ihn ein, sich unbedingt zu erholen. Berni gab sich geschlagen, gab ihren Bitten nach und fuhr für drei Wochen in die Reha. Auf Besuche musste er aber weitgehend verzichten, weil die meisten Arbeiten am Wochenende ausgeführt wurden und niemand Zeit für ihn erübrigen konnte.

Peter machte seine Arbeit zur vollen Zufriedenheit seines Vaters, der froh war, dass sein Sohn so zuverlässig war und er sich wegen der Bauarbeiten keine Sorgen machen musste. Wenn alles weiterhin so gut klappte, würden sie sicher noch vor dem Winter fertig werden. Auch Brigitte hatte sich an kleinen Arbeiten beteiligt, was Hanni dankbar zur Kenntnis nahm.

Brigittes Verhältnis zur Schwiegermutter war entspannter als üblich. Brigitte wollte nicht nachtragend sein in der schwierigen Lage, in der sich ihre Schwiegermutter befand. Sie hatte auch noch einmal mit Peter über die Mansarde gesprochen und war zu dem Entschluss gekommen, dass die Idee vielleicht doch nicht so schlecht wäre, wenn sie im Sommer hie und da ein Wochenende im Garten verbringen könnten. Schließlich waren die Wohnungen ja getrennt, und man begegnete sich nicht ständig.

Peter freute sich sehr, dass seine Frau ihre Meinung diesbezüglich geändert hatte. Deshalb wurden auch alle oberen Leitungen gleich mitverlegt, um das Mauerwerk kein zweites Mal aufstemmen zu müssen. Er wollte, dass alle notwendigen Anschlüsse vorhanden waren, bevor sie einzogen.

Hanni konnte Berni nur einmal in der Woche in Hochegg besuchen, wenn sie gerade einen freien Tag hatte. Irgendwer in der Familie nahm sich dann die Zeit, um mit ihr am Nachmittag hinauszufahren. Berni hatte inzwischen große Fortschritte mit dem Gehen gemacht und auch weiterhin abgenommen. Er sah gut aus und fühlte sich sichtlich wohl.

Wenn Hanni Berni besuchte, wollte er von ihr hören, wie es zu Hause mit den Bauarbeiten voranging und wie es um die Finanzen stand. Er hatte ihr die finanzielle Verantwortung während seiner Abwesenheit übergeben und sie mit guten Ratschlägen versorgt, an die sie sich auch hielt. Aber manchmal nützten die besten Ratschläge nichts, weil die Realität eine andere war. Damit Berni sich nicht unnötig aufregte, erzählte sie ihm nicht alles. Die Ausgaben hatten sich nämlich wieder um Etliches erhöht. Sie befanden sich aber noch im grünen Bereich dank der günstigen Arbeitskräfte, die ihnen zur Verfügung standen. Hanni wollte nicht, dass Berni sich Sorgen machte und schlaflose Nächte hatte, solange er in der Reha war. Sie verschwieg ihm auch, dass es ihr durch die ständige körperliche Überbelastung oft selber miserabel ging. Berni war als Hilfe ausgefallen, und so blieb zu viel Arbeit an ihr hängen. Sie spürte ihren Rücken so sehr, dass sie sich manchmal kaum bücken konnte. Wie lange sie die Arbeit in der Gärtnerei noch dreimal wöchentlich durchhalten würde, stand in den Sternen. Dabei hatten sie den Kredit noch auf knappe sechs Jahre zu zahlen. Bis jetzt hatten die Kreditzahlungen auch pünktlich geklappt. Sie durfte auf keinen Fall krankheitshalber ausfallen, weil Berni schon ausgefallen war. Darum griff sie des Öfteren zu schmerzstillenden Mitteln, wenn sie es nicht mehr aushielt. Sie fürchtete sich schon jetzt, im Winter bei der Kälte in der Gärtnerei arbeiten zu müssen. Und es kam ihr schon hie und da der Gedanke, dass sie sich vielleicht doch übernommen hatte. Schnell verwarf sie solche Gedanken wieder und dachte: „Sei nicht so pessimistisch. Denk positiv. Es war dein Wunsch und du schaffst es. Wenn die Bauarbeiten erst einmal beendet sind, hast du automatisch weniger Arbeit, weil die Kocherei ein Ende hat."

Nach drei Wochen kam Berni endlich wieder nach Hause. Er hatte weiter abgenommen, schaute entsprechend gut aus und fühlte sich wohl. Er hatte auch den guten Vorsatz, mit der Diät fortzusetzen, damit er sein Gewicht halten oder gar verringern konnte. Darum bat er Hanni, beim Kochen auf seine Ernährung zu achten. Wieder eine zusätzliche Aufgabe für sie.

Bis zum Herbst waren die Bauarbeiten am Haus abgeschlossen. Alles war nach Hannis Vorstellungen gelaufen, und sie war mit dem Ergebnis sehr zufrieden. Zu ihrem Traum gehörte auch eine außergewöhnlich schöne Küche, die sie sich schon immer gewünscht, aber preismäßig nicht ganz ihren Verhältnissen entsprochen hatte. Berni hatte es leider nicht geschafft, ihr diese auszureden. Hanni hatte gemeint, schließlich arbeite sie ja in der Gärtnerei für die Kreditzahlungen, und so zahle sie sich die Küche faktisch selbst. Es war immer ihr Wunsch gewesen, eine schneeweiße Küche in Messing gerahmt zu besitzen. Diesen Traum wollte sie sich nun endlich erfüllen. In ihrem Programm war auch ein Whirlpool eingeplant, statt einer Badewanne, die eh überflüssig war, weil sie nur duschten. Hanni hatte diesen Whirlpool bei einer Freundin gesehen und auch benutzen dürfen und war davon so begeistert gewesen, dass sie diesen unbedingt auch haben wollte. Sie hatte Berni vorgeschwärmt, wie entspannend die Wassermassage auf den ganzen Körper und die Gelenke wirkte. Genau das würden sie beide in ihrem Alter jetzt brauchen. Also ließ Berni sich von seiner Frau wieder einmal gegen seinen Willen überzeugen. Die Kosten für diesen Luxus musste sie noch teuer bezahlen, aber das wusste sie zu diesem Zeitpunkt noch nicht. Sie konnte es kaum erwarten, endlich in ihrem neuen Haus zu wohnen.

Berni war inzwischen schmerzfrei und konnte wieder gut gehen, aber voll belastbar war er nicht mehr. Auf eine Leiter würde er sicher nie mehr steigen können. Mit dem Auto durfte er inzwischen wieder fahren, und Hanni war froh, dass sie ihren Chauffeur wiederhatte und unabhängig war.

Hie und da kam ihr schon der Gedanke, wie es in Zukunft mit der Abhängigkeit sein würde. Sie hatte ja keinen Führerschein, und wenn Berni ausfiel, wohnten sie doch sehr abgeschieden von den nächsten Geschäften. Es gab zwar eine Busverbindung, aber es ging ja auch um die Schlepperei des Einkaufs. „Du machst dir schon wieder unnötige Gedanken über Dinge, die nicht aktuell sind. Was soll das?", fragte sie sich.

Leider war Berni durch Hannis Arbeit in der Gärtnerei wieder zu oft alleine, und seine alten Gewohnheiten schlichen sich langsam wieder ein. Ihr Haus war zwar fertig, aber einziehen konnten sie erst, wenn die Innenarbeiten abgeschlossen waren. Darum mussten sie noch bis zum kommenden Jahr in ihrer Wohnung bleiben. Berni hatte wieder keine wirklichen Aufgaben, die ihn forderten. Die Einkäufe, die er mit dem Auto tätigte, waren in kurzer Zeit erledigt und was war danach? Langeweile, die er wieder mit Fernsehen und Naschen ausfüllte. Was dabei herauskam, war leicht abzusehen. Innerhalb eines halben Jahres hatte er sein altes Gewicht fast wieder erreicht. Hanni meckerte zwar ständig mit ihm, aber damit ging sie ihm nur auf die Nerven. In der Wohnung gab es keine wirklichen Aufgaben für ihn, und darum versuchte Hanni ihn zu kleinen Tätigkeiten zu überreden. Sie bat ihn, Bilder von den Wänden abzunehmen, Bücher in Kartons zu packen und Geschirr einzuwickeln. Bis zum Umzug konnte er sicher schon eine Menge einpacken, was ihnen später zugutekommen würde.

Der endgültige Umzug würde noch einige Zeit dauern – sicher bis zum Frühjahr. Darum mussten sie den Winter in ihrer Wohnung durchhalten. Aber wenn es das Wetter erlaubte, fuhren sie regelmäßig an den Wochenenden gemeinsam ins Haus und nahmen jedes Mal die schon eingepackten Sachen mit. Das war zumindest zeitweise eine Aufgabe für Berni, die ihn vom Fernsehen abhielt. Aber durch sein wiedererlangtes Übergewicht und die Bewegungsarmut begann seine zweite Hüfte nun auch zu schmerzen. Hanni ahnte schon, was das bedeutete. Die Folgen waren absehbar, und sie mussten das Ganze ein zweites Mal durchstehen. Da sie selber nicht mehr beschwerdefrei war, würde ihr die nochmalige Belastung bei Weitem schwerer fallen als beim ersten Mal. Auch bei ihr hatten sich neue Beschwerden bemerkbar gemacht. Ihre Hände schliefen oft ein, und ihr Rücken schmerzte ständig. Im Winter arbeitete Hanni zwar nicht mehr im Freien, sondern im Glashaus, was aber genauso anstrengend war.

Nachts wurde sie immer öfter wegen der eingeschlafenen Hände wach, die sie dann der besseren Durchblutung wegen schüttelte. Danach konnte sie aber meistens nicht mehr einschlafen. Das waren schon die ersten Folgen der ständigen Überarbeitung, die sie sich selber eingebrockt hatte, und zusätzlich hatte sie noch den Haushalt zu versorgen. Gott sei Dank brauchte sie an den Wochenenden nicht mehr für die Arbeiter zu kochen. Aber sie hatte es ja so gewollt. Berni hatte mehr als genug Zeit, um sie zu entlasten, wenn er nur gewollt hätte. Er hätte sich ein wenig mehr im Haushalt betätigen können, um einen Beitrag zu leisten. Es grenzte schon an ein Wunder, wenn er sich einmal zum Staubsaugen überreden ließ. Sogar diese kleine Aufgabe war ihm lästig, weil er diese Arbeiten als unmännlich empfand. Sicher hatte es auch mit seinen Hüftschmerzen zu tun. Aber darüber brauchte er sich nicht zu wundern, weil er in keiner Weise zu einer Änderung beitrug und lieber den bequemeren Weg mit schweren Folgen ging.

Als endlich der Frühling ins Land zog, bereiteten sie sich auf den großen Tag des Umzugs vor. Peter war wieder zur Stelle, um seinen Eltern behilflich zu sein und organisierte seine Freunde, die schon bei den Bauarbeiten mitgeholfen hatten. Außerdem wurde ein Lastwagen benötigt, den Peter ebenfalls bei einer Firma tageweise mieten konnte. Bevor sie endgültig umzogen, stand aber erst noch der große Hausputz bevor. Claudia und Brigitte boten sich hierfür als Hilfe bei Hanni an, die sie dankend annahm.

Ihre alte Wohnung wollten Berni und Hanni ihrem ältesten Enkel überlassen, der mit einem Studium begonnen hatte und sich über die Wohnung freute. Mit Nachhilfestunden und der finanziellen Unterstützung seiner Eltern konnte er sich die Wohnung gerade leisten. Es war eine Genossenschaftswohnung, und Claudia empfand sie als eine Art Entschädigung für die Mansarde, die Peter im Haus bekommen hatte.

Den Umzug bewältigten sie an einem Wochenende. Die großen und schweren Möbel wurden gleich an den vorgesehenen Platz gestellt, damit Hanni und Berni mit ihnen nichts mehr zu tun hatten. Für die kleineren Dinge wie Bilder aufhängen, Bücher in Regale stellen und Geschirr und Wäsche in die Schränke räumen, hatten sie in weiterer Folge genügend Zeit zur Verfügung. Mit Arbeit waren sie für längere Zeit ausreichend versorgt. Peter kam weiterhin fast jedes Wochenende zu ihnen ins Haus, um einen Raum für Brigitte und sich in der Mansarde herzurichten.

Nun war es an der Zeit, Einstand zu feiern. Hanni hatte die Absicht, sobald sie etwas Luft hatte, mit den Leuten, die ihnen so fleißig geholfen hatten, zu feiern. Sie wartete nur noch darauf, bis das Wetter ein wenig wärmer wurde, um im Garten feiern zu können. Sie konnte auch gleichzeitig ein paar Gäste mehr einladen, weil sie im Freien genügend Platz dafür hatte. Bis zur Feier wollte sie es möglichst geschafft haben, mit dem Einrichten der Zimmer fertig zu sein. Schließlich hatte sie die Absicht, ihr schönes neues Heim herzuzeigen und bewundern zu lassen.

Weil Berni wegen seiner Hüftschmerzen nachts nicht schlafen konnte und am folgenden Morgen grantig war, schliefen sie in getrennten Zimmern. Darum machte es keinen Sinn, ein gemeinsames Schlafzimmer einzurichten. Berni blieb im Kabinett, damit Hanni ihre Nachtruhe hatte und ausschlafen konnte. Sein

Zustand verschlechterte sich rapid, bis die Schmerzen nicht mehr erträglich waren und er sich sehr schnell für eine weitere Operation entschloss. Wegen der Schmerzen hatte er ständig schlechte Laune und war ziemlich unleidlich, sodass Hanni oft sogar froh war, wenn sie in die Gärtnerei gehen konnte.

Gott sei Dank hatte er sich schnell für eine Operation entschlossen. Sie mussten jetzt nur noch auf einen Spitaltermin warten. Hanni hoffte sehr, dass er erst nach ihrer Feier zustande kam, damit sie sich nach der Operation ausschließlich um Berni kümmern konnte. Das Ärgste hatten sie Gott sei Dank hinter sich. Jetzt kam endlich die Zeit, in der sie ihr selbst geschaffenes Paradies genießen konnten. Schon allein der Gedanke an ihren herrlichen Garten ließ ihr Herz höher schlagen. Das Glück war Hanni hold. Berni musste noch mehr als zwei Monate auf seinen Operationstermin warten und bis dahin hatten sie ihre Einweihungsfeier längst hinter sich.

An einem Wochenende mit prächtigem Sonnenschein fand die Einweihungsparty statt. Hanni hatte sich mächtig ins Zeug gelegt, um ihre Koch- und Backkünste zu präsentieren. Der Erfolg blieb nicht aus. Sie wurde mit Komplimenten überhäuft, nicht nur wegen des Essens, sondern auch wegen des Hauses und des prachtvollen Gartens. Sie war voll in ihrem Element, war überglücklich und freute sich, dass es ihren Gästen schmeckte und alle zufrieden waren. Claudia und Brigitte halfen fleißig mit beim Servieren und Abräumen.

Als Claudia gerade ein volles Tablett mit schmutzigem Geschirr in die Küche stellen wollte, sah sie zu ihrer Überraschung, wie ihre Mutter in zwei Schüsseln das Geschirr mit der Hand abwusch. Sie musste zweimal hinsehen, um zu glauben, was sie da sah und sagte: „Maaama, ich glaub es nicht, was ich da sehe! Du hast einen Geschirrspüler in deiner Nobelküche und wäschst das Geschirr mit der Hand ab? Wozu hast du denn die teure Küche gebraucht, wenn du sie nicht benutzt?" „Für die eine

Feier zahlt es sich doch nicht aus, den Geschirrspüler schmutzig zu machen. Danach sind wir wieder zu zweit, dann wasche ich die paar Sachen sowieso mit der Hand ab." „Dafür rackerst du dich ab, dass du dir Sachen anschaffst, die du dann überhaupt nicht benutzt? Das kostet dich doch unnötige Energie, Lebenskraft und deine Gesundheit", meinte Claudia. „Das verstehst du nicht. Andere kaufen sich teuren Schmuck oder große Autos und ich mir halt diese Küche." „Deinen Wunsch versteh ich schon, aber nicht auf Kosten deiner Gesundheit, sondern zu deiner Erleichterung. Du bist doch ständig überarbeitet. Benutze alles, solange du es kannst. Die Dinge sollen für dich da sein und nicht umgekehrt. Die Operation von Papa ist auch bald fällig, und da kommt wieder einiges auf dich zu. Also benutze und genieße die schönen Dinge, die du dir angeschafft hast. Aber stelle sie nicht nur zur Schau." „Ich werde darüber nachdenken. Bitte erzähle niemandem, was du gesehen hast, es wäre mir peinlich."

Einige Wochen nach der Einweihungsfeier begab sich Berni wieder ins Spital. Er war guter Dinge und dachte nur noch daran, von den Schmerzen befreit zu werden, wie beim vorigen Mal. Auch hatte Berni sich für die Zukunft vorgenommen, besser auf sein Gewicht zu achten. Bewegung konnte er sich im Haus oder Garten genug verschaffen, wenn er genesen war. Mit diesen guten Vorsätzen wollte er in die Zukunft schauen und bereitete sich auf die Operation vor.

Die Operation verlief wie beim ersten Mal gut. Trotzdem hatte Berni ein ungutes Gefühl. Er wusste aber nicht warum. Über sein Gefühl sprach er mit Hanni, die meinte: „Das bildest du dir wahrscheinlich ein." Natürlich wollte sie ihn beruhigen. „Ich hoffe, dass du recht hast", meinte er. Berni kam anschließend wieder in eine Reha, um gut gehen zu lernen.

Als Hanni und Peter ihn zum ersten Mal in der Reha besuchten, empfing er sie recht niedergeschlagen. Peter hatte seine Mutter mit dem Auto gebracht und wollte auch wissen, wie es seinem Vater ging. Aber sein Anblick ließ nichts Gutes ahnen, und Hanni fragte: „Warum machst du einen so niedergeschlagenen Eindruck, mein Schatz? Ist was passiert? Stimmt etwas nicht? Sag schon, Berni, wir wollen es wissen.“

„Mein Gefühl hatte mich nicht getäuscht. Ich weiß nicht, wie ich es euch erklären soll. Schon bei den ersten Gehversuchen hatte ich das Gefühl, dass etwas nicht stimmte. Daraufhin habe ich mit dem Arzt gesprochen, aber dieser meinte ebenfalls, dass ich es mir nur einbilde. Leider war es keine Einbildung. Ein Therapeut fand die Ursache heraus: Ihm war aufgefallen, dass das eine Bein kürzer als das andere ist. Stellt euch das mal vor! Nun benötige ich orthopädische Schuhe, die den Fehler ausgleichen sollen. Ich bin echt sauer.“ „Vielleicht klappt es ja mit den Schuhen, und es ist alles halb so schlimm. Probiere es erst einmal“, meinte Hanni. „Ich sehe, du verstehst das Ganze nicht. Wenn das eine Bein kürzer ist als das andere, bin ich automatisch schief. Das geht auf die Wirbelsäule und ich habe ein neues Problem.“ „Papa, versuch es doch erst einmal mit den Schuhen. Möglich, dass es so gut ausgeglichen wird und du keine Folgeschäden hast“, sagte Peter. „Dann müsste ich die Schuhe ständig tragen, auch in der Wohnung. Ansonsten würde es nichts bringen. Also bin ich von diesen Schuhen total abhängig und muss mich wohl oder übel damit abfinden“, sagte sein Vater. „Sei kein Pessimist, Berni, es wird schon wieder. Komm erst einmal nach Hause, und alles schaut gleich ganz anders aus“, sagte Hanni.

Leider war es nicht so. Auch zu Hause änderte sich für Berni nicht viel. Ohne Krücke war er unsicher, weil es ihm schwerfiel, die Balance zu halten. Er grübelte ständig, war missmutig und steigerte sich in eine Opferrolle hinein, dass Hanni es kaum noch mit ansehen konnte. Alle Versuche, ihn auf andere Gedanken zu bringen, misslangen. Hanni bat ihn, ein wenig nach draußen zu gehen und nicht ständig in der Wohnung zu hocken, auch wenn es nur bis in den Garten war.

Früher hatte er sich zumindest in seiner Werkstatt mit Basteleien beschäftigt. Aber leider befand sich die Werkstatt im Keller, und er wagte sich nicht mit seiner Krücke über die Stiegen hinunterzugehen. Diese Beschäftigung hatte ihn zumindest zeitweise vom Fernsehen abgehalten. Er vermied es, wenn möglich, Stiegen zu steigen und bewegte sich nur auf einer Ebene.

Die Spezialschuhe glichen den Kunstfehler leider nicht vollständig aus. Sie brachten aber schon eine Verbesserung. Über die neue Behinderung war Berni sehr unglücklich und litt darunter. Durch seine Unzufriedenheit wurde er unbeherrscht, immer öfter streitsüchtig und machte sich sein Leben schwer. Berni erwartete auch von Hanni viel Rücksichtnahme. Wenn möglich, ließ er sich von ihr bedienen, was sie meistens geduldig tat. Aber wenn sie selber überfordert war, platzte ihr hier und da der Kragen. Es kam vor, dass sie ihn anschrie: „Ich kann doch nichts dafür, dass es dir nicht gut geht. Glaubst du, es macht mir Spaß, wenn du leidest? Bemüh dich halt auch ein wenig und versuche, das Beste daraus zu machen!" „Siehst du denn nicht, wie ich langsam, aber sicher schief werde? Ich bin völlig machtlos dagegen. Das Fatale dabei ist, dass ich nichts mehr daran ändern kann", sagte er. „Aber das Leben geht doch weiter. Lass halt nicht zu viel Langeweile aufkommen, dann hast du weniger Zeit zum Nachdenken, um unglücklich zu sein. Fang an, dich mit irgendetwas zu beschäftigen, und schau nicht nur fern. Vom vielen Sitzen verkümmern nur deine Muskeln. Außerdem haben wir einen schönen Spätsommer. Du könntest noch leichte Gartenarbeiten verrichten, anstelle dich in eine Depression zu flüchten", sagte Hanni. „Das weiß ich doch selber, aber wie du weißt, traue ich mich nicht in meine Werkstatt hinunter, noch dazu, wenn ich allein im Haus bin und mir niemand zu Hilfe kommen kann, wenn mit mir etwas sein sollte. Du bist ja selten zu Hause, wie du weißt", erinnerte er sie.

Hanni war nicht entgangen, dass Bernis Depression durch sein kürzeres Bein verursacht wurde. Das Essen schmeckte ihm auch nicht mehr so wie früher, und er hatte stark an Gewicht verloren. Er tat ihr zwar sehr leid, aber er musste selber mithelfen, um sich aus seiner Depression zu befreien. Da Hanni selber gestresst war, verlor sie schnell die Nerven, wenn Berni ihr sein Leid klagte, was ihr nachher sehr leidtat. Darum überlegte sie, ob sie nicht einen Tag weniger in der Woche arbeiten gehen sollte, damit sie mehr Zeit für ihn hatte. Aber vier Tage weniger im Monat bedeuteten weniger Geld, das ihnen dann fehlen würde. Sie müssten halt irgendwo einsparen. Beim Auto? Auf keinen Fall. Autofahren konnte Berni wieder, und sie brauchten es auch für ihre Einkäufe.

Am nächsten Morgen sprach Hanni mit Berni beim Frühstück über dieses Thema: „Wie wäre es, wenn ich mir eine Heimarbeit zulegen würde?" „Woran denkst du da?", fragte Berni. „Lass uns gemeinsam nachdenken, uns wird sicher etwas einfallen. In der letzten Nacht, als ich nicht schlafen konnte, habe ich mir schon einiges durch den Kopf gehen lassen. Aber etwas Wirkliches ist mir nicht eingefallen. Die einzige Idee, die ich hatte, war Bügelarbeit", meinte Hanni. „Wenn das machbar wäre, würde ich mich freuen", sagte Berni. „Ich würde dann nur noch einen Tag in der Woche in der Gärtnerei arbeiten und mein restliches Geld mit Heimarbeit verdienen. Und du wärst seltener alleine", sagte sie. „Aber wo findest du diese Arbeit?", fragte er. „Ich werde mich erkundigen. Außerdem kenne ich noch einige Nobelhaushalte von früher, die wir oft aus der Gärtnerei mit Blumen beliefert haben. Bei ihnen könnte ich nachfragen."

Zu diesen Leuten nahm Hanni Kontakt auf und unterbreitete ihnen ihren Vorschlag. Bei zwei dieser Familien hatte sie das Glück, für sie arbeiten zu dürfen. Voll Freude berichtete sie Berni von ihrem Erfolg. Möglich, dass sie die Arbeit in der Gärtnerei mit der Zeit ganz aufgeben konnte, wenn sie mit der Heimarbeit genügend Geld für die Raten verdienen würde. Einen Nachteil hatte das Ganze schon: Die Bezahlung war geringfügiger als in der Gärtnerei. Der Vorteil war, dass sie sich die Arbeit einteilen konnte, wie sie wollte, und zu Hause war. Um auf dasselbe Gehalt zu kommen, was sie bis jetzt in der Gärtnerei verdiente, musste sie schon sehr viel bügeln. Aber wenn sie sich die Arbeit gut einteilte, würde sie es sicher schaffen, dachte Hanni.

Um sich die Arbeit zu erleichtern, schaffte sie sich zusätzlich eine Bügelmaschine für die Tisch- und Bettwäsche an, und Berni war glücklich, dass seine Frau nur noch einen Tag in der Woche außer Haus war. Berni bekam auch eine Aufgabe: Er funktionierte als Chauffeur. Für das Holen und Bringen der Wäsche war er zuständig.

Leider hatte Hanni das viele Bügeln trotz der Maschine völlig unterschätzt. Bei den Mengen, die sie zu bügeln hatte, machte ihr das lange Stehen in den Beinen schwer zu schaffen. Auch ihre Rückenschmerzen verstärkten sich, und die rechte Schulter schmerzte vom vielen Heben des Bügeleisens. Wenn sie es nicht mehr aushielt, nahm sie zwischendurch Schmerzmittel.

Durch ihre körperlichen Beschwerden waren beide ständig gereizt und gingen dementsprechend miteinander um. Jetzt war die Situation nämlich umgekehrt. Weil sie den ganzen Tag ständig beieinander waren, stritten sie andauernd und ödeten sich gegenseitig an. Ihr Tagesablauf war eintönig, und sie waren unglücklich und unzufrieden. Zu viel Nähe war eben auf die Dauer auch nicht das Wahre, und sie nervten sich gegenseitig. Sie waren auch ziemlich isoliert in ihrem Paradies und bekamen nur selten Besuch. Lediglich Peter kam regelmäßig einmal in der Woche – natürlich ohne Brigitte. Hanni hatte es nämlich wieder geschafft, ihre Schwiegertochter zu vertreiben. An einem Wochenende, als sie im Haus übernachtet hatten, hatte Brigitte es gewagt, ohne zu fragen in der Früh in den Whirlpool zu steigen. Hanni hatte sie daraufhin zurechtgewiesen, dass sie das nicht dürfe – und schon gar nicht ohne Erlaubnis. „Ich hoffe nur, dass du die Wanne auch wieder ordentlich geputzt hast“, hatte sie zu Brigitte gesagt. Darauf war Brigitte explodiert: „Woher sollte ich ahnen, dass deine Geräte nur zum Anschauen und nicht zum Benutzen da sind. Steck dir deinen Whirlpool sonst wohin! Ich habe endgültig genug von dir! Mich siehst du nicht wieder!" Seitdem kam Peter wieder alleine zu seinen Eltern.

Schon öfter hatte Hanni sich über Brigittes Worte Gedanken gemacht und wusste sehr wohl, dass sie nicht ganz unrecht hatte. Mit ihrem übertriebenen Reinlichkeitsfimmel und Perfektionismus war sie nicht ganz unschuldig an ihrer Einsamkeit. Danach hatte es ihr auch leidgetan, dass sie so überreagiert hatte. Übrigens hatte sie ihren Whirlpool noch kein einziges Mal selber benutzt. Dabei hatte sie ihn doch für ihre strapazierten Glieder gekauft. Berni traute sich seit seiner Hüftoperation sowieso in keine Wanne mehr. Er hatte keinen festen Stand und deshalb Angst vor dem Ausrutschen. Den Geschirrspüler benutzte Hanni nach wie vor nicht, weil es sich für zwei Personen nicht auszahlte, ihn überhaupt einzuschalten. Darum stellte sie sich auch zum ersten Mal die Frage: „Wozu hast du dir die Dinge eigentlich angeschafft, wenn du sie eh nicht benutzt? Du opferst deine Gesundheit und kostbare Lebenszeit wirklich nur für Dinge, die du nicht brauchst. Brigitte hatte schon recht mit dem, was sie gesagt hat. Auch mit dem Bügeln hatte sie es sich einfacher vorgestellt. Um auf das Geld zu kommen, das sie benötigte, bügelte sie oft bis spät in die Nacht hinein. Auf Dauer gesehen war es eine beinharte Knochenarbeit. Es war nicht nur das Bügeln allein, sondern auch das Zusammenlegen und Heben der schweren Wäschestücke, das ihr zu schaffen machte. Hanni hatte diese Arbeit völlig unterschätzt. Sicher lag es auch daran, dass sie älter geworden und nicht mehr im Vollbesitz ihrer früheren Kräfte war. Von Berni konnte sie sich keine Hilfe erwarten, außer dass er sie fuhr. Er war in keiner Weise belastbar. Auch seine Vorhersage mit dem kürzeren Bein hatte sich bestätigt, und er hatte inzwischen eine ziemlich schiefe Haltung angenommen. Seine Haltung hatte schon mehr Ähnlichkeit mit einer alten Hexe, und so fühlte er sich auch.

Hanni musste sich eingestehen, dass sie inzwischen gewisse Zukunftsängste hatte. Wenn sie ehrlich zu sich war, wurde ihr bewusst, dass sie so nicht mehr lange durchhalten würde. Auch der Frühling stand wieder vor der Tür, und die viele Gartenarbeit kam zusätzlich auf sie zu. Wie sollte sie das alles bewältigen? Inzwischen war ihr Paradies zu einer übergroßen Belastung geworden. Sie hatte sich ganz einfach übernommen und redete deshalb mit Berni über ihre Situation. „Ich muss gestehen, dass mir zu meinem Leidwesen langsam alles über den Kopf wächst. Es war ein Fehler von mir, uns das zuzumuten. Leider kann ich nichts mehr rückgängig machen, und wir müssen an unsere Zukunft denken. Alles zu verkaufen, täte mir natürlich auch leid. Und wohin sollten wir dann ziehen? Ich könnte versuchen, die Rückzahlungsraten zu verringern. Aber dann würde sich die Laufzeit verlängern, und meine körperliche Verfassung würde sich dadurch nicht bessern. Ob es auf die Dauer etwas bringen würde, weiß ich nicht." „Genau das war es, was ich meinte, dass wir uns nicht übernehmen sollten, damit wir nicht vor die Wahl gestellt werden würden, alles zu verkaufen", meinte Berni. „Genügend Geld für eine kleine Wohnung würde uns beim Verkauf auf alle Fälle bleiben", sagte Hanni. „Aber es täte mir sehr leid für dich, wo du doch so viel Arbeitskraft und Energie in dein Paradies investiert hast und dann den Rest deines Lebens in einer kleinen Wohnung mit mir verbringen müsstest. Auf engem Raum würden wir uns nur streiten. Darum müssen wir einen Weg finden, wie wir unser Haus und den Garten behalten können. Außerdem brauchst du deinen Garten, und auf größerem Raum kommen wir auch besser miteinander aus", meinte er. „Ich bin dir sehr dankbar, dass du so denkst und mir keine Vorwürfe machst." „Was würde es schon bringen? Durch meine Behinderung bin ich für dich sowieso nur eine Belastung. Für eine Person alleine war die Arbeit ganz einfach zu viel. Dadurch, dass ich ausgefallen bin, ist an dir zu viel hängen geblieben. Um aus der Misere herauszukommen, werden wir nun Abstriche machen müssen." „Woran hast du dabei gedacht?" „Mein erster Gedanke war, auf das Auto zu verzichten. Aber das brauchen wir für den Wäschetransport. Auf unser Auto sind wir doch total angewiesen. Wir sind hier von allem abgeschnitten und könnten weder einkaufen

noch sonst irgendwo hinfahren! Ein anderer Gedanke von mir
wäre, dass wir Peter fragen, ob er bereit wäre, einen Beitrag zu
leisten, wenn wir einen Anteil des Hauses auf ihn überschreiben
lassen. Zum Beispiel in Höhe der monatlichen Kreditraten um
ganz zu Hause bleiben zu können. Was meinst du dazu?", fragte
Hanni. „Das wäre eine Möglichkeit, aber du weißt nicht, ob Brigitte einverstanden ist, mit der du ja auf Kriegsfuß stehst", sagte
Berni. „Ich weiß, aber vielleicht kann ich mich bei ihr entschuldigen und sie verzeiht mir", gab Hanni ihrer Hoffnung Ausdruck.
„Es ist einen Versuch wert", meinte Berni. „Gut, dann starten
wir diesen Versuch", antwortete sie erleichtert.

Julia und Bayram

Julia war mit ihren sechzig Jahren noch eine sehr attraktive Frau. Sie war erst seit zwei Monaten in Pension und hatte ihr großes Glück – einen über dreißig Jahre jüngeren Mann – bei ihrer Abschiedsfeier in der Firma kennengelernt. Sie war bis zu diesem Tag Bilanzbuchhalterin in einem großen Unternehmen, und dementsprechend großartig war auch ihre Verabschiedung für treue Dienste. Bei dieser Feier begegnete ihr der junge Mann, den sie vom Sehen aus der Betriebskantine kannte. Er war in der Küche der Kantine beschäftigt und half bei ihrer Abschiedsparty am Buffet aus und kümmerte sich um die Wünsche und das Wohlergehen der Gäste. Den ersten persönlichen Kontakt hatte Julia mit ihm am Buffet, als er ziemlich direkt mit ihr flirtete, um auf sich aufmerksam zu machen. Der fesche junge Mann gefiel Julia und sie lächelte über seine kleinen Späße, die er machte, um sie zum Lachen zu bringen. „So ein netter Kerl. Schade, dass ich schon so alt bin, ansonsten könnte er mir noch gefährlich werden", dachte Julia bei sich.

Mit Beharrlichkeit, Charme und Ausdauer hatte es Bayram, so hieß der junge Mann, bis in Julias Schlafzimmer geschafft. Er wohnte schon bald ständig bei ihr, zum großen Verdruss ihrer einzigen Tochter Valerie. Diese machte ihrer Mutter ständig Vorwürfe, dass sie sich diesen fremden jungen Mann in ihr Haus genommen hatte und meinte: „Schließlich ist es doch wohl ganz offensichtlich, dass er es auf dein Geld abgesehen hat. In deiner blinden Verliebtheit merkst du es nicht einmal." „Könnte es sein, dass du dir mehr Sorgen um mein Geld machst als um mein Wohlbefinden? Es wird genug Geld für dich bleiben. Ich genieße meine Verliebtheit voll und ganz. Bayram trägt mich förmlich auf Händen, und welcher Frau tut das in meinem Alter nicht gut? Es hat nichts mit dem Alter zu tun, geliebt zu werden", sagte Julia. „Ich gönne dir diese Liebe doch. Aber deshalb muss er doch nicht gleich bei dir wohnen. Was soll dein Enkelkind dazu sagen, wenn plötzlich ein fremder junger Mann bei seiner Oma wohnt?", sagte Valerie. „Dem Sascha (so hieß ihr Enkel,) wird es sicher egal sein, ob seine Oma einen Freund hat oder nicht. Zwischen Sascha und mir ändert sich deswegen nichts", meinte Julia. „Das glaube ich kaum, sooft, wie du mit deinem neuen Freund unterwegs bist, ist deine Zeit für Sascha ziemlich eingeschränkt", sagte Valerie. „Wir sind doch meistens nur an den Wochenenden unterwegs, tagsüber geht Bayram seiner Arbeit nach. Also habe ich untertags genügend Zeit für Sascha. Außerdem bin ich niemandem Rechenschaft schuldig", sagte Julia. „Das erwartet auch niemand von dir. Aber einem fremden Mann, den du erst so kurz kennst, schenkst du ganz einfach zu viel Vertrauen. Und ich werde mir wohl noch Sorgen um meine Mutter machen dürfen. Er fährt, nur zum Beispiel, ständig mit deinem neuen Auto. Warum fährt er nicht in seinem eigenen Wagen, wenn er keine Ambitionen hat? Ich wünsche mir nur, dass du eines Tages nicht draufzahlst", sagte Valerie.

In weiterer Folge machte sich Julia schon Gedanken über Valeries Worte. Aber sie wusste genau, dass da auch ein wenig Eifersucht mit im Spiel war. Schließlich waren Valerie und Sascha bis jetzt alleine der Mittelpunkt in ihrem Leben. Plötzlich hatten sie einen Konkurrenten, was Valerie wahrscheinlich missfiel. Für ihren Enkel hatte Julia trotzdem immer noch genügend Zeit. Wenn Bayram tagsüber arbeitete, holte sie Sascha nach wie vor einige Male in der Woche von der Schule ab. Dabei war Sascha natürlich nicht entgangen, dass seine Oma ihn nicht mehr mit ihrem großen, schönen Auto abholte, sondern mit einem alten, kleinen Wagen, was er seiner Mutter natürlich sofort weitererzählt hatte. Daher Valeries Vorwurf wegen des Autos.

Immer, wenn Julia ihren Enkel von der Schule abholte, fuhr sie mit ihm anschließend in eine Pizzeria oder Konditorei, was Sascha sehr genoss. Er war eben eine Naschkatze. Meistens übernahm er sich beim Essen und so schaute er auch aus. Er war mit seinen zwölf Jahren schon ziemlich übergewichtig, woran seine Großmutter nicht ganz unschuldig war. Sie nahm ihn auch regelmäßig mit in den Urlaub, den sie mit ihren beiden Freundinnen verbrachte. Dort wurde er von drei Frauen verwöhnt.

Sascha war sehr gut erzogen und hatte für sein Alter ausgesprochen gute Manieren. Er war charmant zu den Freundinnen seiner Oma, was bei diesen natürlich gut ankam. Sascha war es als Einzelkind gewohnt, immer im Mittelpunkt zu stehen, und plötzlich gab es noch einen anderen Mann im Leben seiner Oma. Darum stellte er ihr eines Tages die Frage: „Hast du deinen neuen Freund jetzt lieber als mich?" „Warum sollte ich den Bayram lieber haben? Du bist und bleibst mir der liebste Schatz. Aber trotzdem kann ich noch zusätzlich viele andere Freunde haben, ohne dass sich an meiner Liebe zu dir etwas ändern würde", sagte Julia. „Aber warum borgst du ihm dein neues Auto und fährst mit seinem alten Wagen?", wollte Sascha wissen. „Bayram wollte gerne einmal ausprobieren, wie es sich in einem Mercedes fährt, und das habe ich ihm erlaubt", sagte Julia. „Aber wenn er doch jetzt bei dir wohnt, kann ich dann trotzdem noch manchmal bei dir übernachten?", fragte Sascha. „Es bleibt alles beim Alten. Du wirst wie jedes Jahr in den Sommerferien mit meinen Freunden und mir an die Riviera fahren, und Bayram wird dabei sein. Du solltest ihn kennenlernen. Vielleicht versteht ihr euch sogar gut", meinte Julia. „Oma, du weißt doch, dass Mama und Papa das nicht wünschen, und da werde ich es lieber lassen. Dann wird es mit unserem gemeinsamen Urlaub in diesem Jahr wahrscheinlich nichts werden, weil die Mama es mit Sicherheit nicht erlauben wird. Ich habe nämlich gehört, wie sie zum Papa gesagt hat: „Der Kerl ist ein raffinierter Schwindler. Er nutzt meine Mutter mit seinem billigen Machogehabe nur aus. Und meine Mutter fällt auf so was rein – verstehst du das? Mama geht blind in ihr Verderben. Die Südländer verstehen es bei uns, den älteren Frauen mit ihrer billigen Masche den Kopf zu verdrehen und sie ist nicht die Erste, die da drauf reinfällt." Aber bitte, Oma, sag der Mama nicht, was ich dir jetzt erzählt habe, sonst bekomme ich Ärger mit ihr", sagte Sascha. „Ich verrate dich schon nicht bei deinen Eltern. Wie ich jetzt mitbekommen habe, hast du recht, dass du in diesem Jahr nicht mit uns mitfahren darfst. Es tut mir natürlich leid für dich. Du kannst dann wohl nur zu mir kommen, wenn Bayram nicht im Haus ist", sagte Julia.

Valerie erlaubte ihrem Sohn tatsächlich nicht, wie üblich mit seiner Oma und ihren Freundinnen an die Riviera zu fahren, weil Bayram mitfuhr. Natürlich war Sascha traurig und seine Oma ebenso. Aber Julia wollte sich nicht von ihrer Tochter zwingen lassen, sich von Bayram zu trennen. Also fuhr sie mit ihm und ihren Freunden Carola mit Ehemann sowie Beate mit Lebensgefährten an die Französische Riviera. Sie waren schon lange gute Freunde, die sich untereinander gut verstanden und gerne ihren Urlaub miteinander verbrachten. Sie fuhren seit Jahren immer an den gleichen Ort. Ein wenig traurig waren sie schon, weil Sascha zum ersten Mal nicht mit dabei war. Nur weil Julias Tochter Bayram für einen Gauner hielt. Natürlich kann man in keinen Menschen hineinschauen.

Julia und Bayram bezogen anstandshalber getrennte Zimmer. Diesen Anlass nutzte Bayram, um Julia einen Heiratsantrag zu machen: „Julia, ich liebe dich, willst du meine Frau werden? Dann können wir in aller Öffentlichkeit als Mann und Frau auftreten und müssen nicht in getrennten Zimmern schlafen." „Dein Angebot ehrt mich, mein Liebster, aber es kommt für mich ein bisschen überraschend. Ich brauche ganz einfach Bedenkzeit und hoffe, dass du das verstehst", sagte Julia. „Wahrscheinlich willst du zuerst mit deiner Familie darüber reden, ob du mich heiraten darfst. Aber dann können wir es gleich wieder vergessen. Sie würden niemals ihre Zustimmung geben, weil sie sowieso gegen mich sind", sagte Bayram. „In meinem Alter, mit dem Altersunterschied, sollte man so einen Schritt gut überlegen", meinte Julia. „Na gut, dann vergessen wir es wieder. Es war nur so eine

Idee von mir", sagte Bayram enttäuscht. „Jetzt bist du beleidigt, wie ich sehe. Aber du solltest mich auch verstehen", sagte Julia.

Bei aller Verliebtheit wollte Julia auf keinen Fall unüberlegt handeln. Noch dazu, da sie ganz genau wusste, dass ihre Tochter sich sowieso schon für sie schämte, weil ihre Mutter einen jüngeren Geliebten hatte und noch dazu einen Ausländer. Das wollte sie ihr nicht auch noch antun. Nein, heiraten wollte sie auf keinen Fall. Sie konnten auch ohne Trauschein miteinander leben und bei einer Trennung würde es keine Probleme geben. Julia musste bei dem Altersunterschied sowieso früher oder später damit rechnen, dass ihm eine jüngere Frau über den Weg lief, die altersmäßig besser zu ihm passte. Aber momentan wollte sie die Zeit mit ihm genießen und alles Weitere an sich herankommen lassen.

Die schönen Tage an der Riviera vergingen allzu rasch mit Aktivitäten wie Schwimmen, Segeln, Golfen und die Abende an der Bar mit Musik und Tanz. Ganz nach Bayrams Geschmack. So gefiel ihm das Leben an der Seite von Julia. Daran könnte er sich gewöhnen. Julia konnte sich ihren Liebsten leisten und hatte eine schöne Zeit mit ihm.

Die ersten kleinen Probleme stellten sich nach dem Urlaub ein. Nach den zwei wunderschönen Wochen an der Riviera taugte ihm seine Arbeit plötzlich nicht mehr. Er brachte zum Ausdruck, dass die Arbeit, die er verrichtete, eigentlich zu minder für ihn sei. Auch der Lohn war ihm zu gering. Auf alle Fälle schwebte ihm etwas Besseres vor. „Was hast du dir denn vorgestellt, und welche Fähigkeiten hast du vorzuweisen?", fragte Julia. „Ich kann sehr gut kochen. Wenn ich selbstständig wäre, sozusagen mein eigener Chef sein könnte, müsste ich mich nicht ständig von dir aushalten lassen. Dann würde ich ganz anders vor dir dastehen und käme mir nicht wie ein Schmarotzer vor", meinte Bayram. „Wie meinst du das mit ‚selbstständig machen'? In welcher Branche könntest du dich denn selbstständig machen? Hast du dafür überhaupt die finanziellen Mittel?", wollte Julia wissen. „Zum

Beispiel mit einem Caféhaus, einer Pizzeria oder etwas Ähnlichem. Natürlich fehlen mir dafür die finanziellen Mittel, und als Ausländer bekomme ich auch keinen Kredit – ohne Bürgen", sagte Bayram. „Dabei hast du sicher an mich gedacht, dass ich für dich bürgen soll? Aber mit solchen Dingen will ich nichts zu tun haben. Es würde nur zu Problemen zwischen uns führen. Es geht uns doch gut, so wie es ist. Außerdem hast du viel Freizeit in deiner jetzigen Arbeit, die du als Selbstständiger sicher niemals haben wirst", sagte Julia. „Aber ich würde viel besser zu dir passen, und es täte meinem Selbstwertgefühl als Mann sehr gut. Deinem Ansehen würde es auch nicht schaden, wenn du einen Geschäftsmann als Liebsten hast", meinte Bayram.

„Bürgen will ich auf keinen Fall für dich, ohne vorher mit meiner Tochter gesprochen zu haben", sagte Julia. „Du weißt doch, was deine Tochter von mir hält. Deshalb würde es auch nichts bringen, wenn du mit ihr sprichst. Du musst schon selber entscheiden, ob du lieber einen Mann willst, der ein Mann ist, oder einen ausgehaltenen Liebhaber", meinte Bayram leicht gereizt.

Für einen kurzen Augenblick musste Julia an Valeries Worte denken: „Bayram ist nur hinter deinem Geld her." Sie sagte darum: „Wer gibt mir die Garantie, dass du mir das Geld zurückzahlst? Falls du in Zahlungsschwierigkeiten gerätst, muss nämlich ich als Bürge zahlen." „Wenn das Geschäft gut läuft, sehe ich kein Problem, warum du für mich zahlen solltest. Ich werde natürlich um einen guten Geschäftsgang meines eigenen Geschäftes sehr bemüht sein", ereiferte sich Bayram. „Wenn es dir so am Herzen liegt, werde ich einen Weg finden, dass du dich selbstständig machen kannst. Ich möchte ja nicht, dass du an meiner Seite unglücklich bist und dein Selbstwertgefühl darunter leidet", sagte Julia. „Julia, du bist wunderbar! Ich wusste, dass du mich verstehst und warum ich dich so liebe. Ich werde dich sicher nicht enttäuschen, fleißig arbeiten und mich deiner großzügigen Geste würdig erweisen", gelobte Bayram. „Ich hoffe, dass du mich nicht nur deshalb liebst, weil ich deine Wünsche erfülle. Sonst wäre ich sehr unglücklich“, sagte Julia. „Du weißt doch, dass meine Liebe zu dir nichts mit Geld zu tun hat. Aber wenn ich Erfolg habe, kannst du stolz auf mich sein, und ich fühle mich dir gegenüber als Mann nicht mehr unterlegen“, sagte Bayram. „Schau dich halt nach einem passenden Geschäft um. Sollte alles so funktionieren, wie du es dir vorgestellt hast, werde ich sogar die Buchhaltung für dich machen, denn darin habe ich genug Erfahrung“, sagte Julia.

Julia verwarf den Gedanken, ihre Tochter darüber zu informieren, dass sie die Absicht hatte, Bayrams Vorhaben zu unterstützen. Schließlich war es ihre Angelegenheit, und einen unnötigen Streit mit ihr wollte sie sich ersparen.

Bayram fand ziemlich schnell eine Pizzeria, die ganz nach seinen Vorstellungen war. Nicht allzu groß, aber völlig ausreichend für seine Ansprüche. Er war überglücklich, und Julia war ihm bei allen Amtswegen und finanziellen Angelegenheiten behilflich. Er war dankbar und stolz zugleich, endlich sein eigener Herr zu sein.

Zur Eröffnung seines Lokals veranstaltete Bayram eine kleine Einweihungsparty und lud viele Landsleute sowie seine ehemaligen Arbeitskollegen ein.

Julia hatte sich nach wie vor nicht getraut, ihrer Tochter von ihren Aktivitäten für Bayram zu erzählen. Aber jetzt blieb es ihr nicht länger erspart, weil sie nicht wollte, dass sie es von anderer Seite erfuhr. Deshalb lud sie Valerie zu einer Aussprache zu sich nach Hause ein. Natürlich war Valerie gespannt, was ihre Mutter ihr zu sagen hatte. Aber was sie dann zu hören bekam, ließ sie aus allen Wolken fallen, worauf ihre Mutter sich da eingelassen hatte. „Weißt du überhaupt, was du dir da eingebrockt hast? Was ist, wenn er seine Raten nicht zahlt? Dann musst du zahlen!“, empörte sie sich. „Das macht er sicher nicht, das hat er mir versprochen“, erwiderte Julia. „Mama, du weißt doch hoffentlich, was so ein Versprechen wert ist? Du hast doch in deinem Berufsleben genug erlebt. Ich hätte dich für klüger gehalten. Jetzt machst du den gleichen Fehler, vor denen man ältere Leute in der Zeitung oder im Fernsehen warnt", sagte Valerie. „Das verstehst du nicht, Valerie. Ich liebe Bayram nun einmal, und warum sollte ich ihm nicht helfen? Er möchte mit mir auf einer Stufe stehen und nicht der ewige Abhängige sein", sagte Julia. „In diesem Spiel wirst du langsam, aber sicher die Abhängige sein, wenn du so weitermachst. Ich sehe es schon kommen, dass er Schulden machen wird, die du bezahlen kannst. Dieser Schritt war sicher sehr unüberlegt von dir, und du musst dankbar sein, wenn du aus diesem Dilemma mit heiler Haut herauskommst", meinte Valerie. „Was sagt dein Mann eigentlich zu meiner Liaison mit Bayram?", fragte Julia ihre Tochter. „Er will sich aus allem heraushalten, um sich sein gutes Verhältnis zu seiner Schwiegermutter nicht zu verderben. Daniel ist auch der Meinung, dass das ausschließlich deine Angelegenheit sei und meint, auch ich sollte mich besser aus allem heraushalten. Aber dazu bin ich leider nicht imstande. Ich mache mir halt Sorgen und möchte nicht, dass meine Mutter draufzahlt und für den Rest ihres Lebens unglücklich ist, während sich dieser Kerl auf ihre Kosten ein schönes Leben macht", empörte sich Valerie. „Valerie, wenn du noch lange so weitersprichst, machst du mir noch Angst. Aber ich will das Ganze nicht so negativ sehen und lasse es lieber auf mich zukommen. Weil ich an Bayram glaube und weiß, dass er mich nicht nur des Geldes wegen liebt", sagte Julia darauf schon ein wenig verunsichert. „Sicher wird er dich mögen. Warum auch nicht. Du bist doch eine sehr schöne Frau. Trotzdem hätte ich nie geglaubt, dass gerade dir so etwas passiert", sagte Valerie. „Auf alle Fälle tut es mir nicht leid, weil ich bis jetzt eine schöne Zeit mit ihm hatte und hoffe, dass dieser Zustand noch lange so anhält", antwortete Julia jetzt sehr entschlossen. „Mama, dann bleibt mir nichts anderes übrig, als dir viel Glück zu wünschen und dass es gut für dich ausgeht", sagte Valerie.

Zu Bayrams Eröffnungsfeier ging Julia nicht. Bayram hatte nämlich auch Kollegen aus ihrer ehemaligen Firma eingeladen, denen sie verständlicherweise nicht unbedingt begegnen wollte, um neugierigen Fragen auszuweichen. Aber ans Schlafengehen konnte sie an diesem Abend natürlich auch nicht denken. Sie wollte auf alle Fälle munter bleiben, bis Bayram nach Hause kam. Schließlich wollte sie wissen, wie die Feier verlaufen war.

Als Bayram endlich in den frühen Morgenstunden nach Hause kam, war er vor lauter Aufregung völlig überdreht und wusste nicht, wo er mit dem Erzählen beginnen sollte. Aber als Erstes bedankte er sich noch einmal bei Julia, die es ihm ermöglicht hatte, sich selbstständig zu machen. Er war überglücklich, und als er sich ein wenig beruhigt hatte, berichtete er Julia ausführlich von der gelungenen Eröffnungsfeier.

Die Nacht war für beide sehr kurz, aber trotzdem wollte Bayram wegen der vielen Vorbereitungen wieder früh ins Geschäft. Schließlich konnte er nicht schon am ersten Tag nach der Eröffnung blaumachen. Natürlich war er auch aufgeregt, weil er wusste, was auf ihn zukommen würde. Auf seine Gäste wollte er natürlich am ersten Tag einen besonders guten Eindruck machen, damit sie sich bei ihm wohlfühlten.

Bayram schaffte es tatsächlich, innerhalb kurzer Zeit eine gut eingeführte Pizzeria auf die Beine zu stellen. Sein Lokal wurde in weiterer Folge sogar zum Insider Lokal. Daher blieb das Privatleben natürlich weitgehend auf der Strecke. Es blieb für Julia und ihn nur der Sonntag – der Ruhetag. Aber Julia wollte sich nicht beklagen. Bayram kümmerte sich wirklich mit vollem Einsatz um sein Geschäft und sie entlastete ihn mit der Buchhaltung, damit sie die knappe Freizeit nur für sich hatten.

Unter der Woche, wenn Julia alleine war, traf sie sich wieder öfter mit Sascha, was ihn sehr freute. Oder sie ging wochentags mit ihren Freunden zu Bayram in die Pizzeria zum Essen. Während eines Lokalbesuchs ließ Julias Freundin Carola so nebenbei die Bemerkung fallen, dass die beiden Serviererinnen im Lokal ausnehmend fesch seien und sie sich nicht wundern würde, wenn sie dem Bayram ebenfalls gefielen. Aber Julia ging über diese Bemerkung kommentarlos hinweg, weil ihr dieser Gedanke selber schon gekommen war. Solange Bayram jeden Abend, wenn auch spät, regelmäßig nach Hause kam und pünktlich seine Raten zahlte, wollte Julia sich nicht unnötig den Kopf über Dinge zerbrechen, die nicht eintreffen mussten. Also lenkte sie das Gespräch in eine andere Richtung, um nicht von solch schrecklichem Gedanken eingeholt zu werden. Darum sprach sie viel lieber mit ihnen über den kommenden Urlaub. Aber die Wahrscheinlichkeit, dass Bayram von seinem Geschäft abkömmlich sein würde, bestand kaum, und Julia überlegte, ob sie ohne ihn überhaupt fahren sollte. Worauf Beate meinte: „Dann nimm doch Sascha mit, aber fahr auf alle Fälle mit in den Urlaub. Bayram wird auch ohne dich zwei Woche auskommen. Warum willst du auf deinen Urlaub verzichten? Außerdem weißt du doch, wie gut dir das Schwimmen im Meer bekommt. Sprich halt mit Bayram, was er dazu meint." „Das ist nicht nötig. Er wird mich auf keinen Fall am Fahren hindern. Aber ich will mein Haus nicht so lange alleine lassen. Bayram kommt immer erst sehr spät in der Nacht nach Hause, und ich bin beunruhigt, wenn das Haus tagsüber so lange unbewohnt ist. Sonst hat sich meine Tochter immer während meiner Abwesenheit ums Haus gekümmert. Aber wie ihr wisst, will sie keinen Kontakt zu Bayram. Ich kenne sonst niemanden, dem ich mein Haus anvertrauen könnte", meinte Julia. „Ist deine Putzfrau nicht vertrauenswürdig, dass sie für zwei Wochen während des Tages dein Haus bewohnt?", fragte Carola. „Die Idee ist gut, und ich kann sie fragen, ob sie dazu bereit ist. Wenn sie zusagt, fahre ich wie immer mit. Sascha wird wohl zum letzten Mal dabei sein, weil er schon zu alt ist, um mit seiner Großmutter zu verreisen. Er wird im kommenden Jahr nämlich schon vierzehn Jahre alt. In dem Alter ist er lieber mit gleichaltrigen Freunden unterwegs." Alle waren froh, dass Julia zugestimmt hatte, auch ohne Bayram wieder mit ihnen an die Riviera zu fahren, obgleich sie wussten, wie ungern Julia ohne ihn fuhr.

Valerie erlaubte Sascha mitzufahren, nachdem Bayram nicht dabei war. Ihm war sein Geschäft momentan das Wichtigste auf der Welt, und er verschwendete keinen Gedanken ans Fortfahren. Er war in der Pizzeria sehr gefordert, was ihn aber total befriedigte. Darum wünschte er Julia und ihren Freunden eine gute Reise sowie gute Erholung. Julia fiel der Abschied von Bayram natürlich schwer und sie zeigte es ihm auch. Worauf er sagte: „Es sind ja nur zwei Wochen, die schnell vergehen, und schon bald bist du wieder bei mir. Auch des Hauses wegen brauchst du dir keine Sorgen zu machen, tagsüber hütet deine Putzfrau das Haus und des Nachts bin ich da."

So gesehen hatte Julia keinen Grund zur Sorge. Oder gab es da doch etwas, woran sie vielleicht mit Sorge dachte? Immer wieder beschäftigten sich ihre Gedanken mit den zwei schönen jungen Serviererinnen in Bayrams Pizzeria, dass ihm möglicherweise eine von ihnen gefallen könnte. Dieser Gedanke ließ sie nicht wirklich los. Trotz seiner täglichen Anrufe und Beteuerungen, dass er sie vermisse und wie sehr er sie liebte, war sie beunruhigt.

Nach Bayrams allabendlichen Anrufen war Julia kurzfristig beruhigt und dachte, dass alles nur Einbildung sei. Wahrscheinlich war eh alles in Ordnung und sie machte sich unnötig fertig. Aber sie spürte doch eine Veränderung und hatte das Gefühl, dass es keine Einbildung war. Julia war ganz einfach verunsichert, das typische Feingefühl einer verliebten Frau, die eifersüchtig war. Also konnte Julia den Tag der Heimreise kaum noch erwarten.

Ihren Freunden fiel ihre Unrast natürlich auf und sie fragten nach dem Grund. Julia erzählte ihnen, dass sie vermutet, Bayram sei während ihrer Abwesenheit untreu. Um Julia von ihrer Eifersucht zu befreien, versuchten ihre Freunde sie mit Späßen und irgendwelchen Aktivitäten abzulenken. Zwar machte sie gute Miene zum bösen Spiel, um ihren Freunden den Spaß nicht zu verderben, aber sie wirklich aufzumuntern, gelang ihnen nicht.

Sascha war der Einzige, der jeden Tag am Meer unbeschwert genoss. Von dem Liebeskummer seiner Oma bekam er zum Glück nichts mit. Er wurde nach wie vor verwöhnt. Außerdem schloss er sich immer öfter gleichaltrigen Buben an, die eine Clique bildeten und nabelte sich weitgehend von den Erwachsenen ab. Für ihn war die Welt in Ordnung. In ihrem Kummer war Julia froh, dass es wenigstens ihrem Enkel gut ging. Sie verstand sich selber nicht mehr. Sie benahm sich wie ein Teenager. War Bayram wirklich ihre ganz große Liebe? Dabei hatte sie doch schon einige Bekanntschaften vor ihm gehabt. Julia war schon jung Witwe geworden. Aber keinen ihrer vergangenen Männer vermisste und liebte sie wie Bayram. Machte es der enorm große Altersunterschied, oder war es die Angst, ihn an eine Jüngere zu verlieren, mit der sie nicht mehr konkurrieren konnte? Jüngere Frauen als sie würde es immer geben, damit musste sie leben. Aber deswegen konnte sie sich doch nicht verrückt machen. Darum war Julia auch froh, als der Tag der Abreise endlich gekommen war. Sie wollte nur noch eines: schnell nach Hause und Gewissheit haben, ob Bayram sie wirklich während ihrer Abwesenheit betrogen hatte. Aber was würde sie machen, wenn es so wäre? Darüber würde sie sich den Kopf erst zerbrechen, wenn es wirklich zutraf.

Durch ihre misstrauischen Gedanken war die Heimfahrt für Julia anstrengend, weil sie Probleme hatte, sich aufs Autofahren zu konzentrieren. Darum legten sie des Öfteren gemeinsame Pausen ein. Das Risiko, dass Julia einen Unfall bauen würde, wollten ihre Freunde auf keinen Fall eingehen. Schließlich hatte sie ihren Enkel im Auto, und sie wollte ihn wohlbehalten seinen Eltern übergeben.

Die kleine Reisegruppe erreichte Wien erst spät in der Nacht. Julia fuhr mit ihrem Enkel direkt zu ihrer Tochter, um ihn zu übergeben. Nach einem sehr kurzen Gespräch fuhr Julia todmüde weiter zu sich nach Hause.

Obwohl es schon nach vierundzwanzig Uhr war, war Bayram noch nicht daheim. Aber auf dem Wohnzimmertisch stand zu Julias Empfang ein großer Strauß roter Rosen mit einem Kärtchen, auf dem die Worte standen: „Herzlich willkommen, Bayram!" Julia war sehr erfreut über den Blumengruß und hoffte, dass er schon bald zu ihr kommen würde.

Von der langen anstrengenden Reise war Julia recht müde und schlief während des Wartens vor dem Fernseher ein. Bayram kam erst um drei Uhr in der Früh heim. Julia wurde von den Geräuschen munter, die er beim Aufsperren der Haustür machte. Sie musste sich nach dem Kurzschlaf erst orientieren, wo sie sich befand. Aber als sie bei sich war, huschte sie geschwind ins Badezimmer, um sich einen in kaltes Wasser getränkten Waschlappen aufs Gesicht zu legen, damit sie erfrischt aussah. Dann fuhr sie sich noch schnell mit dem Kamm durchs Haar. Schließlich wollte sie ihn nicht verschlafen empfangen. Sie wollte ihm einen schönen Anblick bieten, denn in ihrem Alter war ein gepflegtes Aussehen besonders wichtig.

Als Bayram Julia zu Gesicht bekam, sagte er erfreut: „Julia, du schaust wunderbar aus! Braun gebrannt und gut erholt – ich freue mich. Schön, dass du wieder zu Hause bist." Er schloss sie in seine Arme und Julias Misstrauen war auf einen Schlag verschwunden. Sie war nur noch glücklich und sie gingen gemeinsam schlafen.

Nach einer erfüllten Liebesnacht wurden beide erst am späten Vormittag munter. Julia war glücklich, dass Bayram ihr noch immer allein gehörte. Er gab ihr das absolute Gefühl, dass es keinen Grund zur Eifersucht gab, was Julia aufatmen ließ.

Nach einem erfrischenden Bad bereitete Julia ein ausgiebiges Frühstück. Er stand ebenfalls kurz nach Julia auf und ging nach dem Duschen zu ihr auf die Terrasse, wo Julia bei herrlichem Sonnenschein unter der Markise den Frühstückstisch gedeckt hatte. Während des Frühstücks sagte Bayram ganz nebenbei: „Was ich dir noch sagen wollte: Ich habe mir ein neues Auto gekauft. Als Chef einer Pizzeria konnte ich mich nicht länger mit der alten Karre sehen lassen. Meine Angestellten fahren bessere Autos als ich. Wie steh ich da?"

Natürlich war Julia überrascht über diese Mitteilung und fragte: „Wovon bezahlst du ein neues Auto, wenn ich fragen darf?" „Schau, es ist ein Leasingauto, und bei meinem momentanen Geschäftsgang ist diese zusätzliche Rate kein Problem. Du gibst die Rechnung mit in die Buchhaltung und sie ist ein Abschreibposten", meinte Bayram.

„Welche Marke hast du dir denn zugelegt?", fragte Julia neugierig. „Einen BMW!", sagte Bayram ganz stolz. „Bescheiden bist du gerade nicht, muss ich sagen. Pass nur auf, dass du dich nicht übernimmst. Auf der Strecke bleibe nämlich ich, wenn du nicht zahlen kannst!", sagte sie. „Darauf achte ich natürlich, schließlich will ich mein neues Geschäft nicht aufs Spiel setzen. Ich bin froh, dass ich mein eigener Herr bin und das will ich auch bleiben", erwiderte Bayram. „Dann hoffe ich für dich, dass sich deine Vorstellungen erfüllen", sagte Julia. „So, Julia, und jetzt mach dich bitte schön, ich werde dich in meinem neuen Auto ausführen. Wenn du nichts dagegen hast, fahren wir anschließend zu einigen meiner Freunde." „Ob das eine gute Idee ist? Ich meine das mit den Freunden, ich weiß nicht so recht. Aber auf die Probefahrt freue ich mich sehr", sagte Julia.

Nach einer ausgiebigen Rundfahrt, die sich bis auf den Kahlenberg erstreckte, machte Bayram mit Julia noch einen kurzen Spaziergang, um die herrliche Aussicht über Wien zu genießen. Anschließend fuhr er mit ihr zu seinen Freunden, die in der Meidlinger Gegend zu Hause waren. Sie wurden schon erwartet. Bayram hatte ihr Kommen vorher telefonisch angemeldet.

Die Begrüßung des Familienclans war ausgesprochen herzlich. Julia war sofort der Mittelpunkt und wurde von ihnen verwöhnt und umsorgt, was ihr natürlich schmeichelte. Bayram wurde von ihnen bewundert, weil er es sozusagen geschafft und zu einem Geschäftsmann gebracht hatte. Natürlich wussten alle, dass er alles nur dank Julias Hilfe erreicht hatte, und darum hielt die Familie Julia für sehr reich.

Diese Gemeinschaft war so etwas wie eine Ersatzfamilie für Bayram. Sie bestand aus zwei Ehepaaren mit fünf Kindern und einer Großmutter. Die Männer waren ungefähr in seinem Alter und die Jugendlichen zwischen fünfzehn und zwanzig. Es waren zwei Söhne und drei Töchter. Bayram hatte sich schon seit vielen Jahren etwa alle sechs bis sieben Wochen mit diesem Familienverband getroffen, und nun sollte Julia auch dazugehören. Weil sie so herzlich aufgenommen wurde, sparte sie bei folgenden Besuchen auch nicht mit Geschenken und war immer ein gern gesehener Gast.

Zu ihrer eigenen Tochter hatte sie nur noch spärlichen Kontakt. Sie trafen sich hier und da unter der Woche, und dann wurde wegen Bayram gestritten, was Julia lästig war.

Aber als Bayram dann das erste Mal über Nacht nicht wie gewohnt nach Hause kam, musste Julia wieder an Valeries Worte denken. Sie war sich nicht mehr so hundertprozentig sicher, dass Bayram sie nicht vielleicht doch betrog. Bei diesem Gedanken musste Julia wieder an die schönen, jungen Serviererinnen in Bayrams Lokal denken. Es war ihr auch nicht entgangen, dass sein machohaftes Gehabe in letzter Zeit noch stärker zum Ausdruck gekommen war. Sicher hatte auch der neue BMW dazu beigetragen. „All das hast du ihm erst ermöglicht. Aber was soll's? Mit welcher Ausrede wird Bayram sich wohl bei dir melden?", dachte Julia.

Er meldete sich erst am späteren Vormittag telefonisch mit den Worten: „Julia, sei bitte nicht böse, ich war noch länger mit Freunden unterwegs, und es hat sich nicht mehr gelohnt, nach

Hause zu kommen. Also bin ich gleich ins Geschäft gefahren und habe dort nur ein kurzes Stündchen in einem Sessel geschlafen." Julia gab ihm keine Antwort und legte den Hörer auf. Sollte es wirklich nur eine Nacht mit Freunden gewesen sein, würde es ihr nicht das Geringste ausmachen. Aber ihr Verdacht war, dass eine Frau dahintersteckte. Wie sollte sie sich Bayram gegenüber verhalten, wenn es wirklich so war? Sich von ihm trennen? Doch nicht schon nach so kurzer Zeit, sie liebte ihn doch. Sollte sie vielleicht eine zweite Frau neben sich dulden, oder sich doch lieber trennen? Alles sollte gut überlegt sein, weil er sie jederzeit mit den Schulden hängen lassen konnte. Aber das Geld alleine war es ja nicht, das könnte sie im Notfall verschmerzen. Julia ging es mehr um Bayram. Auf ihn zu verzichten fiel ihr schwer. „Du musst ihn erst einmal anhören, was er zu sagen hatte und nachher urteilen", sagte sie zu sich selbst.

Bayram kam früher als sonst nach Hause. Er begrüßte Julia liebevoll wie immer, und sie fragte ihn, mit wem er denn letzte Nacht fortgegangen war. Worauf Bayram meinte: „Das ist doch wohl unter Männern ganz normal, dass sie hie und da miteinander auf eine Sauftour gehen. Was ist denn schon dabei? Deswegen brauchst du nicht böse auf mich zu sein." „Ich glaube dir aber nicht und denke, dass auch Frauen mit dabei waren und darum bin ich eifersüchtig. Ich will dich nicht mit anderen Frauen teilen", sagte Julia. „Wenn ich wieder einmal einen Männerabend habe, sage ich es dir vorher, dass du nicht eifersüchtig sein musst", sagte Bayram. Dann nahm er sie in die Arme, küsste sie und meinte: „Dein Verdacht ist völlig grundlos, du bist meine Einzige!". Julia war besänftigt, und sie verbrachten eine aufregende Versöhnungsnacht miteinander. Julias Welt war wieder in Ordnung, leider nur von kurzer Dauer.

Bayrams Männerabende häuften sich auffallend in der folgenden Zeit und Julia litt wieder. Sie konnte sich auch niemandem anvertrauen. Am allerwenigsten ihrer Tochter, um nicht hören zu müssen, dass man sie ja gewarnt hätte.

Am ehesten würde Carola sie noch verstehen, und ihr wollte Julia sich anvertrauen. Sie verabredete sich mit Carola und lud sie zum Essen ein. Beim Essen sprach Julia über ihren Verdacht, dass Bayram wahrscheinlich untreu sei. Carola verstand Julia sehr gut, wies aber trotzdem auf den großen Altersunterschied hin und dass er ein Mann in den besten Jahren sei, der ohne Weiteres ein Verhältnis mit zwei Frauen gleichzeitig haben könne. „Du machst mir ja keine große Hoffnung und das in meiner Verfassung“, sagte Julia traurig. „Es ist ganz einfach besser für dich, wenn du ehrlich zu dir bist und den Tatsachen ins Auge siehst. Es wird immer schöne junge Frauen geben. Wenn du damit nicht leben kannst, dann musst du dir einen gleichaltrigen Mann nehmen. Selbst dann hast du keine Garantie, dass er treu ist“, sagte Carola. „Es sind kaum zwei Jahre her, dass ich mich in ihn verliebt habe und schon soll es wieder vorbei sein? Ich will es nicht glauben“, sagte Julia schluchzend. „Aber erzwingen kannst du auch nichts. Wenn du ihm ständig Eifersuchtsszenen machst, wirst du ihn nur vertreiben. Nachdem er jetzt auch noch gut versorgt und unabhängig ist, braucht er dich nicht unbedingt!“, sagte Carola.

„Du demoralisierst mich jetzt aber total, wo ich eh schon so leide“, sagte Julia. „Glaubst du, es würde sich etwas ändern, wenn ich dir falsche Hoffnungen mache, die dann nicht eintreffen? Mach dich nicht schon im Voraus fertig, und lass die Dinge auf dich zukommen. Möglich, dass alles anders kommt, als du denkst“, sagte Carola. „Es wird mir wohl nichts anderes übrig bleiben, als mich zu trennen. Mir ist schon klar, dass ich gegen eine Jüngere keine Chance habe. Aber ich liebe ihn halt so sehr, dass ich ihn gerne noch ein Weilchen für mich behalten würde“, seufzte Julia. „Wie wäre es, wenn du ganz offen mit ihm reden würdest?“, meinte Carola „Das habe ich schon probiert, aber er hat mich getröstet und gesagt, dass ich seine Einzige wäre und mir keine Sorgen zu machen brauchte.“ „Dann ist doch alles in Ordnung, was willst du denn noch mehr?“, fragte Carola. „Ich nehme an, dass er lügt, eine Frau fühlt das“, sagte Julia. „Die Lösung heißt in dem Fall, die Lage ändern oder sich daran gewöhnen.

Wie du dich entscheidest, bleibt dir überlassen“, sagte Carola. „Ich weiß, dass mir in meiner verzwickten Lage niemand einen Ratschlag geben kann, aber trotzdem danke, dass du mich angehört hast“, sagte Julia.

Bayram hatte seine Herrenabende regelmäßig zwei- bis dreimal in der Woche und kam nachts nicht mehr heim. Julia fragte sich, wo er den Rest der Nacht verbrachte. Sicher nicht bei einem Freund! Plötzlich fiel ihr ein, dass er ja noch seine frühere Altbauwohnung besaß, die er an einen Freund vermietet hatte, um sich die Miete zu sparen. Aber diese Wohnung könnte schon längst wieder in seinem Besitz sein und als Absteige dienen. Julia wollte endlich Gewissheit haben, was da gespielt wurde.

Beim nächsten angesagten Herrenabend wollte Julia herausfinden, ob ihr Verdacht sich bewahrheitete. Eigentlich war es nicht ihre Art, anderen hinterherzuspionieren. Aber sie wollte endlich Gewissheit haben. So machte sie sich gegen Mitternacht auf den Weg zu besagter Adresse, um herauszufinden, ob Bayrams Auto vielleicht in der Nähe stand. Julia parkte einige Häuser entfernt ein, um nicht gesehen zu werden. Dann stieg sie aus und ging beide Straßenseiten ab, um nach dem BMW Ausschau zu halten. Aber weit und breit war kein BMW zu sehen. Erleichtert ging Julia zu ihrem Wagen zurück, stieg ein, um heimzufahren. Gerade als sie den Wagen starten wollte sah sie, wie ein Fahrzeug langsam an ihr vorbeifuhr, auf der Suche nach einem Parkplatz und siehe da, es war Bayrams Auto. Julia stockte der Atem. Ihre Blicke folgten dem Auto. Er fand eine Parklücke, nicht weit von ihr entfernt auf der gegenüberliegenden Straßenseite. Sie hoffte nur, dass er ihr Auto nicht entdeckte. Aber was Julia dann sah, war genau das, was sie befürchtet hatte. Er war nicht alleine. Aus seinem Auto stieg eine Frau, die Julia kannte. Es war eine der beiden Serviererinnen aus seinem Lokal. Es war die große Blonde, die sicher nicht älter als fünfundzwanzig war, und mit ihr verschwand Bayram Arm in Arm ins Haus.

Also doch! Julia hatte es geahnt. Nun hatte sie endlich Gewissheit und war todunglücklich. Was sollte sie jetzt tun? Hinterhergehen und einen Aufstand machen, oder still nach Hause fahren und leiden? Sie fuhr nach Hause und litt sprichwörtlich wie ein Hund. Die Nacht verbrachte Julia mit Weinkrämpfen. An Schlafen war nicht zu denken. Sie tat kein Auge zu und hegte Mordgedanken gegen diese Frau, die ihr ihren Geliebten genommen hatte. In ihrem unsagbaren Leid vergaß Julia, dass Bayram mitschuldig war. Aber ihn wollte sie ja behalten. „Dieses Weib sollte er sofort entlassen!", schrie sie in ihrer Verzweiflung! Aber was würde es nützen? Nach ihr würde eine andere kommen und das Problem wäre das gleiche, nur Julia wollte ihn noch nicht hergeben!

Irgendwann wurde sie ruhiger und fing an, nachzudenken. Ihr fiel ein, dass sie es gewesen war, die Bayram erst alles ermöglicht hatte, nur damals konnte sie nicht ahnen, dass er sie schon nach so kurzer Zeit mehr oder weniger abservieren würde. Im Grunde genommen brauchte er sie nicht mehr. Trotzdem hatte er ihr immer das Gefühl vermittelt, dass er sie wirklich liebte. War das vielleicht auch gelogen gewesen und nur Mittel zum Zweck, wie ihre Tochter immer wieder behauptet hatte? Nein, ein Gauner war er auf keinen Fall. Bis jetzt hatte er seine Schulden pünktlich bezahlt und sie nicht hängen lassen. Er war eben ein Don Juan, den die Frauen liebten, was ihm natürlich bewusst ist und mit seiner gewinnenden Art wurde es ihm auch leicht gemacht. Von der Heulerei hatte Julia völlig gerötete Augen. Gut, dass Bayram sie so nicht sah. Julia heulte weiter aus lauter Selbstmitleid und fasste den Gedanken, eine größere Dosis Schlaftabletten einzunehmen, aber so, dass Bayram sie noch rechtzeitig finden würde und sie gerade noch retten könnte und dann für immer bei ihr bleiben würde. Nein, sie verwarf den Gedanken. Für sie würde sich sicher nichts ändern. Mit solchen Dingen sollte man nicht spielen, es könnte schiefgehen.

Bevor Bayram heimkam, fasste sie sich und schminkte sich sorgfältig, um ihm nicht mit vom vielen Heulen geschwollenen Augen gegenüberzustehen. Bayram kam früher als sonst und war schon vor Mitternacht zu Hause. Freudig ging er auf Julia zu und sagte: „Hallo Julia, heute komme ich früher, freust du dich? Am späteren Abend war weniger im Geschäft zu tun und ich bin zu dir geeilt. Was ist los, wieso sagst du nichts?" Sofort begann Julia wieder zu weinen und schluchzte herzzerreißend. „Was ist denn los mit dir, mein Schatz? Was fehlt dir? Kann ich dir helfen?", fragte Bayram noch einmal nach. „Du betrügst mich mit deiner Serviererin, und ich leide schrecklich!", sagte sie. „Wer hat dir denn so etwas erzählt? Glaubst du wirklich alles, was man dir sagt? Und ich sage dir, dass es gelogen ist", sagte Bayram. „Nie hätte ich geglaubt, dass du so verlogen bist. Ich habe dich doch mit eigenen Augen gesehen, wie du mit ihr gemeinsam ins Haus deiner alten Wohnung gegangen bist. Warum tust du mir das an? Sag mir bitte, warum?", fragte Julia schluchzend.

„Du hast mir also nachspioniert. Na gut, dann diskutieren wir es aus. Ich wollte dich so gut es geht schonen, weil ich dich wirklich von ganzem Herzen gernhabe. Aber wenn wir schon dabei sind, sage ich dir auch gleich, dass ich heiraten werde. Du weißt doch selber, dass du zu alt bist, um Kinder zu bekommen, und ich will eine Familie und einen Sohn", offenbarte er unverblümt. „Mit dieser Serviererin willst du Kinder haben und sie auch noch heiraten?", kreischte Julia. „Was redest du von der Vera? Kein Mensch sagt, dass ich sie heiraten werde. Ich heirate eine der Töchter von meinem Freund, bei dem wir öfter gemeinsam waren. Sie ist jung und kann Kinder bekommen, das musst du doch verstehen?", sagte Bayram ganz ruhig. „Mit anderen Worten, wegen der schönen jungen Töchter bist du so gerne zu deinen Freunden gefahren und mich willst du wegen einer von ihnen verlassen", sagte Julia weinend. „Moment, das stimmt nicht ganz so. Wie ich dich kenne, willst du mich für dich alleine besitzen, und das geht leider nicht!", stellte er klar. „Du hast recht, ich will dich auf keinen Fall mit irgendjemandem teilen und ständig leiden, wenn ich davon wüsste, dass du bei einer anderen Frau bist. Sollte ich vielleicht auch noch die

Großmutter von deinen Kindern spielen? Warum tust du mir das an?“, schluchzte Julia weiter.

„Dann ist es für uns beide das Beste, wenn ich jetzt gehe. Julia, du bist immer noch eine sehr schöne Frau und findest jederzeit einen anderen Mann, der deiner würdig ist“, meinte Bayram. „Ich will keinen anderen Mann, ich will dich!“, beteuerte Julia. „Wie soll es zwischen uns noch funktionieren, wenn du eifersüchtig bist? Auf eine Familie und Kinder will ich nicht verzichten. Du hast eine eigene Familie, die sowieso froh ist, wenn ich fort bin“, sagte Bayram. „Bitte geh nicht und lass mich nicht im Stich! Ich werde mich bemühen, nicht eifersüchtig zu sein. Ich erinnere mich noch an unseren ersten Urlaub, da hast du mir einen Heiratsantrag gemacht, und jetzt willst du dich von mir trennen“, sagte sie erregt. „Damals hatte ich auch noch keinen Gedanken an eine eigene Familie oder Kinder. Aber jetzt ist es eben mein größter Wunsch“, sagte Bayram.

„Ich kann mir nur nicht vorstellen, dass von heute auf morgen alles vorbei sein soll, da wir uns doch so gut verstanden haben. Aber ich glaube, dass du recht hast und es besser für uns beide ist, wenn wir uns trennen, auch wenn es mir noch so wehtut. Ich bitte dich nur, dass wir uns im Guten trennen und Freunde bleiben“, schluchzte Julia. „Das wünsche ich mir ebenfalls und später, wenn du drüber hinweg bist, komme ich dich mit meinen Kindern besuchen, das verspreche ich dir“, sagte Bayram.

Lotte und Philip

Lotte und Philip waren schon fast dreißig Jahre verheiratet.

Sie war Beamtin und musste noch zwei Jahre bis zu ihrer Pensionierung arbeiten. Philip war Künstler von Beruf, aber ungewollt überwiegend daheim. Er hatte schon längere Zeit kein Engagement mehr bekommen. Möglicherweise wegen seines Alkoholproblems. Als sein Stern zu sinken begann, hatte er mit dem Trinken begonnen. Zu allem Übel war er inzwischen auch noch Diabetiker geworden. Durch sein andauerndes Trinken hatte auch sein Äußeres stark gelitten. Sein Gesicht war leicht aufgedunsen, was sicher auch dazu beigetragen hatte, dass er nicht mehr so gefragt war. Ansonsten war er ein liebenswerter geselliger Mensch, der gerne Publikum um sich hatte. Wo fand er dieses in seiner Situation am leichtesten? Im Wirtshaus! Hier hatte er seine Ersatzbühne und gleichgesinnte Freunde. Mit ihnen verbrachte er seine Zeit am liebsten. Die ehemaligen Stars lebten hauptsächlich in der Vergangenheit und erzählten einander immer wieder, wie großartig sie einst in ihrer Glanzzeit gewesen waren.

Leider waren Philips Finanzen sehr begrenzt und er war ständig knapp bei Kasse, zum Ärger seiner Frau. Er gab nämlich meistens mehr aus, als er zur Verfügung hatte, was Lotte auf die Dauer verdross. Sie hatte das Gefühl, seinen Alkoholkonsum indirekt zu unterstützten, weil sie seine Schulden, die er im Gasthaus machte, immer wieder bezahlte. Am Anfang des Monats, wenn Philip Geld bekam, spielte er auch gerne am Automaten, wo er ebenfalls einen Teil seines Geldes verspielte. Anschließend war dann für den Rest des Monats wieder Ebbe in der Kasse und er machte halt wieder Schulden. Hin und wieder setzte er auch schon mal den Schmuck seiner Frau als Pfand ein, den Lotte dann auslösen musste. Nach einigen solchen Aktionen wurde es ihr zu bunt, und sie brachte ihren Schmuck zu ihrer Mutter in Sicherheit. Ihre Mutter wohnte zum Glück ganz in ihrer Nähe. Sie war mit ihren zweiundachtzig Jahren noch eine sehr rüstige, ältere Dame. Immer wenn Lotte Probleme mit ihrem Gatten hatte, war ihre Mutter ihre Anlaufstelle, wo sie ihr Herz ausschütten konnte. Stets konnte sie sich ihr anvertrauen und ihren Kummer loswerden, wenn es ihr wieder einmal zu viel geworden war. Wie oft hatte Lotte schon mit ihrer Mutter darüber gesprochen, sich endgültig von Philip zu trennen und sich von ihm scheiden zu lassen. Aber sie hatte es nie fertiggebracht, weil Philip immer wieder glaubwürdig versprochen hatte, sich zu ändern und mit dem Trinken aufzuhören.

So verging ein Jahr nach dem anderen und alles blieb beim Alten. Aber irgendwann hatte Lotte die Nase endgültig voll, sodass sie ihn am liebsten vor die Tür gesetzt hätte. Sie fürchtete sich täglich, welche Überraschung sie beim Nachhausekommen wieder erwarten würde. Er kam sowieso nur noch zum Essen und Schlafen nach Hause, ansonsten verbrachte er seine Zeit mit seinen Kumpanen. Was für eine Partnerschaft war das noch?

Doch die nächste Überraschung sollte ihr einen Schock versetzen. Ein dramatischer Vorfall, mit dem sie absolut nicht gerechnet hatte, war eingetroffen. Eines Tages, als Lotte wie üblich von der Arbeit nach Hause kam, sah sie schon von Weitem, dass die Rettung vor ihrer Eingangstür stand. Was war da passiert? Hoffentlich nichts mit Philip, war ihr erster Gedanke. Schnell lief sie ins Haus zum Aufzug und fuhr in den zweiten Stock. Beim Aussteigen sah sie zu ihrem Schrecken, dass ihre Wohnungstür weit offen stand. Mit zitternden Knien näherte sie sich ihrer Eingangstür und schaute hinein. Dort sah sie Philip im Vorzimmer auf dem Boden liegen, der Notarzt über ihn gebeugt und zwei Sanitäter standen daneben mit einer Trage. „Um Gottes Willen, was ist denn hier passiert?", fragte Lotte entsetzt. „Ich nehme an, dass Sie die Gattin sind?", fragte der Arzt. Lotte nickte. „Ihr Gatte hatte eine schwere Unterzuckerung, und wir nehmen ihn für einige Tage zur Beobachtung mit ins Spital."

Lotte kniete sich nieder und sagte: „Philip, was machst du nur für Sachen? Wie konnte das passieren?" Er brachte kein Wort heraus und schluchzte nur herzergreifend. Lotte war erschüttert. In dieser Verfassung tat er ihr unsagbar leid. Selbstverständlich begleitete sie ihn ins Spital. Während der Fahrt hielt sie liebevoll seine Hand, streichelte sie und sprach ihm Trost zu.

Im Spital angekommen, blieb Lotte nicht mehr lange bei Philip, weil er alle möglichen Untersuchungen über sich ergehen lassen musste und sie sich überflüssig fühlte. Also verabschiedete sie sich von dem Ärmsten und ging noch, bevor sie das Spital verließ, zu dem Arzt, der Philip ins Spital begleitet hatte. Sie bat um eine kurze Unterredung, die er ihr gewährte. Lotte wollte wissen, wie es um Philip stand. Natürlich hatte der Arzt Philips Alkoholproblem durchschaut und riet dringend zu einem Entzug. Außerdem meinte er, dass sein Zustand nicht gerade der beste sei und es an der Zeit wäre, etwas gegen seine Abhängigkeit zu unternehmen.

Schon nach drei Tagen wurde Philip wieder aus dem Spital entlassen. Es ging ihm den Umständen entsprechend gut, aber der Schock saß ihm noch tief in den Knochen. Darum war er auch sehr kooperativ und erklärte sich freiwillig mit einer Entziehungskur einverstanden. Schließlich ging es um sein Leben, und er war voller Hoffnung, dass er es schaffen würde. Er wollte sich endlich von seiner Sucht befreien und seine Ehe retten. Lotte wollte ihn in jeder Hinsicht unterstützen.

Wie oft hatte sie schon an eine Trennung gedacht und immer wieder einen Rückzieher gemacht. Aber jetzt hatte das Schicksal eingegriffen, um ihnen vielleicht noch gemeinsam eine Chance zu geben. Schließlich hatten sie bis zu Philips Trunksucht viele Jahre eine gute Ehe geführt. Als seine Engagements immer weniger wurden, hatte er mit dem Trinken begonnen. Leider hatten ihn seine sogenannten guten Freunde von früher nach und nach verlassen. Wie es eben so ist im Leben. Diese Enttäuschungen hatten es nicht leichter für ihn gemacht. Wieder war der Alkohol sein Trost, weil er allmählich vereinsamte. Während Lotte in der Arbeit gewesen war, hatte er sich Ersatzfreunde im Wirtshaus gesucht, um nicht allein zu sein.

Dadurch, dass sich die meisten Freunde abgewandt hatten und er und Lotte auch nur noch selten eingeladen worden waren, waren sie mit der Zeit ziemlich isoliert gewesen. Natürlich hatte bei jeder Einladung die Gefahr bestanden, dass er sich betrank und unangenehm auffiel. Hatte er erst einmal über den Durst getrunken, konnte er sehr aufdringlich und penetrant sein. Um sich nicht dem Gespött der anderen Gäste auszusetzen, hatten sie auch die wenigen Einladungen gemieden, die sie hier und da noch erhalten hatten. Aus seiner Glanzzeit hatte Philip nur noch zwei wahre Freunde, die er aber nur selten traf, weil er sich genierte. So führten Lotte und er ein sehr zurückgezogenes Leben nebeneinander.

Wollte Lotte einmal ins Theater oder in die Oper gehen, musste sie alleine oder mit ihrer Mutter gehen, weil Philip selten Lust hatte oder betrunken war. Darum hatte sie sich oft die Frage gestellt: „Warum bin ich mit diesem Mann eigentlich noch verheiratet?“ Abends saß sie fast immer allein vor dem Fernseher und wartete, bis Philip betrunken nach Hause kam. Sie hörte sich dann immer die ewig gleichen Geschichten eines Betrunkenen an, was auf Dauer fad war. In die Entziehungskur setzte Lotte ihre letzte Hoffnung Vielleicht fanden sie nach seiner Genesung noch einmal zueinander.

Zu ihrer großen Freude stellte Lotte bei jedem ihrer Besuche, die sie an den Wochenenden bei Philip machte, eine positive Veränderung fest. Sie machte sich auch schon Gedanken, wie sie Philip von seinen Wirtshausfreunden fernhalten konnte. Er sollte nicht wieder durch Kontakt zu ihnen zum Trinken verleitet werden. Aber allein zu Hause wäre er jederzeit der Versuchung wieder ausgesetzt. Nun hieß es aufpassen, damit keine Langeweile aufkam, wenn er tagsüber alleine zu Hause war. Er sollte zumindest in den Anfängen keine Sehnsucht nach seinen

Freunden verspüren. Darum überlegte Lotte, womit sie ihn ablenken und beschäftigen könnte. Ihr kam dabei der Gedanke an ihre Mutter. Sie wollte sie fragen, ob sie zum Zeitvertreib mit Philip Spiele spielen würde. Ihre Mutter war nämlich eine gute Kartenspielerin. Aber ob Philip mit seiner Schwiegermutter zur Ablenkung spielen würde, war die Frage. Auf alle Fälle war es einen Versuch wert, ihm das Angebot zu machen.

Schade war, dass sie kein Auto mehr besaßen, mit dem sie zur Abwechslung ein wenig fortfahren konnten. Leider war Philip der Führerschein wegen Trunkenheit am Steuer schon vor Jahren abgenommen worden, und Lotte besaß keinen. Darum hatten sie ihr Auto verkauft. Auch ihre große Wohnung hatten sie zu Lottes Leidwesen aus finanziellen Gründen vor Kurzem aufgeben müssen. Sie hatten in den letzten Jahren nur noch Abstriche gemacht. Aber auch damit hatte sich Lotte abgefunden und sie lebten jetzt in einer kleineren Wohnung. Nur sein Trinken war für sie nach wie vor unerträglich. Dies sollte Lottes letzter Versuch sein. Falls Philip sein Wort wieder nicht halten würde, war es für Lotte das Ende ihrer Ehe.

Gut erholt und mit festen Vorsätzen kam Philip von seiner Kur nach Hause. Lotte hatte ihm einen schönen Empfang bereitet, und ihn herzlich willkommen geheißen. Sie zeigte ihm auch ihre Freude über seine guten Vorsätze. Sie glaubte an ihn und hegte die Hoffnung, dass er es dieses Mal wirklich schaffen würde. Er war ihr dankbar für ihre Geduld und Ausdauer, die sie in all den Jahren für ihn aufgebracht hatte. Voll Freude begannen sie gemeinsame Zukunftspläne zu schmieden, und Lotte sagte zu Philip: „Jetzt habe ich nur noch ein knappes Jahr zu arbeiten. Danach können wir wieder gemeinsam einiges unternehmen. Vielleicht besteht sogar die Möglichkeit, dass du deinen Führerschein wiederbekommst und wir uns noch einmal ein Auto anschaffen für kleinere Reisen. Mit solchen Aktivitäten würdest du auch Abstand von deiner Vergangenheit gewinnen. Wir können uns auch wieder öfter mit Freunden treffen, um mit ihnen gemeinsame Wanderungen oder

Reisen zu unternehmen." „Du hast sicher recht, und ich habe ein gutes Gefühl, dass es mit mir wieder bergauf geht", meinte er. „Was würdest du davon halten, wenn du mich täglich am Nachmittag von der Arbeit abholen würdest? Wir könnten dann gemeinsam spazieren gehen oder auf eine Jause ins Caféhaus", fragte Lotte. „Das ist eine gute Idee, das würde ich gerne tun", sagte er freudig. „Mit meiner Mutter habe ich auch schon gesprochen. Sie würde für dich kochen, damit du nicht alleine essen musst, und wenn du ihr dann noch beim Einkaufen helfen würdest, wäre der Tag nicht so lang für dich und du hättest in der ersten Zeit zur Überbrückung ein wenig Gesellschaft. Außerdem ist sie, wie du weißt, auch eine gute Kartenspielerin. Als Zeitvertreib könntest du mit ihr spielen. Ansonsten hast du genügend Lesestoff und als Notlösung den Fernseher", meinte Lotte. „Du brauchst dir um mich keine Sorgen zu machen. Ich finde schon Beschäftigung und werde dich täglich abholen, das verspreche ich dir", sagte Philip. „Du machst mich glücklich, wenn du das schaffst", sagte sie.

Philip hielt Wort und holte seine Frau täglich vom Büro ab. War das Wetter schön, gingen sie noch miteinander spazieren und genossen ihre Zweisamkeit. Beide empfanden ein Hochgefühl, wie in den Anfängen ihrer Liebe und führten sich auf wie übermütige Jungverliebte. Diese wunderschöne Zeit ging eine ganze Weile gut, bis zu dem Tag, an dem Philip sie nicht wie gewohnt erwartete.

Lotte wollte nicht sofort schlecht denken – warum auch. „Er verspätet sich wahrscheinlich nur. Ich warte halt noch einen Moment. Sicher kommt Philip gleich um die Ecke. Man muss ja nicht gleich mit dem Schlimmsten rechnen", schalt sie sich. „Aber anrufen hätte er schon können, falls ihm etwas dazwischengekommen war. Es wird doch nichts passiert sein? Oder war er nicht in der Lage anzurufen?" Lotte wollte der Tatsache nicht ins Auge sehen, obwohl sie genau wusste, was es geschlagen hatte. Das ungute Gefühl in ihrer Magengrube war für sie ein untrügliches Zeichen.

Schon nach so kurzer Zeit hatte Philip wieder alles verspielt. Lotte wollte es einfach nicht glauben. Sie nahm ihr Handy aus der Tasche und wählte seine Nummer. Natürlich meldete er sich nicht. Nur die Mailbox ratschte ihren Text herunter. „Was soll ich jetzt machen?", fragte sie sich. Sie wollte ihm unter keinen Umständen nachspionieren. Aber Gewissheit wollte sie haben, bevor sie handelte. Sie nahm an, dass er sich in seinem Stammlokal aufhielt. Auf keinen Fall wollte sie alleine in der Wohnung sitzen und auf ihn warten, bis er betrunken nach Hause kam. Darum fuhr sie direkt zu ihrer Mutter.

Weinend und in Tränen aufgelöst kam sie bei ihr an und erzählte, dass Philip vermutlich sein Wort wieder gebrochen hatte. Ihre Mutter verspürte großes Mitleid mit ihrer Tochter und versuchte, sie zu trösten. Lotte tat ihr so unendlich leid, weil ihre Hoffnungen, die sie in Philip gesetzt hatte, wieder zu einer schweren Enttäuschung geworden waren. Wie sollte die Ärmste damit nur umgehen? Er hatte ihr Vertrauen wieder missbraucht, obwohl er doch hoch und heilig versprochen hatte, nie mehr zu trinken. Lotte wäre am liebsten nicht mehr nach Hause gegangen und bei ihrer Mutter geblieben, um Philip nicht begegnen zu müssen. Sie wollte auch das Gelaber ihres betrunkenen Gatten nicht mehr hören. Seine leeren Versprechungen kannte sie in- und auswendig. Die konnte und wollte sie nicht mehr hören. Das Maß war endgültig voll. Sie hatte nicht mehr als vierzig Jahre ihres Lebens gearbeitet, um ihren Lebensabend an der Seite eines Trinkers zu verbringen und die Sauferei ihres Gatten auch noch mitzufinanzieren. Auf diese Partnerschaft konnte sie verzichten! Sie würde auch unglaubwürdig erscheinen, wenn sie nicht endlich zu ihrem Wort stehen würde. Dieses Mal wollte sie Wort halten – ohne Wenn und Aber.

Ihre Mutter hatte nach all den Jahren, die ihre Tochter mit Philip durchgemacht hatte, vollstes Verständnis für sie und gab ihr recht, sich endlich von ihm zu trennen. Trotzdem tat es ihr leid, da sie immer ein sehr gutes Verhältnis zu ihrem Schwiegersohn gehabt hatte und ihn mochte. Als Lotte sich nach einiger Zeit der Aussprache beruhigt hatte, sagte sie: „Jetzt gehe ich nach Hause, versuche ein wenig zu schlafen und werde erst morgen mit Philip, wenn er nüchtern ist, reden. Außerdem werde ich mir einige Tage Urlaub nehmen, um die Scheidung in die Wege zu leiten." Beim Abschied nahm ihre Mutter sie noch fest in die Arme, um sie an sich zu drücken und wünschte ihr alles Gute.

Zu Hause bereitete Lotte ihr Nachtlager im Wohnzimmer und versperrte die Tür. Sie wollte Philip nicht mehr begegnen. Ihr war nicht danach, sich auf eine Diskussion mit ihm einzulassen, die am Ende sowieso zu nichts führte. Meistens warf man sich dann auch unkontrolliert Dinge an den Kopf, die einem später nur leidtaten, und das wollte sie vermeiden.

Am nächsten Morgen, nach einer unausgeschlafenen Nacht, schaute Lotte, wo sich Philip befand. Sein Schnarchen verriet ihr den Weg. Die Schlafzimmertür stand ein wenig offen, und sie schaute hinein. Er lag voll angekleidet auf dem Bett und schlief tief und fest. Sie schloss die Tür und ließ ihn in Ruhe ausschlafen. „Wenn er gut ausgeschlafen ist, kann man besser mit ihm reden", dachte Lotte.

Gegen Mittag stand Philip endlich auf und begab sich ins Bad, um sich frisch zu machen, bevor er ins Wohnzimmer kam. Überfreundlich begrüßte er Lotte: „Ich weiß nicht, wie ich es dir erklären soll. Aber auf dem Weg zu dir habe ich Helmut getroffen, einen aus der Wirtshausrunde, und habe mich von ihm überreden lassen, auf ein kurzes Gespräch mit ihm zu gehen. Aber es wird nicht wieder vorkommen, das verspreche ich." „Wenn du einmal Alkohol getrunken hast, und das nicht wenig, wie ich dir anmerke, bist du auch wieder auf den Geschmack gekommen. Philip, es tut mir leid. Ich hatte dich gewarnt und dir klar und deutlich gesagt, dass es das letzte Mal ist. Ich glaube dir nicht mehr, dass du mit dem Trinken aufhörst. Du hast deine letzte Chance verspielt." „Das war nur ein Ausrutscher, und morgen hole ich dich wieder ab – wie immer“, beteuerte er. „Das ist nicht nötig, ich habe mir frei genommen und reiche die Scheidung ein.“ „Wegen dem einen Mal? Ich habe dir doch gesagt, dass es nicht wieder vorkommt“, jammerte er. „Schau, du hast es nicht einmal der Mühe wert gefunden, mich anzurufen, auch dein Handy hattest du ausgeschaltet. Du bekommst dein Alkoholproblem ganz einfach nicht in den Griff. Dass du mich gernhast und mich brauchst, glaube ich sogar. Aber es zieht dich immer wieder zu deinen Kumpanen, mit denen du in der Vergangenheit lebst. Glaubst du, ich habe nicht bemerkt, dass auch aus unserer Vitrine einige schöne Stücke fehlen? Ich habe nur nichts gesagt, weil ich dir keine Vorwürfe machen wollte, um unseren Neuanfang nicht mit Schuldzuweisungen zu gefährden. Aber es sollte eben nicht sein. Ich alleine genüge dir halt nicht, du brauchst ganz einfach deine Freunde und deinen Rausch, was ich sogar irgendwie verstehen kann. Aber ich kann einfach nicht mehr so weiterleben wie bisher. Das musst du auch verstehen. Ich bin nicht all die vielen Jahre arbeiten gegangen, um abends alleine zu Hause zu sitzen und auf meinen Mann zu warten, bis er betrunken nach Hause kommt.“ „Ich verstehe dich sehr gut. Aber die Wohnung ist groß genug für zwei Personen, wir können doch nebeneinander wohnen, und du lebst dein Leben, wie du willst.“ „Schau Philip, du weißt doch selber, dass du mit deinem Geld nie auskommst, Schulden machst und heimlich Dinge aus unserem gemeinsamen Haushalt versetzt. Auch Dinge, die dir nicht gehören, aber mir viel bedeuten. Darum müssen wir getrennt leben. Versteh endlich, dass es nicht nur um den Alkohol geht, sondern auch um die Schulden, die du immer wieder machst und ich ständig begleichen darf. Es ist an der Zeit, dass du selber für deine Sucht Verantwortung übernimmst. Wenn ich so überlege, tust du nichts anderes, als unseren Besitz ins Wirtshausklo zu pinkeln, dafür ist mir meine noch bleibende Lebenszeit zu schade. Bitte zieh zu deiner Mutter. Sie hat eine große Wohnung für sich alleine, und vielleicht ist sie froh, wenn sie Gesellschaft bekommt. Sicher brauchst du bei ihr auch keine Miete zu bezahlen, und dir bleibt dein gesamtes Geld für dich – wie bei mir. Mach dich halt nützlich bei ihr, dann tust du ein gutes Werk. Unsere Wohnung werde ich gegen eine kleinere tauschen, damit sich meine Ausgaben verringern und mir genügend Geld zur Verfügung steht. Ich möchte noch gerne reisen und mir den Rest meines Lebens nach meiner Vorstellung gestalten. Es wäre schön, wenn wir uns im Guten trennen, als Freunde", meinte sie. „Mir bleibt wohl nichts anderes übrig, als deinen Vorschlag anzunehmen. Es ist mir auch bewusst, dass meine Versprechungen nichts wert waren, aber trotzdem fällt es mir schwer, mich von dir zu trennen", sagte Philip. „Für mich ist es auch nicht leicht, ich bin genauso traurig, aber ich sehe keine andere Möglichkeit für uns", sagte sie.

Im gegenseitigen Einvernehmen ließen sich Lotte und Philip kurz und schmerzlos scheiden. Lotte war sichtlich erleichtert, dass es vorbei war. Philips Mutter hatte sich bereit erklärt, ihren Sohn bei sich einziehen zu lassen, was ihm natürlich peinlich war. Aber was blieb ihm übrig in seiner Situation. Seine Mutter war weit über achtzig, aber noch eine ungewöhnlich rüstige, ältere Dame. Das Problem ihres Sohnes war ihr bekannt, und sie verstand Lotte vollkommen und nahm ihren süchtigen Sohn bei sich auf. Platz hatte sie genug und arm war sie auch nicht. Was konnte Philip Besseres passieren. Dass es nicht leicht mit ihm sein würde, war ihr bewusst. Aber sie war alleine und hatte viel Zeit, sich um ihn zu kümmern. Philip blieb, wie nicht anders zu erwarten, Dauergast in seinem Stammlokal bei seinen Freunden.

Lotte hatte bei der Scheidung schriftlich festlegen und in den Zeitungen veröffentlicht lassen, dass sie keinerlei Haftung für die Schulden ihres Gatten übernimmt. Die vielen Aufregungen waren nicht spurlos an Lotte vorübergegangen. Sie war ziemlich mitgenommen und hatte zusätzlich die Strapazen des Umzuges vor sich und keine Aussicht auf ein wenig Entspannung. Ihren Resturlaub vor ihrer Pensionierung verwendete sie für den Umzug in ihre neue Wohnung. Sie hatte eine schöne kleine Zweizimmerwohnung gefunden, die für sie völlig ausreichte. Bis sie mit dem Umzug und dem Einrichten der Wohnung fertig war, wohnte sie bei ihrer Mutter. Sie war froh, dass sie bei ihr wohnen durfte. Ihre Liebe und Fürsorge taten Lotte gut.

Als ihre Wohnung nach endlosen Wochen des Einrichtens endlich bezugsfertig war, entschloss sie sich, noch einige Tage länger bei ihrer Mutter zu bleiben, weil sie sich in der neuen Wohnung trotz aller Probleme ohne Philip einsam fühlte und ihn vermisste.

Die Tage bis zu ihrer Pensionierung waren gezählt. Sie freute sich auf ihren Ruhestand und schmiedete Pläne, was sie zu unternehmen gedachte. Ihr Nachholbedarf war groß. Dabei dachte sie in erster Linie an Kulturreisen oder Ausflüge mit Freunden in die Natur. Zwischendurch erkundigte sich Lotte bei ihrer Exschwiegermutter, wie es um Philip stand. Leider hörte sie nie Gutes, er trank nach wie vor, ohne Aussicht auf Besserung. Obgleich es Lotte leidtat, war sie doch froh, dass sie sich für den Schritt der Trennung entschieden hatte, der ihr nicht leichtgefallen war.

Um von den Strapazen der letzten Zeit etwas Abstand zu gewinnen, bemühte sie sich bei ihrem Hausarzt um einen Kuraufenthalt. Sie hatte es bitter nötig, nicht nur, weil es ihr seelisch und körperlich nicht gut ging, sondern auch, weil sie nervlich ziemlich instabil war. Aus nichtigen Anlässen musste sie weinen und hatte nachts Schwierigkeiten beim Einschlafen. Auf die Bewilligung für eine Kur in Gars am Kamp brauchte sie Gott sei Dank nicht lange zu warten. Hier erhoffte Lotte sich von den Behandlungen eine Verbesserung ihres momentanen labilen Zustandes. Außerdem würde es ihr guttun, wieder einmal unter Leute zu kommen, mit denen sie sich über ähnliche Probleme wie die ihren austauschen konnte.

Es gefiel ihr im Großen und Ganzen gut dort, und sie sprach auch gut auf die Behandlungen an. Aber trotzdem fühlte sie immer noch eine gewisse Traurigkeit in sich. In dieser Verfassung war es ein Glück, dass sie dort liebe Menschen kennenlernte, mit denen sie sich gut verstand. Es waren ihre Tischnachbarn, mit denen sie die gemeinsamen Mahlzeiten einnahm. Die Runde bestand aus sechs Personen – vier Damen und zwei Herren. Sie waren nette, liebenswerte, gesprächige Leute. Natürlich waren ihre Hauptthemen ihre Krankheiten, über die sie sich unterhielten. Während einer Unterhaltung fühlte sich Lotte von einem der beiden Herren von der Seite her beobachtet. Das fehlte ihr gerade noch. Flirten war das Letzte, woran sie momentan dachte. Schon gar nicht in ihrer depressiven Verfassung. Aber trotzdem schaute sie sich den Herrn, der bei Tisch neben ihr saß, etwas genauer an. Ein Philip war er nicht. Mit welchen Gedanken befasste sie sich? Doch nicht etwa mit denen eines Mannes? Aber einen netten Eindruck machte er schon auf sie. Womöglich war er einer von denen, die sich einen Kurschatten zulegen wollten, aber nicht mit ihr. Was für dumme Gedanken hegte sie da? Möglich, dass sie sich das Ganze auch nur einbildete. Er schaute die anderen Frauen sicher genauso an. Egal, zum Flirten war sie ja schließlich nicht da. Sie wollte sich von den Aufregungen der letzten Monate erholen und sonst nichts.

Am Abend nach dem Nachtmahl wurde von einem der beiden Herren der Vorschlag gemacht, noch gemeinsam in ein Lokal auf ein Glas Wein zu gehen. Lotte zögerte kurz, lehnte aber ab, weil ihr absolut nicht danach zumute war. „Schade“, sagte der Mann, von dem sie sich immer beobachtet fühlte. Der Rest der Gruppe war dabei, und sie versuchten Lotte noch umzustimmen, aber ohne Erfolg.

Ein wenig traurig ging sie auf ihr Zimmer und fragte sich:
„Warum bist du eigentlich nicht mitgegangen? Ist es des Mannes wegen? Hast du Angst vor ihm? Oder bist du ein gebranntes Kind? Steigerst du dich in etwas hinein? Wo bleibt dein Selbstvertrauen? Nette Gesellschaft hat noch nie geschadet. Die Lust an Lebensfreude könnte nur heilsam sein.“ In Zukunft wollte sie an den Geselligkeiten teilnehmen und sich nicht absondern. Wer weiß, was das Schicksal noch mit ihr vorhatte. Negative Gedan-

ken wollte sie über Bord werfen und sich der Gemeinschaft anschließen. Mit guten Vorsätzen legte sie sich schlafen.

Am nächsten Morgen beim Frühstück vernahm sie aus den Gesprächen der Runde, dass sie einen sehr netten Abend miteinander verbracht hatten. Eine der Damen namens Vera sagte zu Lotte: „Inzwischen sind wir alle per du, sind Sie auch dabei? „Natürlich! Ich bin die Lotte." Alle stellten sich mit Namen vor: Vera, Maria, Lothar, Susi und Werner. „Heute Abend gedenken wir wieder fortzugehen und hoffen, dass du dieses Mal dabei bist", sagte Werner. Dieses Mal sagte Lotte zu. „Wir freuen uns, dass du mitmachst und dich nicht absonderst. Heute ist Samstag und in der Nähe befindet sich ein Lokal, das am Wochenende Musik und Tanz bietet, wir haben die Absicht dort hinzugehen", sagte Lothar. „Am Samstag gibt es fast keine Anwendungen mehr, und wir können viel Zeit miteinander verbringen", meinte Susi noch.

Gleich nach dem Frühstück ging Lotte leicht beschwingt aufs Zimmer. Sie hatte das Gefühl, dass sich ihre Lebensgeister wieder regten. „Was doch so eine nette Gesellschaft ausmacht. Wie gut, dass ich Anschluss bei ihnen gefunden habe. Getanzt habe ich auch schon ewig nicht mehr. Ob ich es wohl verlernt habe? Macht auch nichts. Ich muss nicht unbedingt tanzen. Zuschauen kann auch unterhaltsam sein", dachte sie. Sie machte sich schon wieder Gedanken über Dinge, die noch nicht aktuell waren. Was sollte sie nur anziehen? Garderobe für einen Tanzabend hatte sie nicht dabei. Auf die Idee, dass sie während der Kur tanzen gehen würde, wäre sie nie gekommen. Sie würde schon das Richtige finden. Eine schöne Bluse und ein passender Rock sollten wohl reichen.

Am Samstagvormittag hatte Lotte nur noch ihre Meditationsstunde und war danach frei. Nach der Meditation legte sie sich immer noch ein Stündchen im Zimmer aufs Bett, um die Wirkung zu verstärken. Gut ausgeruht und entspannt bereitete sie sich auf den Abend vor.

Nach dem Nachtmahl trafen sich alle vor dem Haustor und fuhren mit den beiden Autos der Männer zum Lokal. Lotte saß vorne im Auto neben Lothar, ihrem Beobachter. Sie dachte bei sich: „Zuwider ist er nicht. Was für Gedanken du hast? Denk nur daran, was du gerade erst hinter dich gebracht hast. Mach dir keine unnötigen Gedanken, schließlich sind wir ja vier Frauen, und wer weiß, ob du dir da nicht etwas einbildest. Lass es auf dich zukommen. Danach weißt du mehr."

Nach kurzer Fahrzeit standen sie schon auf dem Parkplatz vor dem Lokal. Lothar war ganz Kavalier und half den Damen aus dem Auto. Seine Hand war ihre erste Berührung, die Lotte von ihm spürte. Ein eigenartiges Gefühl, von einem anderen Mann als Philip berührt zu werden, das sie aber nicht als unangenehm empfand. Lothar verstand es auch so einzurichten, dass Lotte im Lokal am Tisch neben ihm saß. „Also hat er doch ein Auge auf dich geworfen. Na gut, ich lass mich überraschen, was weiter geschieht", ging es ihr durch den Kopf.

Nachdem am Tisch nur zwei Herren, aber vier Damen waren, war eine leicht angespannte Atmosphäre zu spüren. Jede der Damen wollte gerne tanzen und erwartete, dass sie als Erste aufgefordert wurde. Man gab sich zwar gleichgültig, aber im Innersten wollte jede einen Kavalier für sich haben. Nur Lotte war es ziemlich egal, ob sie tanzte oder nicht. Sie freute sich über die nette Abwechslung in der netten Gesellschaft und drängte sich auf keinen Fall in den Vordergrund. Genau das gefiel Lothar wahrscheinlich, und bei den ersten Walzerklängen bat er Lotte um den ersten Tanz. Etwas überrascht wandte sie sich ihm zu: „Ich habe schon ewig nicht mehr getanzt und hoffe, dass ich dir beim Tanzen nicht zu sehr auf die Füße trete." „Das soll das geringste Problem sein", sagte er und reichte ihr die Hand zum Aufstehen. Lotte gab ihm ihre Hand und ging mit ihm auf die Tanzfläche. Zu lieblichen Walzerklängen drehten sie sich einigermaßen übers Parkett. Lotte war wirklich ein wenig aus der Übung, und Lothar hatte einige Mühe, mit ihr im Takt zu bleiben. Aber er war ein geduldiger und guter Tänzer, der Lotte mit sicheren Schritten übers Parkett führte. Allmählich ließ bei Lotte die Unsicherheit nach und sie tanzte spürbar lockerer und sichtlich entspannter. Sie fühlte auch, wie angenehm es war, sicher im Arm gehalten zu werden, was ihr fast peinlich war. „Sei doch nicht so verklemmt, lass es ganz einfach zu", dachte sie.

Nach dem Tanz führte Lothar sie zum Tisch und sagte auf dem Weg dorthin: „Für den ersten Tanz war es doch schon ganz gut." Lotte freute sich über das Kompliment und bedankte sich. Lothar und Werner tanzten den ganzen Abend abwechselnd mit allen Damen, damit sich keine von ihnen benachteiligt fühlen sollte. Aber Vera hatte sehr wohl bemerkt, dass Lothars ganze Aufmerksamkeit Lotte galt. Da sie die Jüngste unter den Damen war, ließ sie es auf einen Konkurrenzkampf ankommen. Sie hofierte Lothar übertrieben und erhoffte sich, so seine Aufmerksamkeit zu erheischen. Aber er reagierte überhaupt nicht darauf, weil er sich auf Lotte fixiert hatte. Werner hatte ebenso seine Wahl getroffen und sich für Maria entschieden. So endete der Abend für Susi und Vera leider ein wenig frustrierend.

Während der ganzen Heimfahrt sprachen sie kaum ein Wort. Es war Susi und Vera anzumerken, wie enttäuscht sie waren. Im Heim angekommen, verabschiedeten sie sich dann auch ein wenig kühl.

Kaum dass Lotte ihre Zimmertür hinter sich geschlossen hatte, hörte sie ein zaghaftes Klopfen an ihrer Tür. Momentan erschrak sie, ging aber doch zur Tür und fragte leise, wer da sei. „Ich bin es – Lothar. Lässt du mich noch auf einen Sprung zu dir herein?", fragte er. „Nein! Auf keinen Fall! Das will ich nicht!" „Schade, ich wäre gern noch auf ein Plauderstündchen zu dir gekommen", sagte er. „Plaudern können wir morgen im Café oder im Park. Gute Nacht und schlaf gut", sagte Lotte. „Was glaubt er, wer er ist? Nur weil wir miteinander getanzt haben, muss ich noch lange nicht sein Kurschatten sein!", dachte sie empört. Als sie sich beruhigt hatte, musste sie innerlich lachen und dachte: „Es geht doch immer nur um eines – um Sex! Auch im Alter dürfte sich da nichts geändert haben."

Am kommenden Morgen, als Lotte den Frühstücksraum betrat, sah sie zu ihrer Verwunderung, dass Lothar schon am Tisch saß. Sie begrüßte ihn freundlich mit den Worten: „Guten Morgen! Hast du gut geschlafen?" „Danke, aber gut, dass du vor den anderen da bist, ich möchte mich nämlich bei dir entschuldigen wegen gestern Abend und hoffe, dass du meine Entschuldigung annimmst" „Da gibt es nichts zu entschuldigen, versuchen darf man alles. Ob es gelingt, ist eine andere Sache. Ich habe es schon lange vergessen. Aber andererseits ist es auch schön, dass ich noch begehrt werde." „Lieb von dir, dass du es von der Seite betrachtest", sagte er. „Man lernt eben nie aus im Leben."

Die drei Wochen des Kuraufenthaltes hatten Lotte sehr gutgetan. Sie konnte wieder lachen, und es ging ihr auch seelisch wieder besser. Zu ihrer guten Verfassung hatten auch die netten Freunde sehr viel beigetragen, die ihr hier begegnet waren. Am Tag der Heimreise tauschten sie noch vor dem Abschiednehmen ihre Telefonnummern aus, um sich eventuell anrufen zu können. Lothar kam als Einziger wie Lotte aus Wien. Er bat sie beim Abschied, mit ihm in Kontakt zu bleiben, was sie gerne versprach. Sie hatte ihn inzwischen sogar schon ein wenig gern und konnte sich eventuell sogar eine Partnerschaft mit ihm vorstellen.

Wieder daheim in Wien besuchte sie als Erstes ihre liebe Mutter. Lotte erzählte ihr wie gut es ihr ergangen war und dass sie eine neue Bekanntschaft gemacht hatte. Ihre Mutter sagte: „Ich freue mich für dich, schließlich bist du noch jung genug für eine Partnerschaft. Wichtig ist nur, dass du nicht wieder an einen Alkoholiker oder gar einen Ganoven gerätst." „Er hat eher einen soliden Eindruck auf mich gemacht", meinte Lotte. „Dann wünsche ich dir viel Glück, mit deiner neuen Eroberung."

Schon am ersten Wochenende nach der Kur meldete sich Lothar bei ihr, und sie vereinbarten ihr erstes Rendezvous.

Lotte war ziemlich aufgeregt und überlegte, was sie anziehen sollte. Schließlich wollte sie ihm ja gefallen. Es sollte auch altersmäßig zu ihr passen und solide wirken. Nachdem er vom Spazierengehen gesprochen hatte, dachte sie an etwas Sportliches, was sie dann auch anzog. Lothar holte Lotte schon am Sonntagvormittag mit seinem Auto ab, weil sie noch vor dem Mittagessen spazieren gehen wollten. Die Begrüßung war sehr freudig, und sie umarmten einander sogar. „Fesch siehst du aus", sagt er. „Schön, dass ich dir gefalle."

Zum Spazierengehen fuhr Lothar mit Lotte ins Helenental.

In dieser romantischen Gegend wanderten sie Hand in Hand durch die buntgefärbte, herbstliche Natur. Nach mehr als zwei Stunden Wanderung entschlossen sie sich, essen zu gehen. Der ausgiebige Spaziergang hatte sie hungrig gemacht, und sie kehrten in ein am Weg liegendes Gasthaus ein. Im Lokal fand Lothar einen ruhigen Eckplatz, wo sie sich ungestört unterhalten konnten. Lotte nahm diese Gelegenheit wahr, um Lothar eine Frage zu stellen, die ihr am Herzen lag: „Bist du verheiratet?" „Nein, warum fragst du?" „Ich wollte es nur wissen, es hätte ja sein können. Neue Probleme würde ich gerne vermeiden. Davon hatte ich in der letzten Zeit zur Genüge." Kurz erzählte Lotte ihm die Geschichte mit Philip, worauf Lothar sagte: „Ich bin schon lange geschieden, und Alkohol trinke ich nur mäßig, deswegen brauchst du dir keine Sorgen zu machen." „Das beruhigt mich sehr", sagte sie.

Nach dem Essen wanderten sie den langen Weg zum Auto retour und fuhren direkt nach Wien in Lottes Wohnung. Lothar gab Lotte das Gefühl, dass eine Partnerschaft mit ihm vorstellbar wäre. Lothar übernachtete bei Lotte und fuhr erst am kommenden Tag zu sich nach Hause. Bevor sie sich trennten, vereinbarte er fürs kommende Wochenende ein weiteres Rendezvous mit ihr.

Kaum, dass Lothar fort war, stellte sich Lotte die Frage: „Warum will er mich erst am nächsten Wochenende wiedersehen? Was macht er den Rest der Woche?" Seine Adresse hatte er ihr auch nicht gegeben. Was war da faul? Sie hatte nur seine Handynummer. Sollte sie ihn anrufen und nach seiner Adresse fragen? Lieber nicht, sonst glaubte er noch, dass sie ihn kontrollierte. Warum war sie überhaupt misstrauisch? Sie waren ja noch am Anfang ihrer Partnerschaft. Im Laufe der Zeit würde er ihr sicher mehr über sich erzählen. Lotte beruhigte sich und wollte keine negativen Gedanken hegen. Alles Weitere würde sich schon mit der Zeit ergeben. Aber dem war nicht so, es blieb bei der Wochenendliebe.

Ihre Treffen begrenzten sich ausschließlich auf Samstag und Sonntag. Das war für Lotte nicht ganz nachvollziehbar, und bei der erstbesten Gelegenheit erlaubte sie sich die Frage: „Warum können wir uns immer nur an den Wochenenden sehen?" „Weißt du, ich habe nur eine geringe Pension und verdiene mir unter der Woche etwas Geld nebenbei. Abends treffe ich mich meistens noch mit Freunden, aber das Wochenende gehört nur uns", sagte er. „Du musst ja nicht unbedingt nur zu mir kommen, ich kann doch genauso gut zu dir kommen. Ich könnte für dich kochen, damit du geringere Kosten hättest", meinte Lotte. „Lieber nicht. Du würdest in meiner Wohnung genauso auf mich warten, und es würde keinen Unterschied machen. Außerdem ist es bei dir viel gemütlicher. Ich bin fast nie zu Hause, und so bleibt es halt nur bei den Wochenenden, auf die ich mich übrigens immer sehr freue." „Wahrscheinlich hatte ich eine falsche Vorstellung von unserer Partnerschaft, weil ich angenommen hatte, dass wir eventuell zusammenziehen und miteinander leben würden." „Schön wäre es, aber leider geht das nicht", sagte er. „Dafür muss es doch einen Grund geben?", fragte sie. „Natürlich gibt es einen Grund. Aber den wollte ich dir nicht erzählen, weil es mir unangenehm ist." „Dann kann es nur eine andere Frau sein." „Gewissermaßen schon. Aber es ist anders, als du denkst. Nach meiner Scheidung ging es mir finanziell sehr schlecht, und ich konnte mir keine eigene Wohnung leisten, sodass ich zu einer guten Bekannten gezogen bin, die mir ein Zimmer vermietet hat und bei der ich immer noch wohne. Sie hat mich auch finanziell immer wieder unterstützt und mir oft Geld geborgt. Auch Geld, damit ich mir ein Auto kaufen konnte. Inzwischen hat sich eine schöne Summe angesammelt, an der ich immer noch zurückzahle. Darum arbeite ich auch unter der Woche, um das Geld für meine Schulden zu verdienen. Ich kann erst ausziehen, wenn ich schuldenfrei bin. Jetzt weißt du, warum ich nicht zu dir ziehen kann", sagte Lothar. „Also hattest du mir doch nicht die Wahrheit gesagt, als ich fragte, ob du verheiratest bist? Es ist nur eine andere Form der Partnerschaft, in der du lebst und faktisch auch gebunden bist", sagte sie. „Wenn ich es dir gleich erzählt hätte, hättest du mir sicher keine Change gegeben, und um das zu verhindern, habe ich nur die halbe Wahrheit gesagt." „Es wäre für mich leichter gewesen, du hättest mir gleich die Wahrheit erzählt, weil ich dich inzwischen liebgewonnen habe und mir eine Trennung jetzt bei Weitem schwerer fallen würde", sagte Lotte. „Ich habe es geahnt, siehst du keine andere Möglichkeit als eine Trennung?", fragte er. „Du kannst dir doch sicher denken, dass ich an keiner Dreiecksbeziehung interessiert bin", sagte sie. „Das wäre es sicher nicht. Zwischen mir und der Erni läuft schon lange nichts mehr. Es geht hier nur noch um die Schulden, die ich zu zahlen habe. Wenn ich mir eine Wohnung nehmen würde, müsste ich mehr Miete zahlen und so stecke ich das Geld lieber in die Rückzahlung, damit ich schneller schuldenfrei bin." „Wie hoch ist denn der Betrag, den du noch zu bezahlen hast, wenn ich fragen darf?" „Fast zehntausend Euro sind noch offen", sagte er kleinlaut. „Das ist kein geringer Betrag, an dem du sicher noch lange zu zahlen hast." „Es würde nur noch eine Lösung geben, wenn du mir helfen würdest." „Und wie würdest du dir die Hilfe vorstellen?" „Dass du mir eventuell das Geld borgen würdest und ich es dir in kleinen Raten zurückzahlen darf. Dann können wir auch zusammenziehen", meinte er. „Das kommt zu überraschend für mich, als dass ich dir jetzt sofort antworten möchte. Ich werde erst eine Nacht darüber schlafen. Schließlich willst du die andere Frau zu meinen Gunsten verlassen und wer gibt mir die Garantie, dass du es bei der nächsten Gelegenheit, die sich bietet, mit mir nicht genauso machen wirst." „Das werde ich auf keinen Fall tun, das musst du doch spüren." „Gefühle können sich sehr schnell ändern, ich habe gerade erst eine schicksalhafte Beziehung hinter mir und möchte mir nicht sofort wieder ein neues Problem einhandeln", sagte sie. „Wie ich merke, schaut es für unsere Beziehung nicht gut aus", sagte Philip. „Ich muss ganz einfach nachdenken und lass es dich wissen, wie ich mich entscheiden werde", sagte sie. Lotte verabschiedete sich etwas distanzierter als sonst, und er spürte ihre kühle Haltung ihm gegenüber.

Nachdem sie sich getrennt hatten, ging Lotte wie immer zu ihrer Mutter, um ihr zu erzählen, was Lothar ihr gestanden hatte. „Was soll ich dir darauf antworten, mein Kind, ohne mich einzumischen? Aber eine Beziehung, die mit einem belastenden Problem des Geldes wegen beginnt, solltest du dir gut überlegen", sagte sie. „Ich bin ganz deiner Meinung, aber die Trennung fällt mir nicht leicht, weil ich ihn inzwischen liebgewonnen habe und wir uns auch sonst gut verstehen. Aber mir gefällt nicht, dass er eine Summe in der Größe von mir borgen will, um sich freizukaufen. Ich habe auch keine Garantie dafür, dass sich dieses Spiel nicht eines Tages mit mir genauso wiederholt", sagte Lotte. „Es gibt für nichts im Leben eine Garantie. Handle nach deinem Bauchgefühl und lass den Verstand aus dem Spiel", sagte ihre Mutter. „Dann weiß ich, was ich zu tun habe, so leid es mir tut. Jetzt brauche ich unbedingt eine Beschäftigung, um mich abzulenken, damit ich nicht wieder in ein tiefes Loch falle. Ich habe den Kontakt zu meiner Schwiegermutter nie abgebrochen und mich hier und da nach Philip erkundigt. Er befindet sich wieder im Spital, weil er erneut eine Unterzuckerung hatte und ist in einer sehr miserablen Verfassung. Seine Mutter glaubt auch, dass er es nicht mehr lange durchhält. Wenn er aus dem Spital entlassen wird, will sie ihn zu sich nach Hause nehmen und ihn pflegen, so lange sie es vermag. Ich werde sie dabei unterstützen, um etwas Sinnvolles zu tun, was mich gleichzeitig von meinem Missgeschick mit Lothar ablenkt“, sagte sie. „Es wird gut für dich sein, wenn du keine Zeit zum Nachdenken hast, und für Philip ist es ein Geschenk, wenn du in seiner Verfassung bei ihm bist“, sagte ihre Mutter.

Oma Hermine

Hermine war seit einigen Jahren Witwe. Sie hatte eine geringfügige Pension, und um diese aufzubessern, putzte sie einige Male in der Woche bei zwei älteren Damen. Sie hatte zwei Kinder: Tochter Maria und Sohn Franz. Mit ihrer Tochter hatte sie einen langen, schweren Leidensweg durchgemacht. Leider hatte Maria den Kampf gegen die heimtückische Krankheit verloren. Nicht nur der Verlust ihrer geliebten Tochter belastete sie, sondern auch das gegebene Versprechen an sie. Maria hinterließ nämlich eine Tochter mit zwei unehelichen Kindern. Diese waren Hermines Enkelin und Urenkel. Am Sterbebett hatte sie ihrer Tochter versprochen, sich um die Kinder zu kümmern, eine große Herausforderung für sie in ihrem Alter. Aber sie wollte zu ihrem Wort stehen.

Enkelin Gabi war ein verwöhntes Einzelkind. Ihre Eltern waren geschieden und sie war bei ihrer Mutter aufgewachsen, die sie leider allzu sehr verwöhnt hatte. Auch ihre Oma war daran nicht ganz unbeteiligt gewesen. Viele Jahre hatte sich alles immer nur um Gabi gedreht. Schließlich war sie das einzige Enkelkind von Hermine. Ihr Sohn hatte nie geheiratet. Er lebte mit einer liebenswerten Lebensgefährtin namens Michaela zusammen. Mit ihnen verstand sie sich gut und konnte sich jederzeit bei ihnen aussprechen, wenn der Kummer sie wieder einmal erdrückte.

Gabi war mit ihren Kindern ständig überfordert. Dazu kam auch noch der Verlust ihrer geliebten Mutter, und sie musste sich jetzt alleine um ihre zwei kleinen Kinder kümmern. Dabei hätte sie ein wenig Trost gebraucht. Leider war ihre Oma Hermine nach dem Verlust ihrer Tochter selber nicht in der besten Verfassung, um sich genügend um Gabi zu kümmern.

Gabi traf der Verlust ihrer Mutter besonders hart, da diese sie nicht nur finanziell unterstützt, sondern sich auch liebevoll um die Enkelkinder gekümmert hatte. Gabi war nur selten einer geregelten Arbeit nachgegangen und hatte deshalb auch kein regelmäßiges Einkommen bezogen. Sie hatte es nirgends lange ausgehalten und meistens mit den Kindern von der Fürsorge gelebt.

Mit achtzehn Jahren war sie schon von zu Hause ausgezogen, und hatte mit einem Mann unverheiratet zusammengelebt. Aus dieser Beziehung stammte ihr Sohn Roland. Länger als zwei Jahre hatte die Liaison nicht gehalten. Zum Glück kümmerte sich der Vater nach wie vor liebevoll um seinen Sohn. Er holte den Buben auch regelmäßig an den Wochenenden zu sich.

Schon bald nach der Trennung war Gabi nochmals eine Partnerschaft eingegangen, und aus dieser Verbindung stammte ihre Tochter Sabine. Auch diese Verbindung war von kurzer Dauer gewesen. Sabines Vater ließ zu ihrem Leidwesen nichts von sich hören, zahlte aber regelmäßig Alimente.

Gabi war aus Kostengründen wieder zu ihrer Mutter zurückgezogen. Diese hatte eine große Wohnung und ein gutes Gehalt gehabt, von dem die kleine Familie gut leben konnte. Bei ihr war es der Tochter und den Enkeln gut gegangen. Von ihrer Mutter hatte Gabi jede Unterstützung erhalten, die sie für sich und ihre Kinder benötigte. Allein war sie der Situation nicht gewachsen gewesen und hatte sich ständig überfordert gefühlt. Nach dem Tod ihrer Mutter war Gabi ohne ihre Hilfe nicht in der Lage, sich und die Kinder zu versorgen.

Gabi hatte nie gelernt, Verantwortung zu übernehmen. Darum fiel es ihr auch sehr schwer, für sich und ihre Kinder zu sorgen. Sie war nervös, was sich auf die Kinder auswirkte, weil sie ständig mit ihnen herumschrie. In ihrer Verzweiflung bat sie ihre Großmutter ständig um Hilfe, und Oma Hermine konnte nicht Nein sagen. Obgleich ihre Enkelin schon vierundzwanzig Jahre alt war, gelang es ihr nicht, ihr Leben auf die Reihe zu kriegen. Jetzt kamen auch noch die vielen Behördengänge wegen der Erbschaft auf sie zu, die sie ebenfalls überforderten. Die vielen Fahrten zu den verschiedenen Ämtern, die sie alle mit öffentlichen Verkehrsmitteln tätigen musste, weil sie kein Auto besaß, überforderten sie ebenfalls. Das Auto ihrer Mutter konnte sie nicht nutzen, weil die Erbmasse noch nicht freigegeben war. Während dieser Zeit, in der sie unterwegs war, versorgte die Oma ihre Kinder. Für Gabi war es eine große Hilfe, wenn die Urli – wie die Kinder Hermine nannten – auf sie aufpasste.

„Warum kommst du zu uns und nicht unsere Oma Maria? Wir wollen, dass Oma Maria zu uns kommt“, sagten Roland und Sabine. Diese Frage machte Hermine traurig, und sie musste weinen, obwohl sie es vor den Kindern nicht tun wollte. „Warum weinst du, Urli?“, fragten die beiden. Was sollte sie den Kindern antworten? Sie sagte halt, was man Kindern üblicherweise so sagt: „Oma Maria ist im Himmel, darum kann sie nicht zu euch kommen.“ „Aber warum ist sie denn in den Himmel gegangen und nicht bei uns geblieben?“ „Der liebe Gott hat sie geholt, weil sie sehr krank war und tröstet sie jetzt. Darum bin ich als Ersatzoma zu euch gekommen“, sagte sie.

Immer, wenn Hermine auf ihre Urenkel aufpasste, hatte Gabi es nicht sehr eilig mit dem Heimkommen. Sie nutzte die Gelegenheit für kleine Einkäufe oder traf sich mit Freundinnen. Mitunter kam sie so spät nach Hause, dass Hermine böse auf sie war und sagte: „Jetzt erst kommst du daher. Nun muss ich im Finstern heimfahren. Ich bin schließlich nicht mehr die Jüngste und fürchte mich alleine im Dunklen. Nun muss ich mich auch noch beeilen, dass ich die letzte Straßenbahn erwische.“

„Du kannst ja bei uns bleiben und im Bett der Mama schlafen“, meinte Gabi. „Leider nicht! Morgen Früh habe ich meine Bedienung und muss mich noch umziehen.“ „Dann fahr halt mit dem Taxi“, meinte Gabi. „Das ist mir schade ums Geld. So dick hab ich's auch nicht." „Dann gebe ich dir das Geld", meinte Gabi großzügig. „Danke nein, spar dir dein Geld lieber. Geh nicht so locker mit dem Geld um, was du noch von deiner Mutter hast. Du wirst es noch brauchen. Ausgegeben ist es schnell, aber mühsam gespart", sagte Hermine. „Wenn ich Geld brauche, gehe ich halt arbeiten und verdiene etwas dazu." „Dein Wort in Gottes Ohr. Es würde mich freuen, wenn du das tätest. So, jetzt gehe ich und versuche noch, die letzte Straßenbahn zu erreichen – Bussi und Servus."

Hermine erreichte die letzte Straßenbahn gerade noch. Sie musste nur drei Stationen bis nach Hause fahren. Aber es wäre für sie zum Gehen zu weit gewesen. Sie hatte einen langen Tag hinter sich, war müde und dachte nur noch an ihr Bett. Unterwegs musste sie an Gabis Worte denken, dass sie arbeiten gehen wollte. Ob Gabi es wirklich ernst meinte? Möglich, dass auch noch eine andere Absicht dahintersteckte. Vielleicht wollte sie die große Genossenschaftswohnung ihrer Mutter behalten. Bis jetzt hatte ihre Mutter die Miete alleine bezahlt. Für diese Kosten müsste Gabi dann alleine aufkommen. Sollte sie das Auto der Mutter auch behalten wollen, hatte sie diese Ausgaben ebenfalls zu tragen. Da würde das Geld von der Fürsorge und dem Kindergeld sicher nicht ausreichen. Aber es war schon ein Fortschritt, dass sie sich mit dem Gedanken arbeiten zu gehen überhaupt auseinandersetzte. Es war an der Zeit, dass sie ihr Leben endlich selber in die Hand nahm. Es wäre schön, wenn ihr dies gelänge. Ihre Kinder waren alt genug, um in den Kindergarten zu gehen, damit sie einem Beruf nachgehen konnte.

Hermine konnte es kaum glauben, Gabi hatte sich tatsächlich um eine Arbeit beworben. Sie hatte auch noch das große Glück, dass sie relativ schnell einen Arbeitsplatz fand. In einem Warenhaus bekam sie eine Anstellung als Verkäuferin. Der Anfahrtsweg betrug etwa zwanzig Minuten. Roland und Sabine hatten innerhalb kurzer Zeit einen Kindergartenplatz bekommen, da sie als alleinerziehende Mutter bevorzugt wurde.

Roland und Sabine waren keine Minute traurig, in den Kindergarten zu müssen. Sie freuten sich auf neue Spielkameraden. Jetzt stellte sich nur noch die Frage, wer die Kinder vom Kindergarten abholen würde. Gabi hatte im Verkauf manchmal länger Dienst und konnte ihre Kinder nicht immer pünktlich abholen. Natürlich kam ihre Oma auch dafür wieder infrage. Gabi bat ihre Großmutter, die Kinder einige Male in der Woche abzuholen, wenn sie länger im Geschäft arbeiten musste. Da war ihre Oma keineswegs erfreut. Sie hatte ja selber an drei Tagen in der Woche ihre Bedienung, und dann noch die Kinder abzuholen, wäre für sie eine zusätzliche Belastung. Aber Nein sagen wollte sie auch nicht, weil sie doch froh war, dass Gabi endlich arbeiten ging. Das Risiko, dass sie die Arbeit der Kinder wegen aufgeben musste, wollte Hermine auf keinen Fall eingehen, deshalb sagte sie zu. Schließlich liebte sie ihre Enkelin und Urenkel und wollte ihnen helfen, auch wenn es ihr schwerfiel. Außerdem hatte sie es ihrer Tochter versprochen, sich um Gabi zu kümmern.

Die Tage, an denen Hermine die Kinder abholte und nach Hause brachte, waren für sie anstrengend und lang. Wenn Gabi dann endlich abends nach Hause kam, war sie ebenfalls von der Arbeit geschafft. Nach der langen Arbeitslosenzeit war sie keine Arbeit mehr gewöhnt. Ihre liebe Oma hatte deshalb auch schon ein kaltes Abendbrot für die kleine Familie gerichtet, um gemeinsam essen zu können und bei Tisch ein wenig zu plaudern. Anschließend fuhr Hermine müde nach Hause. Nach so einem langen Tag spürte Hermine jeden Knochen im Leib. Wie lange würde sie das durchhalten? Nur an den Wochenenden konnte sie ausschlafen.

An einem dieser anstrengenden Abende stellte Hermine noch den Fernseher an, um sich noch kurz die Nachrichten anzuhören. Dabei schlief sie ein. Als sie wach wurde, war es ein Uhr. Sie war schlaftrunken und konnte sich nicht erinnern, ob sie überhaupt etwas vom Programm mitbekommen hatte. Wahrscheinlich war sie schon vor dem Ende der Nachrichten eingeschlafen. Sie ging nur noch Zähne putzen und legte sich endlich ins Bett, konnte aber nicht mehr einschlafen. Sie wälzte sich von einer Seite auf die andere. Zwischendurch wurde ihr heiß, und sie fing an zu schwitzen. „Das sind die Nerven", dachte sie. Um sich zu beruhigen, trank sie einen Schluck Wasser aus dem Glas, das stets auf ihrem Nachtschränkchen stand. Danach versuchte sie noch einmal einzuschlafen, was ihr endlich gelang. Leider klingelte schon bald darauf der Wecker. Ob Hermine wollte oder nicht, es war ein Arbeitstag, und sie musste aufstehen, auch wenn es ihr schwerfiel. Aber das Duschen erfrischte sie einigermaßen und half ihr auf die Beine. Sie war solchen Belastungen in ihrem Alter einfach nicht mehr gewachsen.

Bei Frau Heinisch, bei der sie heute Dienst tat, wurde sie immer verwöhnt. Bevor sie zu arbeiten begann, bekam sie ein Frühstück. Frau Heinisch war um einige Jahre älter als Hermine. Weil sie gebrechlich war, konnte sie ihre Wohnung nicht mehr alleine verlassen und freute sich schon auf die zwei Tage in der Woche, an denen Hermine zu ihr aufräumen kam. Ihr war die Gesellschaft wichtiger als das Putzen. Darum machten sie es sich miteinander beim Frühstück gemütlich, und Hermine erzählte Frau Heinisch den neuesten Klatsch. Diese Plauderstunde bedeutete Frau Heinisch in ihrem sonst so eintönigen Dasein sehr viel. Hermine erledigte für sie auch alle sonst anfallenden Tätigkeiten wie Einkauf, Post und Apothekenbotengänge. Meistens blieb sie zwischen vier und fünf Stunden bei Frau Heinisch.

Hermines zweite Bedienung, in der sie nur einmal wöchentlich vier Stunden putzte, war nicht so persönlich wie bei Frau Heinisch. Immerhin verdiente sie mit ihren zwei Bedienungen in der Woche zu ihrer Pension zusätzlich 140,00 Euro. Davon legte sie sich einen Notgroschen zurück, der ihr ein Gefühl der Sicherheit gab. Von ihrer eigenen Pension blieb ihr fast nichts. Dieses kleine Zubrot konnte sie für anfallende Reparaturen oder kleinere Anschaffungen gut gebrauchen. Wenn ihr von Extraausgaben Geld blieb, leistete sie sich hie und da ein paar Tage Urlaub.

Aber momentan ging gar nichts. Ihr Geld wurde von den Kindern gebraucht, und sie verschwendete keinen Gedanken ans Reisen.

Ihr Urlaub fand im Schrebergarten ihres Sohnes statt. Bei ihm und Michaela wurde sie wie üblich auch an diesem Sonntag erwartet. Michaela hatte das Mittagessen schon vorbereitet und wollte Hermine ein wenig verwöhnen. Es tat ihr gut, nach der Hektik der letzten Zeit auch einmal verwöhnt zu werden. Sie erzählte Michaela und Franz, wie überfordert und geschafft sie in den vergangenen Wochen doch war. Worauf Franz meinte: „Mama, du lässt dich von Gabi zu sehr vereinnahmen und ausnutzen." „Aber was soll ich machen, die Kinder und sie tun mir halt leid. Ich würde es nicht über mich bringen, sie im Stich zu lassen." „Gabi ist jung und soll sich gefälligst selber um ihre Familie kümmern und sich nicht nur auf ihre Oma verlassen. Willst du, dass ich einmal mit ihr rede?", fragte Franz. „Lieber nicht, sonst glaubt sie noch, dass ich mich bei dir über sie beklagt habe. Es reicht mir schon, wenn ich mich bei euch aussprechen kann. Heute habt ihr mich verwöhnt, was mir gutgetan hat und mir Kraft zum Weitermachen gibt", sagte Hermine. „Mama, wenn du Hilfe brauchst, lass es mich wissen, ich bin immer für dich da."

Montags konnte Hermine ausschlafen, weil sie an diesem Tag nicht arbeiten ging, und sie nutzte die Zeit für den eigenen Haushalt. Nachmittags entspannte sie sich meistens bei ihrer Lieblingsserie „Wege zum Glück." In der letzten Zeit war sie nicht oft dazugekommen und freute sich schon, wieder einmal eine Folge anschauen zu können. Diesen Tag wollte sie nur für sich alleine in Ruhe genießen. Der kommende Tag würde für sie sowieso wieder lang werden und sie fordern. Gerade, als sie es sich in ihrem Fernsehsessel gemütlich machen wollte, klingelte das Telefon und riss sie aus ihren Gedanken. Nicht besonders erfreut griff sie zum Hörer. Es war Gabi. Völlig aufgelöst sagte sie: „Oma, ich brauche deine Hilfe! Sabine hat plötzlich Fieber bekommen, und ich kann sie nicht zwischendurch vom Kindergarten abholen. Könntest du so lieb sein und das für mich tun?" „Beruhige dich. Natürlich werde ich Sabine holen und bei ihr bleiben, bis du nach Hause kommst." „Bussi Oma, und danke!"

Hermine verständigte noch ihre Damen, dass sie in den nächsten Tagen wahrscheinlich nicht putzen kommen konnte, weil sie auf ihre kranke Urenkelin aufpassen musste. Frau Heinisch, mit der sie immer gemeinsam frühstückte, war ein wenig traurig, weil sie die gemeinsame Plauderstunde vermissen würde. Aber sie hatte Verständnis, ein krankes Kind hatte Vorrang.

Hermine beeilte sich und holte Sabine mit einem Taxi ab. Sie hatte Halsschmerzen und Schluckbeschwerden. Wahrscheinlich hatte sie etwas Kaltes getrunken. Hermine umsorgte das arme Kind mit herkömmlichen Hausmitteln. Sie gab ihr warmen Tee mit Honig und einen Schal um den Hals, was ihr sichtlich guttat. Dann setzte sie sich zu ihr ans Bett, streichelte sie liebevoll und las ihr aus Kinderbüchern vor, wobei Sabine zufrieden einschlief.

Während Sabine schlief, kochte Hermine in der Küche eine Suppe zum Abendessen für sie. Um es Gabi zu erleichtern, erledigte Hermine auch sonstige kleine Haushaltsarbeiten. Bis zum Wochenende blieb Hermine täglich bei Sabine und pflegte sie liebevoll. In dieser Zeit wurden Uroma und Urenkelin richtig dicke Freundinnen.

Nach einer Woche war Sabine genesen und durfte wieder in ihren geliebten Kindergarten und alles ging seinen gewohnten Gang. Aber es war nur von kurzer Dauer, da schon bald ein neues Problem auftauchen sollte, mit dem Hermine absolut nicht gerechnet hatte.

Sabine war in dem Alter, in dem sie anfing, sich über gewisse Dinge Gedanken zu machen. Neuerdings stellte sie Fragen, auf die niemand vorbereitet war, wie: „Warum wird mein Bruder von seinem Vater geholt und ich nicht?" Außerdem blieb Roland auch noch übers Wochenende fort, was Sabine auch nicht verstehen konnte. Sie wollte wissen, warum Roland einen Papa hatte und sie nicht. Das war eine nicht leicht zu beantwortende Frage für Gabi. Auf keinen Fall konnte sie ihr sagen, dass ihr Vater keinen Wert auf sie legte. Das würde Sabine nicht verstehen und sie kränken. Darum erzählte Gabi ihr eine einigermaßen glaubwürdige Geschichte. Ihr Vater sei verreist und sie wüsste nicht genau, wann er wiederkommen würde. Trotzdem wollte sie noch wissen, warum Roland einen anderen Papa hatte als sie. Sie wollte auch einen Papa haben, der sie sonntags abholte. Wenn Roland sonntagabends von seinem Vater nach Hause kam, hatte er immer kleine Geschenke von seinem Vater dabei, worunter Sabine litt. Sie konnte nicht verstehen, warum sie nicht auch geholt und beschenkt wurde.

Mit diesem sensiblen Thema konnte Gabi sich nur an ihre Oma wenden. Sie sprach mit ihr über Sabines Problem und dass sie unglücklich war und litt. Hermine meinte: „Wir werden ihr einen Ersatzvater bieten, um sie glücklich zu machen." „Aber wer sollte diese Rolle übernehmen?", fragte Gabi. „Wenn wir nachdenken, wird uns schon jemand einfallen", meinte ihre Oma.

Im Bett vor dem Einschlafen hatte Hermine immer die besten Einfälle. Sie musste auch nicht lange nachdenken und schon kam ihr der rettende Gedanke. „Ein Onkel ist auch ein Mann", dachte sie. Ich werde Franz bitten, ob er für Sabine die Rolle eines Ersatzvaters am Wochenende hie und da übernehmen würde. Natürlich nur mit Michaelas Einverständnis. Und diese Idee teilte Hermine ihrer Enkelin mit. „Glaubst du, dass Onkel Franz dazu bereit wäre, mir diesen Gefallen zu tun?", fragte Gabi. „Ich werde ihn bei meinem nächsten Besuch fragen. Immer wenn Roland von seinem Vater abgeholt wird, würde ich mit Sabine sonntags zu ihm fahren." „Danke, Oma, das wäre zu schön, um wahr zu sein."

Bei ihrem nächsten Besuch unterbreitete Hermine ihrem Sohn den Vorschlag. Wirklich begeistert war er nicht. Aber er fragte

Michaela, was sie von der Idee halten würde. „Lass es uns wenigstens einmal versuchen. Wir haben keine Kinder, und vielleicht täte es uns gut, hier und da ein Wochenende mit einem kleinen Mädchen zu verbringen. Ein Versuch wäre es sicher wert." „Also gut, sag Gabi, dass wir uns auf einen Besuch von Sabine freuen würden", willigte Franz ein.

Franz kannte Sabine nur als Baby. Bei ihrer Taufe war er eingeladen gewesen. Ansonsten hatte er sie ein- bis zweimal bei Familienfeiern gesehen, als seine Schwester noch gelebt hatte. Aber das war so lange her, dass er keine Erinnerung mehr an sie hatte.

Ab diesem Zeitpunkt erzählte Hermine Sabine bei jedem Beisammensein von dem lieben Onkel Franz und der Tante Michaela und dass sie einen wunderschönen Garten hätten. Sie wollte Sabine auf Onkel und Tante neugierig machen und sie schon auf einen Besuch bei ihnen vorbereiten.

Als Roland wieder einmal an einem Wochenende von seinem Vater abgeholt wurde, war Sabine ganz aufgeregt vor Freude, weil auch sie eine Einladung bekommen hatte.

Am Sonntagvormittag holte Hermine Sabine von zu Hause ab, und sie fuhren gemeinsam mit der Straßenbahn zum Onkel und der Tante in den Schrebergarten. Während der Fahrt stellte Sabine ihrer Urli ständig Fragen über ihren Onkel. Sie wollte wissen, ob er Kinder mochte, schließlich war er für sie ein fremder Mann. An ihren Onkel hatte sie nicht die geringste Erinnerung, weil sie bei ihrer letzten Begegnung zu klein war. Aber trotzdem war sie schon neugierig auf ihn und glücklich über seine Einladung.

Sabine musste an Roland denken, wie er ihr von seinem Vater vorschwärmte, wenn er nach Hause kam und ihr dann erzählte, was sie gemeinsam unternommen hatten. Heute Abend konnte sie ihren Bruder ebenfalls mit Erzählungen von ihrem Ausflug beim Onkel und der Tante überraschen. Darum war dieser Besuch von größter Bedeutung.

Nach kurzer Straßenbahnfahrt und einem kurzen Fußweg standen Hermine und ihre Urenkelin vor dem Tor des Gartenhäuschens. „Du darfst klingeln", sagte Hermine. Sabine war sehr aufgeregt und drückte den kleinen Zeigefinger zaghaft auf den Klingelknopf, sodass das Läuten kaum wahrnehmbar war. Aber da sie schon erwartet wurden, öffnete sich die Tür schnell, und eine freundliche Stimme sagte: „Hallo, da seid ihr ja, bitte kommt doch herein." Ängstlich kuschelte sich Sabine an ihre Urli, die sie an sich drückte. Dann sagte Michaela noch einmal mit freundlicher Stimme: „Schön, dass du uns besuchst, Sabine. Komm doch herein." Die nette Stimme wirkte sehr vertrauensvoll auf sie, sodass sie ihre Scheu überwand und Michaela ihre Hand zum Gruß darbot. „Komm doch weiter, Onkel Franz erwartet dich schon." Gemeinsam gingen sie in den Wohnraum des Gartenhäuschens, wo Onkel Franz Sabine mit den Worten entgegenkam: „Hallo Sabine, ich freue mich, dass du uns endlich einmal besuchst." Mit ihrem allerschönsten Lächeln strahlte sie Onkel Franz an und streckte auch ihm zur Begrüßung ihr Händchen entgegen.

Die Annäherung der beiden hatte geklappt. Onkel Franz war ein wenig unbeholfen mit kleinen Kindern, weil er nie großartigen Kontakt zu ihnen hatte. Aber Michaela unterstützte ihn, so gut sie konnte. Sie wusste genau, was kleine Mädchen gernhatten. Sie hatte mit einem Kuscheltier und einigen Kinderbüchern, aus denen der Onkel vorlesen konnte, vorgesorgt. Auf diese Weise sollten sie sich anfreunden. Gemeinsam nahmen sie auf einem Sofa Patz. Sabine hielt ihren neuen Bären fest im Arm und kuschelte mit ihm. Ihre Urli gesellte sich ebenfalls in einem bequemen Sessel zu ihnen und lauschte den alten Märchen, die Franz Sabine vorlas. Auch Michaela, die im gleichen Raum das Mittagessen zubereitete, hörte zu. Als sie dann zu Tisch bat, war Sabine traurig, dass die Märchenstunde beendet wurde. Die Märchen, von denen sie noch nie etwas gehört hatte, hatten sie total in ihren Bann gezogen. Zu Hause schaute sie nämlich ausschließlich in den Fernseher, weil sich kaum jemand die Zeit zum Vorlesen nahm. Das war für sie eine neue Erfahrung, die ihr sehr gut gefiel.

An diesem Tag verzichteten alle auf die üblichen Schnitzel, und es gab Sabine zuliebe deren heiß geliebte Spaghetti. Die Nachspeise, Eis mit Waffeln, und verschiedene Getränke dazu nahmen sie auf der sonnenüberdachten Terrasse ein. Sabine war überglücklich und zufrieden. Während sie noch ihr Eis genoss, entdeckte Sabine eine Schaukel, die vom Ast eines Apfelbaumes herunterbaumelte. Da gab es kein Halten mehr. Sie ließ sogar einen Rest ihres Eises stehen und lief zur Schaukel, um sie auszuprobieren. Mit der Schaukel hatte Onkel Franz Sabine die größte Freude bereitet. Diesen Sonntag würde sie nicht so bald vergessen.

Abends fiel Sabine der Abschied von ihrem Onkel und ihrer Tante, die ihr einen so wunderschönen Tag bereitet hatten, schwer. Darum vergaß sie beim Abschied nicht zu fragen: „Darf ich am nächsten Sonntag wiederkommen?" Den Bären durfte sie mit nach Hause nehmen, aber die Bücher blieben für kommende Besuche da.

Überglücklich fuhr Sabine mit ihrer Urli zur Mama nach Hause. Sie wurde von Roland, der vor ihr zu Hause war, schon neugierig erwartet, weil er wissen wollte, wie es seiner Schwester ergangen war. Sie wusste nicht, wo sie beginnen sollte, so aufgeregt war sie. Aber das Wichtigste für sie war, dass sie anstelle eines Vaters einen lieben Onkel für sich hatte, den sie mochte.

Bei ihrem Bruder schwärmte Sabine von ihrem Onkel und der lieben Tante, die so gut zu ihr waren. „Aber der Onkel gehört dir nicht alleine, das ist auch mein Onkel, weil er der Bruder unserer Oma Maria ist", betonte Roland. „Stimmt das, Mama?", fragte Sabine. „Ja, das stimmt. Aber weil Roland einen Papa hat, wird er dir gerne den Onkel lassen." „Von mir aus kannst du ihn haben“, meinte Roland großzügig. Sabine war froh, sie wollte ihren neu gewonnenen Onkel auf keinen Fall mit ihrem Bruder teilen.

Nach dem schönen Wochenende bei ihrem Sohn hatte Hermine wieder eine anstrengende Woche vor sich. Ein Privatleben kannte sie kaum noch wegen der ständigen zusätzlichen Inanspruchnahme ihrer Enkelin. Früher war sie auch ganz gerne einmal in der Woche in den Pensionistenclub gegangen. Auch hierfür fand sie nur noch selten Zeit. Sie war seit einigen Jahren Mitglied und hatte ihn immer regelmäßig besucht. Aber in der letzten Zeit hatte es sich kaum noch ergeben. Der Club veranstaltete hie und da kleine Reisen, an denen sie früher, wenn es ihre Finanzen erlaubt hatten, teilgenommen hatte. Aber mit den endlosen Einsätzen bei den Kindern war daran momentan leider nicht zu denken. Diese nette Abwechslung unter Gleichaltrigen vermisste sie schon sehr. Ihre Schwägerin, die ebenfalls Mitglied im gleichen Club war, vermisste sie ebenfalls, weil sie sich gut mit ihr verstand. Diesen einen Nachmittag in der Woche hätte sie gerne wieder für sich zur Verfügung gehabt. Sie wollte mit Gabi reden, ob sich das einrichten ließ. Bei aller Liebe zu den Kindern hatte sie auch eigene Bedürfnisse. Immerhin hatte sie diese langen Tage dreimal wöchentlich schon über ein Jahr durchgehalten. Roland hatte inzwischen seinen sechsten Geburtstag gefeiert und Sabine ihren vierten. Im kommenden Herbst würde Roland mit der Schule beginnen, und Hermine ahnte schon, was da noch auf sie zukommen würde. Aber daran mochte sie im Augenblick noch nicht denken.

Jetzt begannen erst einmal die Sommerferien, auf die sich Hermine schon freute, weil sie ein paar Wochen weniger zu tun hatte. Aber diese Freude war ihr nicht vergönnt, eine Überraschung, mit der Hermine am allerwenigsten gerechnet hatte. Roland war in den Ferien versorgt. Seine Großeltern väterlicherseits hatten ein gutes Verhältnis zu dem Buben, und er durfte bei ihnen den Sommer in der Steiermark verbringen, wohin ihn sein Vater in den nächsten Tagen mit dem Auto führen würde. Gabi wollte gerne mit einer Freundin eine Woche nach Italien fahren. Während dieser Zeit sollte Sabine bei der Urli bleiben. Das war auch kein großes Problem. Aber Gabi gestand ihrer Oma, dass sie ihr Auto noch in der Reparaturwerkstatt hatte. Die Reparaturkosten waren weit höher, als sie gerechnet hatte. Sie bat ihre Oma um finanzielle Unterstützung. Hermine schluckte erst einmal und fragte: „Wie hoch ist denn der Betrag?" „Fast zweitausend Euro", sagte Gabi kleinlaut. „Wo soll ich so viel Geld hernehmen? Du weißt doch genau, dass ich nur eine kleine Pension habe. Solch einen Betrag kann ich dir leider nicht geben, sonst ist mein wenig Erspartes weg, und ich habe keinen Groschen mehr in Reserve. Außerdem ist meine Waschmaschine ziemlich alt. Womit soll ich mir eine neue kaufen, wenn ich dir das Geld für die Reparatur gebe? Du darfst doch sicher dein Konto überziehen und kannst deine Reparatur selber bezahlen." „Mein Konto ist schon lange überzogen, da geht nichts mehr", jammerte Gabi. „Du hattest doch noch Erspartes von deiner Mutter. Willst du mir etwa sagen, dass du schon alles ausgegeben hast?", fragte sie entsetzt. „Im Verkauf verdient man halt nicht sehr viel. Es reicht hinten und vorn nicht." „Dann musst du eben dein Auto verkaufen. Ich bin eh schon total überfordert, und jetzt soll ich auch noch dein Auto erhalten? Das kannst du doch wohl nicht von mir verlangen!"

Gabi fing an zu weinen und schluchzte herzzerreißend. Roland, der alles mit angehört hatte, lief zu seiner Mutter, um sie zu trösten und bettelte: „Urli, warum gibst du der Mama das Geld nicht? Du hast doch Geld! Bitte, gib es ihr doch." Sabine stimmte in das Heulkonzert mit ein, sodass Hermine nicht anders konnte und sagte: „Ich muss erst darüber nachdenken, was ich machen kann. Selber würde ich auch gerne in Urlaub fahren. Aber stattdessen soll ich eine Autoreparatur bezahlen, von der ich nichts habe." „Urli, du bist doch alt, du brauchst das Geld doch nicht. Gib es doch der Mama, bitte", bettelte Roland. „Auch alte Menschen brauchen Geld und haben Wünsche", sagte Hermine. „Du siehst doch, wie die Mama weint! So hilf ihr doch! Du hast doch genug Geld", Roland ließ nicht locker. „Eben nicht, sonst würde ich es der Mama doch geben. Soll ich vielleicht noch Schulden eines Autos wegen machen?" „Ja, bitte! Tu das für die Mama!", sagte Roland freudig.

In den folgenden Tagen hatte Hermine schlaflose Nächte. Sie suchte verzweifelt nach einer Lösung, um ihren Notgroschen zu retten. Dabei fiel ihr nichts ein, und es würde ihr wohl nichts anderes übrig bleiben, als die Autoreparatur zu zahlen. Leider musste sie dann mit dem Sparen wieder ganz von vorne anfangen, was ihr überhaupt nicht behagte. „Wer weiß, was in Zukunft noch alles auf mich zukommen wird", dachte Hermine.

Müde und wie gerädert nach einer schlaflosen Nacht, ging Hermine in der Früh in die Arbeit. Vom vielen Denken und wenigen Schlaf hatte sie Kopfschmerzen und freute sich schon auf den Kaffee, den sie bei Frau Heinisch bekommen würde. Gleich bei der Begrüßung sah Frau Heinisch Hermine an, dass mit ihr etwas nicht stimmte. Sie machte einen bedrückten Eindruck. Als sie dann gemeinsam am Frühstückstisch saßen, fragte Frau Heinisch, was denn geschehen sei. „So kenne ich Sie gar nicht."

Mit Tränen in den Augen erzählte Hermine ihr von den Schulden und der teuren Autoreparatur ihrer Enkelin, die sie belasteten. „Ich verstehe, dass Sie damit überfordert sind und Schuldgefühle haben, weil Sie gerne helfen möchten." „So ist es. Gerne gebe ich mein bisschen mühsam Erspartes nicht für eine Autoreparatur her. Ich weiß ganz einfach nicht, was ich tun soll", sagte Hermine. „Wir werden schon eine Lösung finden", tröstete Frau Heinisch sie.

Mit ihrem Sohn wollte sie über Gabis finanzielle Geldprobleme lieber nicht reden, weil sie genau wusste, wie er darauf reagieren würde. Von Frau Heinisch fühlte sie sich verstanden. Das Gespräch mit ihr tat ihr gut, und sie fühlte sich ein wenig erleichtert. Die Arbeit lenkte sie ab und ihre Kopfschmerzen ließen langsam nach. Als Hermine sich am Nachmittag nach getaner Arbeit verabschiedete, bat Frau Heinisch sie noch auf einen Moment ins Wohnzimmer. Sie hatte nämlich eine Überraschung für sie bereit. Frau Heinisch überreichte ihr ein Sparbuch für treue Dienste. Dieses wollte sie ihr eigentlich erst nach ihrem Ableben vererben. Aber nachdem Hermine Probleme hatte und Hilfe benötigte, war genau jetzt der richtige Zeitpunkt für dieses Geschenk. Außerdem wollte Frau Heinisch, dass Hermine wieder ruhig schlafen konnte und von ihrer Sorge wegen Gabi befreit war.

Hermine war so gerührt, dass sie Frau Heinisch um den Hals fiel. Sie bedankte sich für das großzügige Geschenk, welches immerhin über fünftausend Euro betrug. „Meine Erben bekommen trotzdem noch genug", meinte Frau Heinisch. „Ich weiß nicht, wie ich das je wiedergutmachen kann", sagte Hermine. „Wenn Sie mir treu bleiben, wäre das mein schönstes Geschenk. Und wenn ich Ihnen noch einen Rat geben darf, erzählen sie Gabi nichts von dem Geld, sonst findet sie auch dafür Verwendung. Behalten Sie dieses Geld nur für sich."

Mit einem Gefühl der Erleichterung fuhr Hermine direkt zu Gabi in die Wohnung. Es würde sich nämlich nicht mehr auszahlen, zwischendurch nach Hause zu fahren, weil sie sowieso die Kinder abholen musste. Während der Fahrt musste Hermine daran denken, was sie doch für ein Glückskind war, dass Frau Heinisch ihr aus ihrer Not geholfen hatte.

Am Abend wollte Hermine Gabi damit überraschen, dass sie sich finanziell an der Reparatur beteiligen würde. Gabi hatte sich extra beeilt, pünktlich nach Hause zu kommen, weil sie insgeheim damit rechnete, dass ihre Oma Geld für sie dabeihatte. Sie wusste, auch wenn es ihr letzter Groschen war, sie würde sie nicht im Stich lassen. So war eben Gabis Einstellung.

Aber sie war dann doch etwas enttäuscht, als ihre Oma ihr sagte: „Ich gebe dir eintausend Euro auf die Reparatur drauf." „Oma, das ist zu wenig, das reicht nicht." „Wie viel wolltest du denn haben? Vielleicht die gesamte Summe? Glaubst du, Sabine und ich brauchen kein Geld? Du hast doch sicher auch Urlaubsgeld bekommen. Davon kannst du einen Teil mitbezahlen." „Vom Urlaubsgeld hat die Bank leider einen Teil einbehalten. Darum kann ich auch nur eine Woche fortfahren, weil ich zu wenig Geld habe. Auch wenn meine Freundin und ich uns die Benzinkosten teilen, bleibt kaum noch Geld für mich übrig", sagte Gabi weinerlich. „Also gut, ich gebe dir noch fünfhundert Euro drauf und keinen Cent mehr." „Du und Sabine seid doch die meiste Zeit bei Onkel Franz im Schrebergarten, was braucht ihr da schon", meinte Gabi. „Vielleicht wollen wir uns einmal einen schönen Tag machen und in den Prater gehen oder nach Schönbrunn fahren", sagte ihre Oma. „So viel Geld wirst du wohl haben, denke ich. Na gut, dann muss ich mich halt noch mehr einschränken", sagte Gabi enttäuscht.

Hermine wollte es Gabi auf keinen Fall zu leicht machen und die ganze Reparatur alleine bezahlen. Sie sollte auch einen Beitrag leisten. Wenn sie nicht hart blieb, würde sie auch in Zukunft immer alles alleine bezahlen müssen. Wo es ihr möglich war, half sie gerne. Aber ihr schwer verdientes Geld in eine Autoreparatur zu stecken, das ging ihr gegen den Strich. Sie wurde sowieso schon zur Genüge ausgenutzt. Diese gesamte Belastung für eine Reparatur wollte sie auf keinen Fall auch noch auf sich nehmen. Aber aus Liebe zu den Kindern übernahm sich Hermine immer wieder, auch um das Versprechen an ihre Tochter, sich um die Kinder zu kümmern, zu halten. Gott sei Dank ging es ihr gesundheitlich gut, bis auf die üblichen kleinen Wehwehchen.

Gabi fuhr mit ihrer Freundin nach Italien, Roland zu seinen Großeltern in die Steiermark und Hermine mit Sabine in den Schrebergarten von Onkel Franz. Inzwischen freuten sich Michaela und Franz auf jeden Besuch von Sabine. Sie brachte ihnen Leben und Kinderlachen in ihren sonst so eintönigen Alltag. Für ihren Aufenthalt bei ihnen hatte Onkel Franz zu der Schaukel noch ein kleines Planschbecken in einer Ecke des Gartens angelegt. Sie sollte sich bei ihnen wohlfühlen und keine Langeweile haben. Wenn Hermine arbeiten ging, übernachtete Sabine sogar bei ihnen.

Die eine Woche, in der Gabi fort war, verging wie im Flug. Sabine hatte ihre Mutter während dieser Zeit nicht vermisst. Sie freute sich aber sehr, als sie wieder bei ihr war. Gabi hatte ihrer Tochter aus Italien eine wunderschöne Puppe mitgebracht, über die sie sich sehr freute, und Roland bekam ein Segelboot. Ihrer Oma schenkte sie Pasta und Olivenöl. Hermine war überrascht, dass Gabi überhaupt an sie gedacht hatte. Umso größer war ihre Freude.

In der zweiten Urlaubswoche, die Gabi noch zur Verfügung hatte, wollte sich Hermine bei ihrem Sohn und Michaela im Schrebergarten auch noch einige Tage ohne Kinder entspannen und teilte Gabi dies mit. Gabi verzog ein wenig ihr Gesicht, sodass Hermine natürlich fragte: „Was für ein Problem hast du noch? Oder willst du die freien Tage nicht mit deiner Tochter verbringen?" „Schon, aber ich habe dir noch nicht alles erzählt. Im Urlaub habe ich nämlich eine neue Bekanntschaft gemacht und würde mich gerne hie und da mit dem Tomas, so heißt er, treffen. Die Frage wäre, ob du in dieser Zeit bei Sabine bleiben könntest? Das wäre ganz lieb von dir", meinte sie. „Also gut, was bleibt mir anderes übrig." „Danke Oma. Der Tomas ist ein netter Kerl. Ich bin in ihn verliebt und wir verstehen uns sehr gut. Möglich, dass sich daraus eine feste Partnerschaft ergibt, was ich mir wünschen würde." Hermine verstand Gabi. Sie war ja noch zu jung, um alleine zu bleiben. Eine stabile Partnerschaft wäre für sie sicher das Beste. Schön wäre es, wenn auch die Kinder den neuen Freund der Mutter mögen würden. Dann könnte sich daraus mit der Zeit vielleicht eine Familie entwickeln und Gabi würde ihre Oma nicht mehr so oft beanspruchen wie bisher. Hermine freute sich für Gabi, aber mit dem egoistischen Hintergedanken, dass sie dadurch endlich entlastet sein würde und mehr Zeit für sich hätte.

Leider musste Hermine schon bald erfahren, dass sich diese Hoffnung nicht erfüllte. Roland machte nämlich Probleme. Ihm passte der fremde Mann in der Wohnung nicht. „Was will der von meiner Mutter?", fragte er aufbrausend. Ein Horrorgedanke für ihn, dass seine Mama diesen Mann auch noch gernhatte. Tagelang stritt Roland mit seiner Mutter, bis er akzeptieren konnte, dass Tomas nur zu Besuch in die Wohnung kam. Er drohte sogar damit, dass er zu seinem Vater ziehen wollte.

Dagegen hatte Sabine mit dem neuen Freund der Mutter nicht das geringste Problem. Ihr war es völlig egal. Außerdem fand sie ihn nett. Bei Roland spielte die Eifersucht sicher eine Rolle, dass er keinen fremden Mann in der Nähe seiner Mutter akzeptieren wollte. Gabi verstand ihren Sohn gut, trotzdem wollte sie auf Tomas nicht verzichten.

Mit sehr viel Geduld und Ausdauer konnte Gabi Roland davon überzeugen, dass es wegen Tomas zu Hause keine Veränderungen geben würde. Trotzdem ignorierte Roland Tomas weiterhin völlig. Aber Tomas war geduldig und bemühte sich um seine Gunst, indem er immer freundlich ihm gegenüber blieb. Langsam gewöhnten sie sich aneinander, und die Streitereien wurden immer seltener.

Durch Gabis neue Partnerschaft änderte sich für Hermine leider nichts. Nur die Wochenenden gehörten jetzt ausschließlich ihr. Wenn Gabi und Tomas ihrer Arbeit nachgingen, kümmerte sie sich nach wie vor um die Kinder, holte sie vom Kindergarten ab und betreute sie, bis Gabi oder Tomas nach Hause kamen.

Im Herbst begann Roland mit der Schule. Anschließend ging er alleine in den Kindergarten, bis er und Sabine von der Urli nachmittags abgeholt wurden. Für Hermine blieb vorläufig alles wie gehabt. Sie unterstützte ihre Enkelin weiterhin.

Nach fast drei Jahren, seit sie diese Bürde auf sich genommen hatte, verstarb ihre geliebte Frau Heinisch. Das war ein harter Schlag für Hermine, und sie war sehr traurig. Zwischen ihnen hatte sich im Laufe der Jahre eine Art Freundschaft entwickelt, weshalb es sie besonders hart traf. Das zusätzliche Einkommen fiel somit leider auch weg. Aber Frau Heinisch hatte gut für Hermine vorgesorgt und ihr oft mehr gegeben als ihr zustand. Sie war ein sehr großzügiger Mensch gewesen und ein Glücksfall in Hermines Leben.

Von dem zusätzlichen Geld hatte Hermine eine schöne Summe gespart und konnte Gabi ein wenig bei der Rückzahlung ihrer Bankschulden unter die Arme greifen. Eine eiserne Reserve für Notfälle hatte sie sich auf alle Fälle zur Seite gelegt, weil es jetzt mit dem Zuverdienst vorbei war. Der zweite Arbeitsplatz war unbedeutend, mit einem geringfügigen Einkommen. Um noch eine neue Arbeit zu beginnen, war sie zu alt, und sie war dankbar, dass sie so lange durchgehalten hatte.

Tomas hatte es mit viel Geduld geschafft, sich mit Roland zu arrangieren und wohnte inzwischen bei Gabi. Sie war jetzt sehr froh, dass sie die große Wohnung ihrer Mutter behalten hatte. So lebten sie nicht beengt und konnten einander bei Problemen ausweichen. Mit den Finanzen klappte es auch besser, weil Tomas sich an den anfallenden Haushaltskosten beteiligte. Hermine freute sich über Gabis harmonische Partnerschaft. Aber ihr selber wurde so langsam alles zu viel, sodass sie auch die letzte Bedienung aufgab. Sie schaffte es körperlich ganz einfach nicht mehr. Nur um ihre Urenkel kümmerte sie sich auch weiterhin und war noch einige Jahre bis zu deren Selbstständigkeit fast täglich bei ihnen. Roland wurde nach wie vor von seinem Vater versorgt. Sabine hatte diese Versorgung leider nicht, darum war es Hermine ein Anliegen, sie zu übernehmen, und ihr Sohn unterstützte sie dabei, weil Sabine für ihn und Michaela nach all den Jahren wie eine Tochter geworden war.

Hermine war inzwischen alt geworden. Ihr Leben hatte durch den frühen Tod ihrer Tochter einen total anderen Verlauf genommen, als sie es sich je vorgestellt hatte. Ihre einzige Genugtuung war, dass sie es geschafft hatte, ihr gegebenes Wort an ihre geliebte Tochter zu halten.

Steffi und Walter

Steffi war seit einigen Jahren Witwe und mit ihren siebzig Jahren noch eine agile, ansehnliche Frau. Sie hatte eine gute Ehe geführt, leider war ihr Gatte schon im dritten Pensionsjahr verstorben. Regelmäßig ging sie auf den Friedhof und hielt Zwiesprache mit ihm.

Mit der Pension, die sie nach dem Tod ihres Gatten bekam, konnte sie keine großen Sprünge machen. Sie hatte gerade mal ihr Auskommen. Hier und da reichte es für eine kleine Reise, wenn sie sehr sparsam lebte. Diese unternahm sie mit einigen guten Freundinnen. Es waren nette Nachbarinnen, mit denen sie sich recht gut verstand.

Eine von ihnen mochte sie besonders gerne, und zu dieser hatte sie auch ein engeres Verhältnis als zu den anderen. Sie hieß Leopoldine, genannt Poldi. Steffi war die Älteste in der Runde. Regelmäßig trafen sie sich einmal die Woche am Mittwoch zum Kartenspielen. Abwechselnd, immer bei einer anderen, sodass jede einmal an die Reihe kam.

Diese Nachmittage waren immer sehr nett. Steffi war eine gute Köchin und buk für die Jause die Mehlspeisen selbst. Für die gute Stimmung gab es in weiterer Folge ein Glas Sekt. Rosi und Lisa, so hießen die zwei anderen Damen, wohnten im gleichen Haus wie Steffi. Nur Poldi wohnte zwei Straßen weiter entfernt und musste deshalb zum gemeinsamen Treffen einen kurzen Weg in Kauf nehmen. Sie waren sozusagen eine Viererbande bis zu dem Tag, an dem sich durch die Begegnung eines Mannes alles für sie ändern sollte.

Eines Tages, als Steffi ihren üblichen Gang auf den Friedhof ans Grab ihres Mannes machte, fiel ihr wieder derselbe Mann auf, der ihr hier schon des Öfteren begegnet war. Beim letzten Besuch wurde sie das Gefühl nicht los, dass sie von ihm beobachtet wurde. Heute hatte er sogar freundlich gegrüßt. Steffi spürte, dass er nur auf eine Gelegenheit wartete, um mit ihr ins Gespräch zu kommen. Aber er wusste nur nicht so recht, wie er es anstellen sollte. Darum betrachtete sie ihn jetzt etwas genauer, ob er ihr überhaupt gefiel.

Er machte einen recht netten Eindruck. Das Grab seiner Frau war nicht allzu weit von dem ihres Gatten entfernt und gab ihr die Gelegenheit, ihn genauer unter die Lupe zu nehmen. Als sie sah, dass er seine Gießkanne nahm und in Richtung Brunnen ging, tat sie es ebenfalls. Nun mussten sie sich unweigerlich begegnen, und sie wollte wissen, was geschah, wenn sie sich gegenüberstanden. „Ganz schön heiß heute", meinte er. „Das kann man wohl sagen", antwortete sie. Dann eine Verlegenheitspause. „Bei der Hitze muss man halt oft gießen, fast täglich", sagte sie. „Sind Sie auch alleine?", fragte er. „Ja, schon viele Jahre", antwortete sie. „Meine liebe Frau hat mich erst vor einem knappen Jahr verlassen, und ich vermisse sie schon sehr." „Das verstehe ich gut, mir geht es ebenso." „Vielleicht können wir uns ja einmal auf einen Kaffee treffen und ein wenig miteinander plaudern", schlug er vor. „Warum nicht?", willigte sie ein. „Morgen nach dem Gießen um diese Zeit wäre es mir recht." So verabredeten sie sich auf den nächsten Tag.

Am folgenden Tag, etwa um die gleiche Zeit begegneten sie einander wieder. Steffi war sogar etwas aufgeregt und hatte Schmetterlinge im Bauch. Das war ein gutes Zeichen. Vom Äußeren gefiel er ihr nämlich auch ganz gut. „Warum sollte man sich nicht mit einem netten Menschen treffen? Was spricht dagegen?", dachte sie.

Als er sie entdeckte, ging er freudig auf sie zu und begrüßte sie herzlich. „Nach dem Gießen können wir bei dem schönen Wetter vielleicht einen kleinen Spaziergang machen und uns anschließend in ein Caféhaus setzen. Darf ich Sie auf eine kleine Jause einladen?“, fragte er. Freudig sagte sie zu. Heute war sie besonders schnell fertig mit dem Gießen und war in Gedanken schon unterwegs. Sie entschuldigte sich in Gedanken bei ihrem Mann, dass sie heute untreu war und ihn früher als sonst verließ.

Der Herr hatte sich genauso beeilt wie sie und erwartete sie schon. Steffi meinte, es wäre gut, wenn sie einander vorstellen würden und sagte: „Ich bin die Stefanie Eigner.“ „Angenehm, ich bin der Walter Schulz“, stellte er sich vor.

„Wohin darf ich Sie entführen, Frau Eigner? Möchten Sie in ein Caféhaus oder lieber irgendwo draußen sitzen bei dem schönen Wetter? Ich bin nämlich in weiser Voraussicht heute mit dem Auto gekommen“, sagte er. „Bei dem schönen Wetter wäre ich lieber draußen“, meinte sie. „Schön, dann fahren wir in ein Café mit Garten auf einen netten Plausch“, sagte er.

Sie landeten etwas weiter entfernt auf dem Kahlenberg in einem Café mit Terrasse und einer Traumaussicht über Wien.
Gesprächsstoff hatten sie zur Genüge und sie waren einander sympathisch. Altersmäßig passten sie auch gut zusammen. Sie war siebzig und er zweiundsiebzig Jahre alt. Beide hatten Kinder. Sie hatte eine Tochter, die im Ausland lebte, und er hatte zwei Söhne, von denen einer in Salzburg wohnte und der andere in Graz. So war ihr Kontakt zu den Kindern, außer übers Telefon, nur spärlich. Außerdem erzählte Steffi ihm von ihren lieben Freundinnen, ihren gemeinsamen Unternehmungen, durch die sie sich nicht einsam fühlte. Sie seien seit vielen Jahren eine eingeschworene Clique und stets füreinander da.

„Haben Sie bei dem Freundeskreis überhaupt noch Zeit für einen Mann?“, fragte er vorsichtig. „Aber ja doch, das ist nur eine Einteilungssache“, antwortete sie. „Ich würde mich sehr freuen, wenn Sie hie und da Zeit für mich hätten und wir ein wenig miteinander plaudern könnten“, sagte er.

Steffi hatte die Absicht, sich auf dieses Abenteuer einzulassen.

Das Reden über die Vergangenheit mit einem Menschen, der Ähnliches erlebt hatte, würde ihr guttun. Sie unterhielten sich über ihre verstorbenen Partner und dass sie sie vermissten. Er erzählte Steffi, dass seine Frau sehr fürsorglich gewesen war und auf seine Befindlichkeiten eingegangen sei, weil er ein Magenproblem hatte und deshalb nicht alles essen konnte. Darum hatte sie stets Schonkost für ihn gekocht, die ihm immer bekam.

„Bei mir ist es ähnlich gelagert, nur dass ich die Magenprobleme seit der Krankheit meines lieben Mannes habe. Aufregungen schlagen sich bei mir leider schnell auf den Magen", sagte sie.

„Dann haben wir ja schon etwas gemeinsam", meinte er.

„Ich achte jetzt auf das, was ich esse, und es geht mir gut dabei", sagte Steffi. „Mir geht es ebenso", sagte er, statt eines Mokkas trinke ich eben Kaffee Haag mit einem trockenen Kipferl. Hie und da trinke ich auch einmal ein Glas Rotwein. Den Weißen vertrage ich nicht so gut wegen der Säure."

„Ich war eine leidenschaftliche Kaffeetrinkerin und bin inzwischen auch beim Kaffee Haag gelandet, aber was soll's? Im Alter muss man eben Abstriche machen, aber damit kann ich leben", meinte Steffi.

„Darf ich Sie nach der kargen Jause auf ein Glas Wein einladen? Es wäre ein schöner Abschluss eines Tages, an dem wir uns kennengelernt haben", fragte er. Gerne meinte sie: „Ein Glas Wein werde ich schon vertragen."

Beide waren in Hochstimmung. Sie waren einander sympathisch und die Chemie stimmte. Ein warmer Sommerabend in netter Gesellschaft – Romantik pur. Da spielte sogar das Alter keine Rolle mehr, weil sie sich mochten. Und in dieser wunderbaren Laune beschlossen sie, einander das Du anzubieten. „Ich bin der

Walter, wie du schon weißt." „Und ich die Steffi", sagte sie. Da Walter nicht aufdringlich sein wollte, gab er ihr nur einen Handkuss, und sie spürten die Harmonie, die zwischen ihnen floss, sodass sie mit sich und der Welt zufrieden waren.

Inzwischen war es spät geworden, sie brachen auf, und Walter fuhr Steffi nach Hause. Ihre Telefonnummern hatten sie ausgetauscht, sodass sie jederzeit ein Rendezvous ausmachen konnten. Vor ihrer Haustür gab es dann doch ein zaghaftes Abschiedsbusserl auf die Wange.

Walter rief ab der Zeit regelmäßig ein- bis zweimal täglich bei Steffi an. Wann immer es möglich war, trafen sie einander. Beim nächsten Treffen der Damenrunde wollte Steffi ihren Freundinnen von ihrer Beziehung zu Walter erzählen. Bei dem Gedanken hatte Steffi ein ungutes Gefühl im Bauch. Sie dachte dabei: „Wie werden sie es aufnehmen?" Egal, sie wollte es auf alle Fälle erzählen.

Das nächste Treffen fand in Rosis Schrebergarten statt, wo sie bei schönem Wetter draußen spielen konnten. Bei dieser Gelegenheit hatten sie vor, über ihre nächste gemeinsame Reise zu sprechen. Als sie alle vier gemeinsam beisammensaßen, wusste Steffi nicht, wie sie beginnen sollte. Als Erstes holte sie tief Luft und sagte: „Um es kurz zu machen, ich muss euch etwas erzählen. Ich habe eine Bekanntschaft mit einem fast gleichaltrigen Mann gemacht, mit dem es mir ernst ist." Sofort war es still. Mit dieser Überraschung hatten sie nicht gerechnet. Sie wurde deshalb auch einigermaßen überrascht angeschaut. Nur Lisa fragte sogleich: „Wird sich das auf unsere Freundschaft auswirken?" „Kaum", meinte Steffi. „Dann gratulieren wir herzlich", sagte Rosi. Nur Poldi schien nicht erfreut zu sein und äußerte sich ein wenig provokant: „Willst du dir etwas aufhalsen, was du vor nicht allzu langer Zeit hinter dich gebracht hast? Hast du nicht genug gelitten? Willst du jetzt vielleicht auch noch für einen fremden Mann putzen, kochen und bügeln?"

„Warum redest du so gemein mit mir?“, fragte Steffi gekränkt.

„Ich dachte nur, dass es dir momentan ganz gut geht, und es wäre schade, wenn du dein Wohlbefinden leichtfertig aufs Spiel setzen würdest“, sagte Poldi.

„Erstens hat er einmal in der Woche eine Putzfrau und waschen und bügeln brauch ich auch nicht. Hin und wieder koche ich nur für uns beide, weil er wie ich, ebenfalls Magenprobleme hat“, verteidigte sich Steffi.

„Aha, jetzt bist du auch noch Krankenpflegerin. Irgendwo musste ja der Haken sein“, meinte Poldi bissig. „Wenn du weiter so gemein redest, steh ich auf und geh“, sagte Steffi. „Poldi, beruhige dich und lass uns sachlich reden. Im Grunde genommen geht es niemanden etwas an, was Steffi macht. Sie ist alt genug, um für sich selbst zu entscheiden“, unterbrach Lisa. Steffi bedankte sich für diese loyale Unterstützung. „Poldi meint es nicht so, oder bist gar neidisch?“, fragte Rosi.

Poldi: „Ihr seid ganz schön blöd! Ich und neidisch! Ich bin froh, dass ich glücklich geschieden bin. Ich und neidisch auf einen Mann. Das wäre das Letzte, was ich bräuchte. Ich sag eh nichts mehr. Mach, was du denkst, Steffi, und werd selig“, sagte sie. Steffi meinte: „Das ändert doch nichts an unserer Freundschaft, und wenn ich zwischendurch einmal nicht komme, kommt ihr auch ohne mich aus.“ „Hast du die Absicht, ihn uns vorzustellen?“, fragte Rosi. „Natürlich, wenn sich eine Gelegenheit bietet, treffen wir uns einmal alle, damit ihr ihn begutachten könnt“, sagte Steffi grinsend.

Ihre Neugierde sollte schon bald befriedigt werden. Rosi hatte Geburtstag und lud zu einer kleinen Feier im Garten ein. Es kamen auch noch andere Gäste – sowie Steffi mit Begleitung. Eine wunderbare Möglichkeit, Walter mit allen bekannt zu machen. Er fühlte sich auch gleich wohl in der Gesellschaft und wurde herzlich aufgenommen. Nur Poldi ignorierte ihn und war ein wenig herablassend ihm gegenüber. Aber das bekam er Gott sei Dank nicht wirklich mit. Als sich eine Gelegenheit bot und Steffi einen Moment alleine war, nutzte Poldi sofort den Augenblick, um ihr ihre Meinung über Walter zu sagen. „Was dir an dem gefällt, versteh ich nicht." „Das ist auch nicht nötig, dir soll er ja nicht gefallen", sagte Steffi. „Er schaut schon krank aus, da wirst du schon bald wieder Pflegerin spielen können", meinte Poldi. Steffi fragte: „Hast du die Absicht, mir den Tag zu verderben? Es ist dir gelungen, und nun lass mich bitte in Ruhe."

Was war nur los mit Poldi, sie hatten sich doch sonst immer gut verstanden. Steffi ließ sich nichts anmerken und unterhielt sich, als ob nichts gewesen wäre. Aber innerlich war sie enttäuscht und verletzt. Was war los mit ihrer Freundin? War sie neidisch oder gar eifersüchtig, weil sie jetzt mehr Zeit mit Walter verbrachte als mit ihr? Möglich, dass sie deshalb frustriert war. Schade, wenn es so wäre, dachte sie. Ihre Freundschaft hatte durch ihr Verhalten einen Knacks bekommen.

Steffi verlebte an Walters Seite zwei wundervolle Jahre. Sie unternahmen gemeinsam kleinere Reisen, Wanderungen und besuchten kulturelle Veranstaltungen. Weil es für Steffi bequemer war, wohnte sie jetzt fast ausschließlich nur noch bei Walter. Aber ihre Wohnung wollte sie trotzdem nicht aufgeben, auch wenn es für ihr Budget günstiger gewesen wäre. Man konnte nie wissen, dachte sie.

Zwischen ihnen herrschte eine wunderbare Harmonie, sodass sie fast nur noch alles gemeinsam unternahmen, bis zu dem Tag, an dem Steffi so unglücklich stürzte und sich das Handgelenk brach. Mit der eingegipsten Hand war sie recht hilflos und konnte fast nichts mehr machen. Aber Walter kümmerte sich rührend um sie. Trotzdem war ihr Arzt der Meinung, dass sie unbedingt in die Reha fahren sollte, damit ihr Handgelenk wieder völlig hergestellt würde.

Mit diesem Gedanken konnte sie sich nicht anfreunden. Sie wollte ihren armen Walter auf keinen Fall ganze drei Wochen alleine lassen. Wer würde für ihn kochen? Mit ihren Kochkünsten hatte er nur äußerst selten Magenprobleme. Aber Walter wollte unbedingt, dass sie fuhr und meinte: „Deine Hand hat auf alle Fälle Vorrang." Steffi wollte aber trotzdem unter keinen Umständen fahren. Walter widersprach ihr und sagte: „Das kommt überhaupt nicht infrage, wegen der drei Wochen brauchst du dir keine Gedanken zu machen – ich komme in der kurzen Zeit auch alleine klar."

Steffi ließ sich letztlich von Walter überzeugen und fuhr mit einem unguten Gefühl im Magen in die Reha. Beide waren ein wenig traurig beim Abschied wegen der Trennung. Sie trösteten sich, dass es nur für kurze Zeit sein würde und dass sie sich täglich zu einer bestimmten Zeit anrufen wollten.

Steffi bekamen die notwendigen Anwendungen in der Reha recht gut. Ihre Hand fühlte sich zu ihrer Freude von Tag zu Tag besser an. Sie war voll guter Hoffnung, dass die Hand schon bald völlig wiederhergestellt sein würde. Walter rief wie ausgemacht jeden Abend zur gleichen Zeit bei ihr an und sagte ihr, wie sehr er sie vermisse und dass er schon die Tage bis zu ihrer Heimkehr zähle. Steffi war ebenfalls schon in Gedanken bei ihrem Walter.

Langeweile und Einsamkeit gab es in der Reha nicht, was ihr die Trennung von Walter erleichterte. Sie hatte das Glück, dass sie sich mit ihren Tischnachbarn sofort gut verstand. Sie bildeten sozusagen eine kleine Clique, die in der Zeit ohne Anwendungen gemeinsam einiges unternahm. Diese Ablenkung verkürzte ihr die Zeit und lenkte von der Sehnsucht nach Walter ab. Gemeinsame Ausflüge in die Natur oder Kartenspielen im Café waren dann genau die richtige Abwechslung für Steffi. So verging die Zeit wie im Flug, bis zu dem Abend, als kein Anruf für sie kam. Es war der dreizehnte Tag. „Was war passiert?", fragte sie sich. „Er wird doch nicht etwa krank sein?" Ein Druck auf dem Magen machte sich sofort bei ihr bemerkbar. Sie versuchte es immer und immer wieder, ihn telefonisch zu erreichen. Aber er meldete sich nicht. Sie wollte auf keinen Fall schlafen gehen, ohne zu wissen, was geschehen war. An Schlafen war unter diesen Umständen sowieso nicht zu denken. Letzter Versuch nach Mitternacht. Gott sei Dank, er hob ab. „Was ist los, Walter? Was ist passiert, dass du dich nicht gemeldet hast?", fragte sie. „Was soll schon sein, ich bin mit Freunden im Caféhaus hängen geblieben und beim Reden habe ich vergessen, auf die Uhr zu schauen", sagte er. „Dann habe ich mir unnötige Sorgen gemacht und bin froh, dass nichts passiert ist", sagte Steffi. Pause! „Du brauchst dir wegen so einer Lappalie keine Sorgen zu machen", meinte er. „Wenn ich nicht weiß, was geschehen ist, mache ich mir sehr wohl Sorgen und kann nicht schlafen, das wirst du wohl verstehen", sagte sie. „Also dann eine gute Nacht und schlaf gut", sagte Walter „Du auch und Bussi bis morgen", sagte sie.

„Da stimmt doch was nicht", dachte Steffi. Irgendwie war er anders als sonst, ging es ihr durch den Kopf. Sein Tonfall war anders. Auch die Abschiedsworte waren sehr knapp und kurz gefasst. Ihr Bauchgefühl irrte sich selten. Da war etwas faul – was war geschehen? „Möglich, dass ich mir etwas einbilde", dachte sie. „Ich werde jetzt versuchen einzuschlafen, um nicht unnötig zu grübeln. Morgen ist auch noch ein Tag, und alles wird sich in Wohlgefallen auflösen", dachte Steffi.

Aber es kam anders. Auch am kommenden Tag konnte sie an nichts anderes mehr denken als an das seltsame Gespräch mit Walter am vorigen Abend. Sogar ihren Tischnachbarn war beim Frühstück nicht entgangen, dass Steffi ziemlich bedrückt war. Nachdem man sie gefragt hatte, ob es ihr nicht gut ginge, erzählte sie ihren Freunden, wie beunruhigt sie nach ihrem letzten Gespräch wegen Walter sei. Irgendetwas musste passiert sein, weil er so verändert schien. Aber Steffi hoffte innig, dass sich beim nächsten Telefonat alles in Wohlgefallen auflösen würde.

Leider war dem nicht so. Als sie abends endlich den ersehnten Anruf erhielt, beschlich sie wieder das ungute Gefühl, dass etwas nicht stimmen könnte. Sie meinte auch, ein Geräusch im Hintergrund zu hören und fragte ganz plötzlich aus dem Bauch heraus: „Bist du nicht alleine, Walter?" „Wie kommst du denn darauf?", fragte er. „Mir war so, als hätte ich ein Geräusch im Hintergrund gehört", sagte Steffi. Walter war wortkarg und sprach auch kürzer als sonst mit ihr. „Na dann bis morgen und eine gute Nacht", sagte er auch nicht so lieb wie üblicherweise.

Nun war Steffi ganz sicher, dass sich in ihrer Beziehung etwas geändert hatte. Die Nacht war für Steffi ein Albtraum. Sie bekam kein Auge zu, war in der Früh wie gerädert und sah dementsprechend aus. Am Frühstückstisch bemerkten ihre Freunde ihre Traurigkeit und wussten sofort, dass ihr Verdacht sich bestätigt hatte. An ihrem Gesichtsausdruck konnten sie es ablesen. Zu ihrem Leidwesen machte eine der Frauen am Tisch auch noch eine dumme Bemerkung und goss damit Öl ins Feuer. „Vielleicht hat er eine andere Frau kennengelernt und ist deshalb anders als sonst", sagte sie. Steffi schluchzte und die Tränen liefen ihr über die Wangen, sodass einer der Herren am Tisch sagte: „Jetzt siehst du, was du angerichtet hast, weil du dein vorlautes Mundwerk nicht halten konntest."

Bei allen liebevollen Bemühungen gelang es den Freunden nicht, Steffi zu trösten. Aber trotzdem war sie dankbar für den gutgemeinten Versuch und fühlte sich in ihrer momentanen miesen Verfassung nicht alleingelassen.

Die Nächte waren für Steffi ein Albtraum. Walter rief nicht mehr täglich an und wenn, dann nur ganz kurz. Das war die hundertprozentige Bestätigung für ihren Verdacht, dass da eine andere Frau im Spiel sein musste. Aber Walter war zu feige, es ihr zu gestehen. Steffi konnte nicht begreifen warum. Sie hatten einander doch so gut verstanden und auch sonst viele Gemeinsamkeiten. Die letzte Möglichkeit, die es gab, war, dass die andere Frau viel jünger als sie war. Dann handelte es sich natürlich um Sex. Da konnte sie natürlich nicht mehr mithalten. Damit musste sie sich abfinden und es möglichst mit Fassung tragen. Wenn nur nicht ihr Magen wieder so schmerzen würde. Es war ein ähnlicher Schmerz wie nach dem Verlust ihres Gatten. Am liebsten hätte sie sofort ihre Sachen gepackt und wäre Hals über Kopf nach Hause gefahren. Aber das konnte und wollte sie nicht. Ihr Ehrgefühl ließ es nicht zu. Steffi wollte nicht zeigen, wie gedemütigt sie sich fühlte. Den Kuraufenthalt wollte sie auf jeden Fall erst zum vorgesehenen Termin beenden.

Am Ende der Kur wünschten ihr ihre liebgewonnenen Freunde noch alles Gute für die Zukunft und eine gute Heimfahrt.

Während der Fahrt im Bus hatte sie genügend Zeit zum Nachdenken. Steffi überlegte, wie sie sich Walter gegenüber verhalten sollte. Sie legte sich eine Strategie nach der anderen zurecht, die sie dann alle gleich wieder verwarf. „Am besten, ich melde mich überhaupt nicht mehr." Nein, so feige wollte sie doch nicht sein. Leider hatte sie noch viele Sachen in Walters Wohnung, die ihr gehörten und die sie abholen wollte. Zum Glück hatte sie Rosi und Lisa im Haus, mit denen sie über ihr Dilemma reden konnte. Vielleicht konnten sie ihr sogar einen Ratschlag geben. Mit Poldi wollte sie auf keinen Fall über Walter reden. Schließlich war sie es ja gewesen, die sie vor einer Partnerschaft mit ihm gewarnt hatte und stets abfällige Bemerkungen über ihn gemacht hatte. Eine Standpauke wäre das Letzte, was sie in ihrer jetzigen Verfassung gebrauchen konnte.

Die Gesellschaft von Rosi und Lisa reichte Steffi völlig. Steffi war so froh, dass sie diese lieben Freundinnen in ihrer Nähe hatte und nicht alleingelassen war in ihrem Schmerz. Rosi und Lisa hatten ihr sogar das Angebot gemacht, mit ihr gemeinsam die Sachen von Walter zu holen. Aber das wollte sie nicht. Hier musste sie alleine durch.

Auf dem Weg zu Walter legte sich Steffi schon Worte zurecht, die sie ihm sagen wollte, ohne die Nerven zu verlieren. Aber alles war nur Theorie, die sich in ihrem Kopf abspielte. Denn es zitterten ihr schon die Knie, wenn sie nur daran dachte, was sie sagen sollte, wenn sie vor ihm stand. Wie sollte da erst die Realität sein? Aber es nützte alles nichts, sie musste da durch. Einen kleinen Schreck wollte sie ihm schon versetzen, dass sie unangemeldet erschien. So in ihren Gedanken vertieft, stand sie plötzlich vor Walters Wohnungstür. Wieder hatte sie ein ungutes Gefühl im Magen. Was sollte sie jetzt sagen, wenn er die Tür öffnete und vor ihr stand? „Lass es drauf ankommen. Nur keine Schwäche zeigen und nicht heulen. Jetzt gibt es kein Zurück mehr." Also drückte Steffi recht energisch auf den Klingelknopf, bevor sie es sich anders überlegen konnte.

Sogleich hörte Steffi Schritte und die Tür wurde forsch geöffnet mit den Worten: „Ja bitte?" Dann standen beide einander mit offenem Mund gegenüber und wussten nicht, was sie sagen sollten. Fast klang es gleichzeitig wie aus einem Mund: „Du?!" Ihre gute Freundin Poldi stand wie angewurzelt vor ihr und war genauso erstarrt wie sie. Aber Steffi fasste sich schnell: „Ach, sieh da, die neue Krankenpflegerin Poldi!"

Tante Wilma oder eine Villa geht den Bach runter

Tante Wilma war Witwe und wohnte in einem der Nobelbezirke von Wien in ihrer großen Villa mit vier Wohneinheiten, die alle vermietet waren. Selber bewohnte sie unter dem Dach eine Mansardenwohnung, die sie in jungen Jahren mit ihrem Gatten hatte ausbauen lassen. Die Villa hatte sie von ihren Eltern geerbt. Ihr Vater hatte dieses wunderschöne Gebäude Ende des 19. Jahrhunderts errichten lassen. Hier war sie aufgewachsen und konnte sich nicht vorstellen, auch nur einen Tag woanders leben zu wollen. Sie hing mit ganzem Herzen an ihrem Zuhause und hegte und pflegte ihr Erbe dementsprechend.

Mit ihren zweiundachtzig Jahren war sie noch eine rüstige und resolute Dame. Ihr Verhältnis zu ihren entfernten Familienmitgliedern war gespannt. Da ihre Ehe kinderlos geblieben war, buhlten sie um ihren Besitz. Jeder von ihnen auf seine Art, mit Einladungen, Geschenken oder gar einem Opernbesuch, da man wusste, dass die Tante ein Opernfan war. Natürlich war sie nicht so naiv, dass sie die Absicht dahinter nicht durchschaut hätte, warum sie so verwöhnt wurde. Ebenfalls war ihr bewusst, dass ihre Lebenszeit schon begrenzt und es an der Zeit war, endlich ihr Testament zu machen. Aber wem sollte sie ihre schöne Villa vermachen? In erster Linie dachte sie dabei an ihre beiden Neffen Martin und Max. Tante Wilma hatte beide sehr gerne. Wobei Martin der Praktische war. Er war handwerklich geschickt, stand ihr stets mit Rat und Tat sowie mit kleinen Reparaturen, die in dem Haus stets anfielen, zur Seite. Er war verheiratet und hatte mit seiner Frau Ilse einen Sohn namens Peter. Max war der Charmeur, der es gut verstand, der Tante zu schmeicheln, wofür sie sehr empfänglich war. Er war unverheiratet, lebte stets über seine Verhältnisse, da schöne Frauen und schnelle Autos ihren Preis hatten.

Max wurde das Gefühl nicht los, dass Tante Wilma Martin bevorzugte und war eifersüchtig auf ihn. Er wollte bei einer eventuellen Erbschaft der Tante auf keinen Fall zu kurz kommen. Deshalb überlegte er, wie er Martin ausboten konnte, ehe es zu spät war. Er musste es nur geschickt genug einfädeln, dass es der Tante nicht auffiel. Dabei fiel ihm ein, dass die Tante ein sehr mitfühlender Mensch war und er es mit der Mitleidstour versuchen würde. Also legte er sich einen Plan zurecht.

Max war selbstständig und konnte es so einrichten, dass er hier und da vormittags auf einen Sprung bei Tante Wilma vorbeischauen konnte, um sich nach ihrem Befinden zu erkundigen. Bei diesen Besuchen kam es vor, dass sie ihn bat, zum Mittagessen zu bleiben. Schon beim nächsten Besuch packte er die Gelegenheit beim Schopf, seine Absicht in die Tat umzusetzen. Schon bei der Begrüßung machte er ein bedrücktes Gesicht, sodass Tante Wilma fragte: „Max, geht es dir nicht gut?“

Wie erwartet, hatte die Tante auf seine Trauermine reagiert. Der erste Schritt für eine Gesprächsbasis war ihm also gelungen, auf die er aufbauen konnte und sagte: „Ich habe Sorgen mit der Firma.“ „Komm, gehen wir ins Speisezimmer. Der Tisch ist schon gedeckt, und beim Essen kannst du mit mir über deine Sorgen reden.“

„Max, wo drückt der Schuh?“ „Ich weiß nicht so recht, wo ich beginnen soll, Tante. Ich habe Probleme mit dem Finanzamt. Ich bin im Rückstand mit den Zahlungen meiner Steuerschulden.“ „„Ich habe zwar keine allzu großen Rücklagen, weil mein Haus das meiste Geld für die Instandhaltung verschlingt. Wie du weißt, ist die Villa im 19. Jahrhundert erbaut worden. Um sie stilgerecht zu erhalten, muss ich viel Geld aufwenden. Fast die gesamten Mieteinnahmen gehen dabei drauf. Aber dir aus der Patsche zu helfen, bin ich gerne bereit“, meinte Tante Wilma. „Es ist mir zwar peinlich, aber ich nehme dein großzügiges Angebot dankbar an.“

Bei der Verabschiedung war Max sehr zufrieden mit sich. Die Tante hatte es ihm leicht gemacht. Den Kontakt zur Tante pflegte er weiterhin sorgsam, indem er sie des Öfteren besuchte und sie mit kleinen Aufmerksamkeiten verwöhnte, für die sie ihm sehr dankbar war. Es gab ihm das Gefühl, ihr Liebling zu sein. Mit seinem unwiderstehlichen Charme hatte er es geschafft, Martin auf den zweiten Platz zu verdrängen.

Ab jetzt wurde Tante Wilma auch ständig an allen Feiertagen von Max eingeladen. Sogar am Heiligen Abend war sie zu Gast bei ihm und seinen Eltern, und aus Dankbarkeit verwöhnte sie ihn mit großzügigen Geschenken. Max hatte jetzt das Gefühl, dass der Augenblick gekommen war, an dem er die Tante um eine weitere Gefälligkeit bitten konnte, was er dann auch bei seinem nächsten Besuch bei ihr tat. „Liebste Tante, könntest du mir noch einmal aus der Patsche helfen? In der letzten Zeit hatte ich einen ziemlichen Geschäftsrückgang. Ich würde jetzt im Winter einen Überbrückungskredit benötigen, damit ich über die Runden komme. Es wäre nur kurzfristig, bis die Geschäfte im Frühjahr wieder aufwärtsgehen.“ „Und was soll ich dabei tun?“, fragte Tante Wilma. „Ich würde dich bitten, dass du mir für einen Kredit als Bürgin zur Verfügung stehen würdest.“ „Aha … gerne mache ich so etwas nicht. Aber weil du es bist, lasse ich mich gegen meine Prinzipien dazu hinreißen, um dir noch einmal unter die Arme zu greifen. Der Betrag, um den es sich handelt, geht nämlich weit über meine Verhältnisse hinaus“, meinte Tante Wilma. „Es ist ja nur für kurze Zeit, und ich bin dir so dankbar, dass du mir hilfst, ich es kann es kaum in Worten fassen. Du wirst es nicht bereuen. Auch ich werde stets für dich da sein, wenn du Hilfe benötigst.“

Leider war dem nicht so. Schon nach kurzer Zeit, nachdem sie die Bürgschaft unterschrieben hatte, wurden die Einladungen und Besuche von Max seltsamerweise immer seltener. Tante Wilma war zwar verwundert, dachte sich aber nichts dabei. Doch es machte sie ein wenig traurig. Umso mehr war sie überrascht, als sie eines schönen Tages eine Zahlungsaufforderung von der Bank erhielt, bei der sie die Bürgschaft für Max unterschrieben hatte. Sie versuchte, sofort Kontakt zu ihm aufzunehmen und wollte ihn fragen, ob er vergessen hatte seine Raten zu zahlen. Aber er war für sie telefonisch leider nicht erreichbar. Auch in seiner Firma ließ er sich verleugnen. Tante Wilma schwante Böses. Wütend dachte sie bei sich, dass er zu feige war, ihr die Wahrheit zu sagen und sie mit seinen Schulden sitzen ließ. Er sollte sich schämen! Sie wurde den Verdacht nicht los, dass es eine geplante Sache ihres Neffen war, sich auf diese Weise Geld von ihr zu erschwindeln.

Als Nächstes beriet sich Tante Wilma mit ihrem Rechtsanwalt, der sich Informationen über Max' Schuldenstand von der Bank einholte. Max hatte schon längere Zeit beträchtliche Schulden bei der Bank gehabt, von denen er sich auf Kosten der Tante hatte befreien wollen. Da er zahlungsunfähig war, musste Tante Wilma als Bürgin für den Betrag die Haftung übernehmen. Ihr Rechtsanwalt konnte für sie bei sofortiger Bezahlung des gesamten Betrages lediglich die Verzugszinsen herausschlagen. Aber die hohe Summe hatte Tante Wilma bar nicht zur Verfügung. Sie war stinksauer auf sich, dass sie sich so leichtgläubig von Max hatte reinlegen lassen. Nun konnte sie sehen, wie sie aus der verzwickten Lage wieder herauskam. Sie wollte auf alle Fälle versuchen, sich die Summe der beachtlich angelaufenen Zinsen zu ersparen. Also überlegte sie, was sie zu Bargeld machen konnte und dachte daran, eines der Gemälde aus der Sammlung ihres Gatten zu verkaufen. Schweren Herzens wollte sie sich von einem der Bilder trennen, um die fehlende Summe, welche sie für die Schulden benötigte, hereinzubekommen. Welch ein Opfer für sie, sich von einem der Gemälde zu trennen. Tante Wilma verstand die Welt nicht mehr, dass sie für ihre Gutmütigkeit so hart bestraft wurde. Aber es blieb ihr nichts anderes übrig, als sich damit abzufinden. Außerdem tat ihr leid, dass sie wegen Max Martin und dessen Familie in letzter Zeit so vernachlässigt hatte. Sie überlegte, ob sie Martin überhaupt von der Geschichte erzählen sollte. Aber irgendwann würde er es sowieso erfahren und da machte es auch keinen Unterschied, wenn sie es ihm gleich erzählte.

Martin war natürlich erschüttert über die Höhe des Betrages, mit dem Max die Tante betrogen hatte. Er ließ sich aber nichts anmerken, sondern bedauerte die Tante um den großen Verlust, den sie erlitten hatte. In Wahrheit war er sauer, dass er dadurch zu kurz kam, weil er als Spieler selber ständig in Geldnöten war. Von seiner heimlichen Leidenschaft wusste die Tante Gott sei Dank nichts, sonst hätte sie wohl der Schlag getroffen, auf einen weiteren Gauner hereinzufallen. Martin machte gute Miene zum bösen Spiel und zeigte ihr sein Mitgefühl, wofür die Tante sehr dankbar war. Ihm war klar, dass er sehr vorsichtig agieren musste, damit sie ihn nicht durchschaute.

Durch seine ständigen Verluste beim Spielen hatte er schon eine beachtliche Summe an Schulden angehäuft, die ihm große Sorgen bereiteten. Nur sah er momentan keine Möglichkeit, wie er der Tante auch nur einen Cent entlocken konnte. Zu allem Übel musste Tante Wilma leider noch ein zweites Gemälde verkaufen, weil das erste nicht ausreichend Geld eingebracht hatte. Aber um sich Tante Wilmas Gunst zu erhalten, bemühte sich Martin sehr um sie. Er fuhr sie mit dem Auto zur Versteigerung ihrer Gemälde ins Dorotheum. Er las ihr sozusagen jeden Wunsch von den Augen ab und bemühte sich um ihre Gunst. Auf keinen Fall wollte er riskieren, dass ihm sein Platz an ihrer Seite von anderen Verwandten streitig gemacht wurde. Alleine der Gedanke daran beunruhigte ihn. Schließlich zahlte er immer noch an seinen Spielschulden und hoffte, dass Tante Wilma ihn als Haupterben ihres Besitzes in ihrem Testament einsetzen würde.

Als Elektromechaniker verdiente Martin zwar sehr gut, aber mit seiner Spielleidenschaft stand er ständig unter finanziellem Druck. Die kleine Familie fristete ihr Leben von Ilses geringem Gehalt als Verkäuferin in einer Boutique. Ständiger Geldmangel beherrschte ihr Leben und sie stritten deshalb oft miteinander. Es war Ilse auch zuwider, dass Martin sich so devot bei Tante Wilma einschleimte. Aber sie konnte ihm nicht in den Rücken fallen und bei der Tante anschwärzen. Wenn sie nur an seinen Schuldenberg dachte, stieg die Wut in ihr hoch. Darum spielte sie bei Martins falschem Spiel der Tante gegenüber mit und machte gute Miene in der Hoffnung, über ein Erbe von der Tante endlich wieder aus der Misere herauszukommen.

Aber eines schönen Tages kam dann endlich der erste Lichtblick in ihrer ach so misslichen Lage. Sie erhielten eine Einladung von Tante Wilma, Sonntagmittag zum Essen zu kommen. Sie hatte die Absicht, Martin und Ilse mit einer großartigen Neuigkeit zu überraschen.

Martin und Ilse rätselten, was für eine Überraschung das wohl sein konnte. Um Geld konnte es sich mit Sicherheit nicht handeln, nachdem sie den Schuldenberg von Max kaum erst mit großen Einbußen bezahlt hatte. Es war bewundernswert, wie tapfer Tante Wilma diesen Brocken ohne zu klagen weggesteckt hatte. Sie hatte weniger den Verlust des Geldes als den ihrer schönen Gemälde beklagt. „Welche Überraschung kann sie wohl für uns bereithalten?", fragte sich Max. Am liebsten wäre ihm natürlich ein Geldgeschenk gewesen.

Sonntag erschien die kleine Familie wie ausgemacht bei Tante Wilma zum Essen. Peter war nicht gerne mitgegangen, weil er sich bei der alten Tante stets langweilte. Mit seinen dreizehn Jahren war ihm der Besuch bei der alten Großtante lästig. Der einzige Lichtblick bei solchen Besuchen war für ihn, wenn Tante Wilma ihm beim Abschied einen 10-Euro-Schein in die Hand drückte.

Bei Tisch rückte Tante Wilma endlich mit ihrer Überraschung heraus: „Meine Lieben, stellt euch vor, bei mir im Haus ist eine Wohnung frei geworden. Frau Mayerhoff, die alleinstehende alte Dame, hat krankheitshalber ins Altersheim übersiedeln müssen, und die frei gewordene Wohnung würde ich euch gratis zur Verfügung stellen. Was meint ihr dazu?" Martin, der sofort hellhörig geworden war und insgeheim ausgerechnet hatte, wie viel Geld ihm durch die ersparte Miete übrig blieb, war begeistert. „Tante, das wäre natürlich großartig, und wir wären in deiner Nähe, wenn du uns brauchst." „Genau, das war auch mein Gedanke, euch in meiner Nähe als meine Familie zu wissen", meinte sie.

Nachdem Martin so viel Gutes widerfahren war, hatte er den endgültigen Vorsatz gefasst, seine Schulden so schnell wie möglich abzuzahlen und er versprach Ilse zu deren großen Freude, mit dem Glücksspiel endlich aufzuhören. Sie war überglücklich und schöpfte Hoffnung, dass ihr gemeinsames Familienleben wieder in geregelten Bahnen verlaufen würde. Das Wohnen im Hause der Tante war für sie ein Glücksfall. Die Wohnung war geräumig und wunderschön. Außerdem war die Villa von einem großen Garten umgeben, über den sich Ilse besonders freute, weil sie gerne gärtnerte. Sie war der Tante unendlich dankbar für dieses Geschenk. Zusätzlich senkten sich die Haushaltskosten drastisch, sodass sie nicht mehr jeden Groschen dreimal umdrehen mussten. Das Leben machte wieder Spaß.

Die Familie war genau zum rechten Zeitpunkt bei Tante Wilma eingezogen. Schon einige Monate danach begann sie wieder an ihrem alten Leiden der Gastritis zu kränkeln. Möglich, dass dies noch von den vielen Aufregungen mit Max herrührte. In ihrer Verfassung war Tante Wilma froh, dass sie Ilse und Martin bei sich im Haus hatte, die sich ganz rührend um sie kümmerten. Deshalb fasste sie auch den endgültigen Entschluss, Martin mit ihrem Buchhalter bekannt zu machen, damit er ihn mit der Verwaltung des Hauses vertraut machen würde. Sie hatte nämlich erst vor kurzer Zeit eine Woche im Spital gelegen und darüber nachgedacht, was sein würde, wenn sie weiterhin kränkelte und ihren Verpflichtungen als Hausverwalterin nicht mehr nachkommen konnte. Ihr wurde immer mehr bewusst, dass es an der Zeit war, sich in allen Bereichen Unterstützung zu holen.

Zu Martin hatte sie inzwischen vollstes Vertrauen und ihn deshalb auch als Haupterben in ihrem Testament eingesetzt. Von Martins Spielleidenschaft hatte sie Gott sei Dank keine Ahnung, ansonsten hätte sie wohl der Schlag getroffen. Sie liebte ihr Haus und es war gut, dass sie nicht wusste, dass die Möglichkeit bestand, dass es jederzeit Martins Spielleidenschaft zum Opfer fallen könnte. Was das Leben für einen Menschen bereithält, weiß niemand im Voraus. Gutgläubig dachte Tante Wilma, in Martin den idealen Nachfolger gefunden zu haben.

Fast ein ganzes Jahr hatte Martin nicht mehr gespielt und zahlte regelmäßig die Raten für seine Schulden. Aber diese langsamen Ratenzahlungen nervten ihn. Nichts ging weiter, sodass ihn wieder der Teufel ritt und er auf den glorreichen Gedanken kam, dass er mit einem größeren Gewinn die lästigen Schulden schnell und auf einen Schlag loswerden könnte. Mit dem großzügigen Erbe der Tante waren er und seine Familie für die Zukunft abgesichert, und er konnte es sich leisten, mit dem Betrag des kommenden Urlaubsgeldes ein Spielchen zu riskieren.

Martin traf sich wieder mit seiner alten Clique und war wieder beim Spielen gelandet, wo er auch gleich am ersten Abend sein gesamtes Urlaubsgeld verspielte. Danach war er fassungslos, dass das Glück ihm so wenig hold war, und er fürchtete sich zu Recht vor Ilses Vorwürfen, weil er sein gegebenes Wort wieder einmal gebrochen hatte. In der kommenden Nacht war für beide nicht an Schlaf zu denken. Der Streit zwischen den beiden wollte kein Ende nehmen. Ilse bombardierte Martin mit Vorwürfen. Kaum, dass sie endlich einmal wieder ein Leben in halbwegs geregelten Bahnen geführt hatten, wurde durch Martins Leichtsinn alles wieder zunichtegemacht. Und das immer mit der Angst im Nacken, dass Tante Wilma von seiner Sucht etwas mitbekäme und er ihr Vertrauen und damit das Erbe verlor. Nicht auszudenken, was das für ihn und seine Familie bedeuten würde. Darum nahm er sich wieder fest vor, mit dem Glücksspiel endgültig aufzuhören.

Aber der Wille alleine war zu wenig. Immer und immer wieder gab er seinem inneren Schweinehund nach und zockte weiter. Die Folgen waren, dass die Schulden erneut anstiegen und fast ihren alten Stand erreicht hatten. Martin war verzweifelt. Einmal musste doch auch er wieder eine Glückssträhne haben. Es konnte doch nicht angehen, dass er überhaupt nichts mehr gewann. Wo blieb da die Gerechtigkeit? Ilse sprach kaum noch ein Wort mit ihm. Martin versuchte, sie wie üblich immer mit den gleichen Worten zu beschwichtigen: Sie brauche sich keine Sorgen zu machen, er bekomme alles wieder auf die Reihe. Diese Worte konnte sie schon nicht mehr hören. Sie war sauer, weil sie in diesem Jahr auch wieder nicht in Urlaub fahren konnten. Martin hatte sein Urlaubsgeld verspielt und der Schuldenberg wuchs. Also hieß es wieder einmal, sich einzuschränken, wo immer es ging.

Wieder musste Ilse mit ihrem geringen Gehalt für alle finanziellen Haushaltskosten alleine aufkommen. Zum Glück hatten sie nun keine Miete mehr zu zahlen, was für Ilse das Wirtschaften erleichterte. Das Geld, welches Martin früher für die Miete beigesteuert hatte, verspielte er ebenfalls. Ilse hatte es satt, sich ständig einschränken zu müssen und vor der Tante die Komödie einer glücklichen, zufriedenen Hausfrau zu spielen. Aber das Risiko, das Erbe zu verlieren, wollte sie auch nicht eingehen und wahrte deshalb mit Widerwillen den Schein eines glücklichen Familienlebens.

Eines Tages geschah dann doch noch das große Wunder. Wie das Gesetz der Serie eben abläuft. Martin kam tatsächlich eines Abends spät mit einem größeren Gewinn nach Hause. Er war so euphorisch und überdreht, dass man es nicht beschreiben konnte. Freudig weckte er Ilse aus dem Schlaf, um ihr von seinem Glück zu erzählen: „Habe ich es dir nicht immer gesagt, dass ich einmal gewinnen werde und wir unsere Sorgen auf einen Schlag los sind?“ Ilse konnte kaum glauben, was sie da hörte und staunte über das viele Geld, das vor ihr ausgebreitet auf dem Wohnzimmertisch lag. Träumte sie oder war es Realität? Ja, es war wirklich Bares, was sie da sah. Endlich raus aus der Misere und keine schlaflosen Nächte mehr. Ilse fragte Martin sogleich, ob das Geld, das da vor ihr lag, seine Schulden bei der Bank abdecken würde. „Fast, bis auf ein paar Tausender, und die zahle ich locker nebenbei zurück. Wir werden uns sogar eine Woche Urlaub gönnen können, damit du dich ein wenig von dem Ärger, den du mit mir hattest, erholen kannst“, meinte er.

In dieser Nacht fanden beide keinen Schlaf. Sie unterhielten sich bis in die frühen Morgenstunden über das unerwartete Glück, das Ilse hoffen ließ, aus ihrer schon zu lange anhaltenden Misere herauszukommen, um ein geregeltes Leben führen zu können. Nach der durchwachten Nacht schwänzten sie am kommenden Tag ihre Arbeit, um am Vormittag noch ein wenig Schlaf zu finden.

Nach dem unverhofften Geldsegen entschlossen sich Martin und Ilse, eine Woche Urlaub am Klopeiner See zu machen und luden Tante Wilma ein, sie zu begleiten. Sehr erfreut über diese unerwartete Einladung, die sie gerne annahm, spendete sie großzügig einen größeren Betrag in die Urlaubskasse.

Während Tante Wilmas Abwesenheit hütete ihre Bedienerin das Haus. Sie übernachtete auch in Tante Wilmas Wohnung, damit sie nicht unbewohnt schien, wegen eventueller Einbrüche. Ansonsten hatte sie die Blumen in der Wohnung und den Garten zu gießen und sich um die Post zu kümmern. So konnte Tante Wilma beruhigt eine unbeschwerte Woche mit den Kindern in Kärnten verbringen.

Schon am zweiten Tag begann Martin die Decke auf den Kopf zu fallen. Er bemühte sich, es nicht zu zeigen. Peter hatte bereits am ersten Tag mit Gleichaltrigen Freundschaft geschlossen und verschwand gleich nach dem Frühstück. Tante Wilma und Ilse genossen die Entspannung mit Spaziergängen in die Umgebung oder sie faulenzten mit einem Buch im Liegestuhl am

See. Nur Martin konnte sich nicht entspannen. Er spürte am ganzen Körper eine innere Unruhe. Um sich abzulenken, ging er des Öfteren eine Runde schwimmen, was ihn für kurze Zeit ablenkte. Auch nachts ließ ihn die Unruhe nicht schlafen, sodass er sich im Bett hin und her wälzte. Er wusste genau, was ihm fehlte, aber daran wollte er keinen Gedanken verschwenden. Schließlich hatte er Ilse wieder einmal versprochen, nicht mehr zu spielen. Er konnte und wollte nicht schon nach so kurzer Zeit wieder wortbrüchig werden. „So charakterlos kann ich doch wohl nicht sein", dachte er. Was sollte er nur tun, um sich von seiner Sucht abzulenken? Er dachte dabei an Sport. Einen, der ihn richtig forderte und ermüdete, sodass er auf andere Gedanken kommen würde.

Am nächsten Morgen fragte Martin Peter beim Frühstück, ob er am Vormittag mit ihm Tischtennis spielen würde. Begeistert war Peter nicht und sagte: „Kann nicht die Mama mit dir spielen? Ich habe mir nämlich schon etwas mit meinen neuen Freunden ausgemacht." Ilse war auch nicht begeistert, aber sie tat Martin den Gefallen, weil sie wusste, wie er litt. Seine Nervosität war nicht zu übersehen, auch wenn er sich noch so sehr bemühte, sie zu kaschieren. Also tat sie ihm den Gefallen und spielte die noch verbleibenden Tage vormittags mit ihm Tischtennis. Die sportliche Bewegung tat beiden gut und machte gute Laune.

Um Martin vor Langeweile zu schützen, bemühte Ilse sich, ihn auch durch weitere Aktivitäten bei Laune zu halten. Es gelang ihr sogar, dass er mit ihr zwar widerwillig spazieren ging oder Minigolf spielte. Diese kleinen Unternehmungen lenkten Martin ein wenig von seiner Unrast ab, waren aber nur kurzfristige Erfolge. Was er vermisste, war Ilse schon klar. Darum war die Urlaubswoche für ihn keine Erholung. Nur Tante Wilma und Peter genossen die schönen Tage am See ausgiebig. Ilse war durch Martins ständige Unrast in Mitleidenschaft gezogen und hatte wie er leider ebenfalls keine wirkliche Erholung in der einen Woche gefunden.

Man merkte Martin an, wie froh er war, wieder zu Hause zu sein. Aber Ilse war jetzt wieder in ständiger Sorge, wie standhaft Martin noch sein würde. Zu allem Übel fing Tante Wilma wieder an zu kränkeln, und dadurch war Ilse zusätzlich belastet und dankbar für jeden Tag, an dem ihr Mann ohne gespielt zu haben nach Hause kam. In letzter Zeit musste Martin oft Überstunden in der Firma machen, sodass er abends müde nach Hause kam und nicht mehr ans Fortgehen dachte. Diese schöne Zeit dauerte einige Wochen, sodass Ilse schon zu hoffen wagte, dass Martin es schaffen könnte, seine Spielleidenschaft zu überwinden. Er half auch bereitwillig mit, wenn Tante Wilma wieder einmal ins Spital musste. Er fuhr sie hin und besuchte sie regelmäßig, auch wenn es schon spätabends war. Mit seinen Besuchen machte er Tante Wilma große Freude und sie war ihm dankbar für seine Treue.

Leider ließ Martin trotz seines guten Willens seine Spielleidenschaft nicht los. Sie hatte ihn schon bald wieder voll im Griff und er verlor abermals größere Beträge. „Wie soll das alles nur enden?", fragte sich Ilse. Auf Dauer ließen sich, wenn er nicht damit aufhörte, diese Summen nicht mehr verheimlichen. Zusätzlich saß ihnen immer die Angst im Nacken, dass Tante Wilma etwas davon mitbekommen würde. Darum setzten sie nach einer kurzen Erholungspause von den finanziellen Nöten ihr tristes Familienleben wieder in ewigem Streit fort. Immer wieder bat Ilse Martin, sich in professionelle Hände oder eine Selbsthilfegruppe zu begeben. Aber nein, er wollte sich beweisen, dass er imstande war, sich aus seinem Dilemma selbst zu befreien. Aber dem war nicht so. Stattdessen sank er tiefer und tiefer in ein Loch, aus dem es kein Entrinnen mehr gab. Ilse dachte dabei nicht nur an sich, sondern auch an Peters Zukunft. Schließlich hatte er noch keine Ausbildung, und Ilse wollte nicht zusehen, wie Martin die Zukunft seiner Familie ruinierte. Faktisch verspielte er sein Erbe schon, bevor er es überhaupt angetreten hatte. Diese ständigen Sorgen, Grübeleien und Ängste bescherten Ilse wieder schlaflose Nächte, und sie war das reinste Nervenbündel. Um seine

Frau nicht länger leiden zu sehen, versprach Martin, es einmal mit einer Selbsthilfegruppe zu versuchen. Dieses Versprechen brachte Ilse zumindest einen kleinen Hoffnungsschimmer und ihre ständigen Grübeleien hielten sich in erträglichen Grenzen. Doch wirklich entspannen konnte sie schon lange nicht mehr. Darum hatte sie schon des Öfteren an eine Scheidung gedacht. Aber immer wieder ließ sie sich von Martins ewig überzeugenden Versprechungen, mit dem Spielen aufzuhören, abhalten, und so vergingen die Jahre und alles blieb wie gehabt. Ihr größter Wunsch war, in ihrem Leben noch einmal aus diesem Dilemma herauszukommen und ein Leben ohne Ängste zu führen. „Was hatte sie nur im früheren Leben verbrochen, dass das Schicksal sie so hart strafte?", fragte sie sich. Es konnte doch wohl nicht angehen, dass es kein absehbares Ende dieser Geisel für sie gab.

Wie immer, wenn man schon Probleme hat, kommt noch eines dazu. Tante Wilma war in letzter Zeit wieder mehr im Krankenhaus als zu Hause, und Ilse und Martin fuhren jeden Abend nach der Arbeit noch ins Spital, um sie zu besuchen, was Ilse zusätzlich überforderte. Der einzige Vorteil dabei war, dass Martin keine Zeit für sein Laster blieb, weil sie nach den Spitalbesuchen immer erst spät nach Hause kamen.

Seine Spitalbesuche bei der Tante wollte er auf keinen Fall versäumen, schließlich beabsichtigte er, dass seine Erbtante ihm gewogen blieb. Gott sei Dank hatte Tante Wilma von Martins Laster nie etwas erfahren. Nicht einmal Peter wusste davon. Wenn Ilse mit ihm stritt, dann nur hinter verschlossenen Türen, um zu vermeiden, dass Peter mithören konnte. Wie leicht konnte sich ein Kind verplaudern. Das wollte Martin tunlichst vermeiden, um keine Katastrophe heraufzubeschwören oder gar enterbt zu werden.

Tante Wilmas Verfassung besserte sich nicht mehr, und eines Tages schlief sie ganz ruhig in Martins Armen ein. Er war sehr stolz darauf, dass er sie bis zu ihrem letzten Atemzug begleitet hatte.

Aber trotz allen Feingefühls kam der Tod von Tante Wilma für ihn genau im rechten Augenblick. Sein Schuldenberg hatte wieder eine beachtliche Höhe erreicht, sodass Ilse nur noch so recht und schlecht mit wenig Geld von Monat zu Monat über die Runden kam. Aber um den Anstand zu wahren, richtete Martin trotz all seiner Probleme ein standesgemäßes Begräbnis für seine Erbtante aus. Ihre Verwandtschaft sowie die Hausparteien und einige gute Freundinnen kamen zum Begräbnis, aber zum anschließenden Leichenschmaus kamen nur wenige. Einige der Verwandten hatten nämlich über drei Ecken gehört, dass Tante Wilma Martin als Alleinerben in ihr Testament eingesetzt hatte. Etliche von ihnen fühlten sich übergangen und waren nur anstandshalber zum Begräbnis gekommen und lehnten deshalb jeden Kontakt zu Martin ab.

Martin hoffte, dass er jetzt bald über sein Erbe verfügen durfte. Leider war Bargeld kaum vorhanden, weil Max seinerzeit Tante Wilma um ihr Bares betrogen hatte. Natürlich war Martin ein wenig enttäuscht, er hätte nämlich gerne seine lästigen Schulden beglichen. Von den Mietgeldern blieb kaum Bares, da sie fast zur Gänze in den Erhalt der Villa flossen. Aber zum Glück befanden sich noch etliche Antiquitäten in der Wohnung, die Martin zum Begleichen seiner Schulden veräußern wollte. Die Erbschaftssteuer musste er ebenfalls mit einkalkulieren. Es fiel ihm unendlich schwer, sich zu gedulden, bis er frei über sein Erbe verfügen konnte. Schließlich wollte er seinen Reichtum endlich genießen.

Wie nicht anders zu erwarten, spielte Martin munter weiter und sein Schuldenberg wuchs. Er hoffte wieder auf einen größeren Gewinn, der ihn aus seiner Misere befreien sollte, und Ilse hoffte, dass er ihr gerade erworbenes Erbe nicht gleich wieder verspielte. Der große Gewinn ließ nämlich auf sich warten, und Martin sank immer weiter in sein Verderben.

Trotz allem hatte Ilse immer die Hoffnung, dass Martin in seinem Leben doch noch einmal etwas ändern würde und den schönen Besitz der Tante nicht ganz verspielte. So ein Geschenk bekommt man nur einmal in seinem Leben. Mit diesem wunderbaren Besitz konnte man ein angenehmes Leben führen, wenn man es nur richtig anpacken würde. Ilse mochte gar nicht daran denken, was sein würde, wenn sie aus der schönen Villa ausziehen müssten. Wohin sollten sie gehen? Die schöne Wohnung, der herrliche Garten, die Mieteinnahmen – all das aufzugeben würde ihr sehr schwerfallen. Aber wenn Martin nicht bald etwas ändern würde, war das Ende absehbar.

Eines Tages, als die Bank Martin keinen Kredit mehr geben wollte, war es dann so weit. Er verstand die Welt nicht mehr. Die Bank hatte ihm ganz einfach den Kredit gesperrt. Was sollte das? Wieso war er nicht mehr kreditwürdig? Er wollte sofort mit dem Direktor über dieses Missverständnis sprechen und war dann doch etwas erstaunt, als er vernahm, wie hoch sein Schuldenstand bei der Bank war. Die Summe, die er der Bank schuldete, belief sich schon über den halben Wert seines Besitzes. Martin war geschockt, und Ilse erkannte ihren Mann nicht wieder, als er heimkam. Er war seltsam ruhig und machte den Eindruck, als ob er über etwas nachdenken würde. Auch in den kommenden Tagen änderte sich nichts an seiner Niedergeschlagenheit. Er sprach kaum ein Wort und war ungewöhnlich ruhig. Dies ließ Ilse hoffen, dass er sich endlich mit seiner fatalen Situation auseinandersetzte.

Leider hatte Ilse sich geirrt. Martin kam eines schönen Tages nicht wie gewohnt nach Hause. Sie war etwas verwundert. Nach Hause war er bis jetzt immer gekommen, auch wenn es noch so spät gewesen war. Als Ilse nachmittags von ihrer Arbeit heimkehrte, war Martin noch immer nicht zu Hause. Jetzt war sie doch ein wenig beunruhigt und rief in seiner Firma an. Dort wurde ihr gesagt, dass er nicht in der Arbeit erschienen sei. Das kam Ilse seltsam vor und sie überlegte, ob sie nicht zur Polizei gehen sollte. Aber sie entschied sich, trotz ihres mulmigen Gefühls, erst noch auf Peters Heimkehr zu warten. Vielleicht wusste er etwas über den Verbleib seines Vaters. Er war ebenso ahnungslos und schlug deshalb vor, sofort eine Vermisstenanzeige bei der Polizei zu machen. Sie mussten auch nicht lange auf eine Nachricht warten. Bei der Polizei war schon eine Meldung eingegangen, dass sich ein unbekannter Mann im Wienerwald erschossen hatte. Dieser wurde jetzt von Ilse und Peter eindeutig als Martin identifiziert. Ilse war ungewöhnlich gefasst. Sie hatte fast mit Ähnlichem gerechnet. Aber Peter konnte nicht verstehen, warum sein Vater so etwas Schreckliches getan hatte. Darum war jetzt der Zeitpunkt für Ilse gekommen, ihrem Sohn die ungeschminkte Wahrheit über die krankhafte Spielleidenschaft seines Vaters zu erzählen. Nach dieser Beichte verstand Peter jetzt besser, warum seine Eltern die vielen Auseinandersetzungen wegen des Geldes miteinander hatten. Spontan umarmte Peter seine Mutter und sprach ihr Trost zu. Dass sein Vater solche Summen verspielt hatte, damit hatte Peter nicht gerechnet. Darum nahm seine Mutter auch an, dass der Vater wusste, dass er von seiner Sucht nicht loskommen würde und er sich deshalb das Leben genommen hatte, bevor er auch noch den Rest des Hauses verspielen würde.

Aus der Wohnung der Tante hatte Martin längst sämtliche Antiquitäten veräußert, sodass Ilse jetzt mit einer schönen Villa ohne Bares und einem Schuldenberg dastand. Rücklagen hatte Martin nie angelegt. Sie hatten ständig am Rande des Existenzminimums gelebt. Der Zustand, sich ewig einschränken zu müssen, hatte Ilse Nerven und Energie gekostet. So traurig es klingen mochte, fühlte sie nach Martins Tod, dass eine Last von ihr abgefallen war.

Beim Durchsehen von Martins Dokumenten fand Ilse ein Testament, in dem er Peter und seiner Frau die Villa zu gleichen Teilen vermacht hatte. Ihr größter Wunsch war nun, falls es eine Chance gab, die Villa für Peter und sich zu erhalten. Diesen Vorschlag unterbreitete sie Peter und fragte ihn, was er davon hielt. Die Schulden könnten sie gemeinsam abbezahlen, und in einigen Jahren würden sie schuldenfrei sein und der herrliche Besitz ihnen gehören.

Doch Peter legte keinen Wert auf den Besitz und sein Entschluss stand fest, dass er auf alle Fälle das Geld haben wollte. So blieb seiner Mutter nichts anderes übrig, als sich mit dem Verkauf der Villa einverstanden zu erklären. Bei sich dachte sie nur: „Wie gewonnen so zerronnen.“

Danksagung

Ich möchte ein Dankeschön an alle sagen,
die mir so lieb geholfen haben:
Danke, Annemarie, Moni, Anna, Wolf und Inge.

Die Autorin

Edith Slapansky, 1936 in der Bäk geboren, wuchs
während des Krieges in Ratzeburg heran und absolvierte die Hauptschule. Aufgrund der großen
Arbeitslosigkeit im Nachkriegsdeutschland nahm sie
in Schweden eine Stelle als Kinderbetreuerin in einer
Familie an und arbeitete später in verschiedenen Res-
taurantbetrieben. Nach einiger Zeit kam sie an der
Seite ihres Mannes, der Wiener war, nach Österreich,
wo sie noch heute lebt. Nach dem Tod ihres Mannes
beschäftigte sie sich mit Astrologie und Reiki und
lernte Ungarisch. Auslöser für ihre schriftstellerische
Tätigkeit war, ihrer Großmutter ein Denkmal zu setzen für ihren grenzenlosen, aufopfernden Einsatz für
das Überleben der Familie in den ersten vier Nach-
kriegsjahren. Daher handelt ihre erste Geschichte
über ihre geliebte Großmutter.

Edith Slapansky

Der harte Weg zur Blumenkönigin

ISBN 978-3-99064-470-6
144 Seiten

Der berührende Lebensweg einer Wienerin aus ärmlichen Verhältnissen, die es, nach schlimmem Erleben im Kriegsdienst während des Zweiten Weltkrieges, schafft, ihren Traumberuf – Floristin – zu verwirklichen.

Edith Slapansky

Oma lässt uns nicht verhungern (1945–1949)

ISBN 978-3-99064-787-5
164 Seiten

Die schweren Nachkriegsjahre, von der Autorin als Kind erlebt, werden am Schicksal einer Großfamilie im Norden Deutschlands in einer sehr nahegehenden und persönlichen Erzählweise dargestellt.